大冶二中校本教材开发系列丛书

龙川文选

[第一卷]

张波——主编

辽宁人民出版社

ⓒ 张波 2021

图书在版编目（CIP）数据

龙川文选. 第一卷 / 张波主编. — 沈阳：辽宁人民出版社，2021.1
（大冶二中校本教材开发系列丛书）
ISBN 978-7-205-10102-2

Ⅰ. ①龙… Ⅱ. ①张… Ⅲ. ①中国文学－作品综合集 Ⅳ. ①I211

中国版本图书馆CIP数据核字(2020)第256383号

出版发行：辽宁人民出版社
　　　　　地址：沈阳市和平区十一纬路25号　邮编：110003
　　　　　电话：024-23284321（邮　购）024-23284324（发行部）
　　　　　传真：024-23284191（发行部）024-23284304（办公室）
　　　　　http://www.lnpph.com.cn
印　　刷：辽宁新华印务有限公司
幅面尺寸：170mm×240mm
插　　页：4
印　　张：20
字　　数：260千字
出版时间：2021年1月第1版
印刷时间：2021年1月第1次印刷
责任编辑：娄　瓴　贾　勇
封面设计：小野书衣
版式设计：鼎籍文化
责任校对：吴艳杰
书　　号：ISBN 978-7-205-10102-2
定　　价：78.00元

《龙川文选》编委会

总　　编　陈迪荣
副总编　　张　波　刘合聪
编　　委　肖惠东　陈迪荣　黄开锋　张　波
　　　　　郭　锐　陈春林　贺加全　刘合聪
　　　　　莫小慧　丁艳玉　陈传汉

本卷主编　张　波
执行主编　刘合聪
编　　辑　莫小慧　陈　明　袁满玉

《龙川文选》评审委员会

主　　任　洪合林
副主任　　左　豪
评　　委　洪合林　左　豪　胡　胜　石国平
　　　　　刘碧玲　吴牡丹　黄文娇　莫小慧
　　　　　卢仁波　丁艳玉　唐菊霞

百年二中文化名人
（部分校友照片）

▲ 梁由之，文史学者、作家、策划人、旅行者。

▲ 刘元亮，湖北殷祖古建园林工程有限公司业务经理，中国古建筑高级传统工艺师，湖北省作家协会会员。

▲ 胡翔，中国作家协会会员，长江文艺杂志社常务副社长，兼任全国文学期刊联盟理事等社会职务。

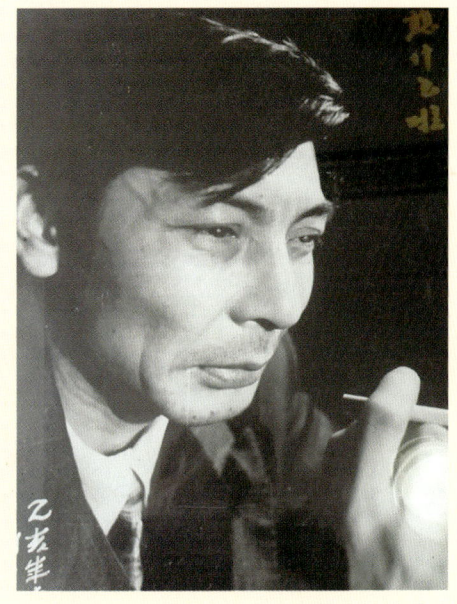

▲ 柯尊解，曾任黄石市作家协会常务副主席、大冶县文联秘书长，先后出版或发表长篇小说六部。

▲ 刘幼春，黄石市作家协会副主席，大冶市作家协会常务副主席，大冶市首届"十大文化名人"。

▲ 胡燕怀，中国作家协会会员、黄石市作家协会名誉主席；黄石市首届"十大文化名人"。

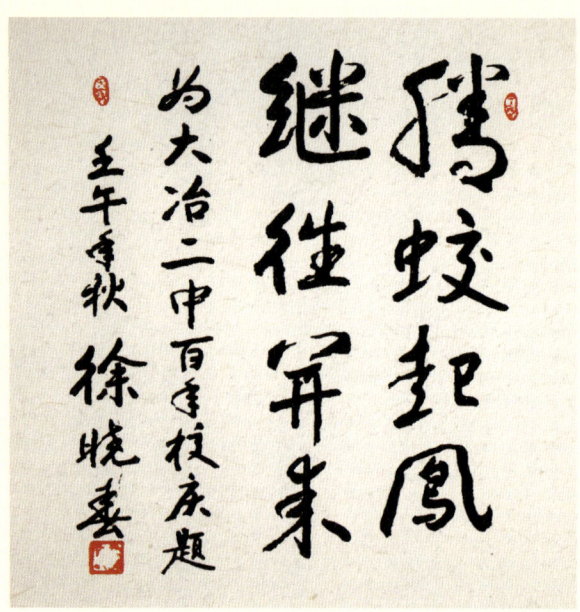

◀ 湖北省人大常委会副主任
徐晓春题词

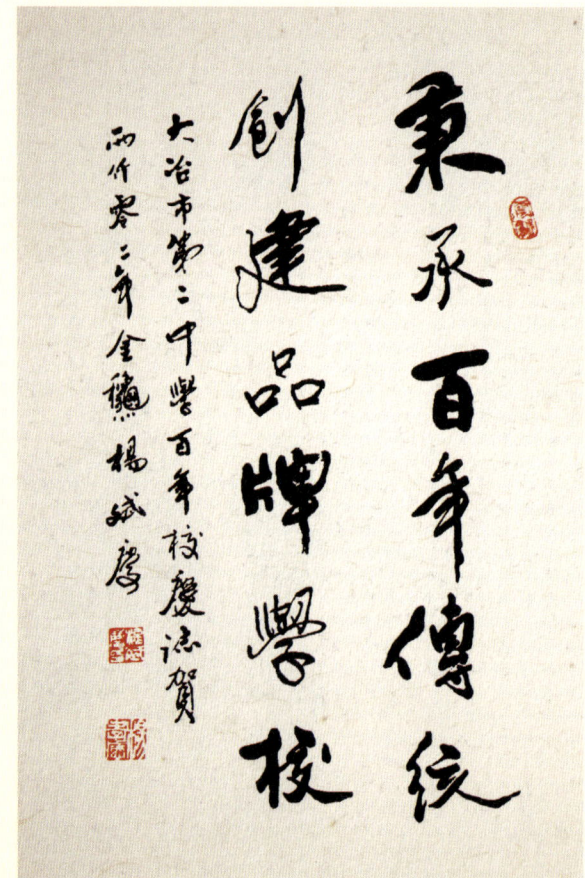

◀ 湖北省政协副主席
杨斌庆题词

继承百年老校优良传统
开创素质教育培养创新人才

贺湖北省大冶市第二中学百年校庆

余风盛

2002年6月

▲ 湖北省教育厅原厅长余风盛题词

百年老校
开拓创新
与时俱进
培育英才

贺大冶二中百年校庆

张柏青

2002.8.30.

▲ 黄石市副市长张柏青题词

欣逢大冶二中百年华诞
虹水之滨人才辈出
百年校庆再谱新章

陈德厚 二〇〇二年 三月

▲ 老校长陈德厚题词

▲ 学府路 36 号 – 大冶二中金牛校区新校门

▲ 大冶二中教学区中央绿化区景观——藏龙岛

序

张波

《龙川文选》(第一卷)已经定稿，交付辽宁人民出版社正式出版。书稿送相关作者审阅的时候，梁由之先生说，编选质量不错，超过预期。由之先生是知名文史学者、策划人、自由作家，他的话当然是对我们的一种鼓励，但也令人颇为惊喜。其由有二：一是梁由之先生的评价，确证了这项工作的价值，我们忐忑的心终于有了着落；一是由之先生在本书的编选出版过程中，给予了悉心指导和鼎力相助，能得到他的认可，也算是有了一个交代。

编选《龙川文选》，既是校本课程开发的迫切需求，更是挖掘大冶二中这所百年老校历史文化底蕴的重要切入点。

大冶二中坐落于大冶市西南边陲的金牛古镇，背倚林木葱茏的西山，前绕梁子湖最重要的水源地之一的虬川河，所谓"明堂开阔、案山悠远"，是一处绝佳的风水与人文宝地。大冶二中前身为龙川书院，办学历史悠久。探寻大冶二中现代办学史，已逾百年：公元1902年（清光绪二十八年），晚清重臣、著名藏书家柯逢时等回乡推行新式教育，将古老的龙川书院改办为"武昌县立高等小学堂"，柯逢时为首任堂长。是年，京师大学堂（后来的北京大学）在京成立，武昌小学堂与京师大学堂，一小一大，一南一北，伴随"废科举，兴新学"的历史大背景应运而生，虽地位悬殊，但均为开风气之先者。追溯大冶二中古代办学史，则近千年：武昌小学堂前身为龙川书院，龙川书院前身为武昌精舍（学馆），武昌精舍其址原为郡学；其中龙川书院历史最为悠久。仅以公元1195年（宋代）武昌知县胡朝颖（浙江淳安人）退休定居金牛主讲武昌精舍（学馆）来算，距今亦八百多年——大冶二中堪称千年学府。

千年以降，龙川书院与众多历史人物结下不解之缘，书院所属辖区的历代主政官员胡朝颖、陈天祥、黄应龙、刘曰淑、邵遐龄、韩光，本土名流柯逢时、刘灿藜等，或主讲学馆，或重建书院，或推行新学，或开创新局，代代接力，日益壮大。西山笋成竹，虹水鱼化龙，千年之间，金牛四方百姓沐浴教化，人才辈出，或为政要，或为英烈，或为学界精英、文化名人。鄂王故里教化之风勃然而起，蔚然而兴，俨然成人文昌盛之地。

书院古老的钟声穿越千年，历久而不衰。为此，沿着学府千年发展的时代轨迹，搜寻先贤的文化记忆，发掘书院的历史蕴藏，成为我们增强校本自信的当务之急。而编写一套有情怀、有特色、有核心竞争力、有文化含金量的优质校本教材，是最好的切入点——《龙川文选》就是在这样的背景下诞生。

《龙川文选》计划编选三卷，60余万字，选材以与龙川书院和大冶二中发展密切相关的人物作品为主，兼及大冶二中文化土壤所在地鄂王故里的历史文化资源的采集。《龙川文选》第一卷，筛选从公元1195年龙川学府有史书记载以来到21世纪初大冶二中延续八百多年间，相关人物的优秀作品计30余篇，文史兼顾，侧重文学与珍贵的历史文献。根据目前搜集到的有限史料和文学作品，对选文进行了适当的删选，使其既有历史的纵深感，也凸显现实成就与影响力。所选作品主体设计为八个单元，外加一个推荐单元；大体以作者为中心，各自独立，不作排序上的过多考量，以适应校本教材使用的便利。第一卷的编选，兼具线索的作用，以第一卷为纲为蔓，纲举而目张，顺蔓以索瓜，织就二卷三卷经络，牵引出更多的人物和作品，从而初步理清大冶二中传承八百多年的学脉和文脉。

《龙川文选》第一卷，有一条特别值得关注的线索，主体部分八个单元从胡朝颖开始，而后梁由之（原名胡剑星，梁由之为笔名）、胡燕怀，最后胡翔压轴，胡氏作品居全书近半。这并非编者有意而为之，实在是胡氏作品的厚重与影响力所致。在一个时期，胡朝颖开启了或者说延续了鄂王故里人文之先范，鄂王故里也反哺了胡氏一族。人口居全国第13位的胡姓，也是金牛之大姓；胡朝颖嫡传龙川胡氏为金牛街四大老姓之一，胡姓子孙遍布金牛西山之麓、虹水之滨，人数众多。金牛的文化名人，胡姓尤多。这一切都不是没有因缘的。胡翔先生为胡朝颖嫡系后人，已有确切证据。其他两位呢？估计也是"关系万千重"。本卷作者，梁由之、柯尊解、胡燕怀、胡翔、刘幼春几位先生，老家均在金牛。由这一点，也可窥见当地文风之盛。后辈学子，当追踪前贤，勉力上进。

编选《龙川文选》过程中，还成就了一段佳话。胡朝颖浙江老家的知名企业家胡伟宏先生一直在寻访胡朝颖后世的下落，金牛龙川胡氏的嫡系后人胡名扬先生数年前也曾远赴浙江寻根，两位胡姓后人虽心有同归，却机缘不到，长期抱憾。幸运的是，他们借由《龙川文选》的编选，竟了却了夙愿，实现了淳安与金牛的千年握手。从胡伟宏先生那里，我们惊喜的得知胡朝颖是中国北宋著名的思想家、教育家胡瑗（北宋理学家程颐、朱熹的老师）的后裔，胡朝颖是胡瑗后人在南宋时期杰出的代表人物；而胡伟宏先生也在经历十数年的不懈努力之后，终于寻访到胡朝颖后世在武昌的下落。胡朝颖的前生后世至此得以合璧，殊非胜事欤？冥冥之中，信有天数。

《龙川文选》第一卷能够顺利编选出版，亦是众多作者合力助推的结果。从文选的策划到编排到联系出版社，梁由之先生给予了悉心指导、细节提醒和鼎力促成，功莫大焉。柯尊解老师与胡燕怀老师是两位令人尊敬的长者，但有索求，均慷慨与之，毫无保留；他们为人质朴可亲，即便是电话请教，也令人如坐春风，身心俱爽。胡翔老师相识虽晚，见面次数却最多，每一次晤谈都让人深受启发。幼春老师亦师亦友，诙谐中透着智慧；刘元亮先生自称"忠诚的农民作家"，久居外省，少与谋面，但他的QQ点赞，亦是我们最大的动力。他们都曾是二中学子，现在却是二中杰出的校友，有机会向他们交流学习，或许是我们编选《龙川文选》最大的收获。

本书执行主编刘合聪老师，是大冶二中的一名资深语文教师，为人沉稳朴实，讷于言而敏于行，大有古君子之风。他底蕴深厚，学识渊博，眼光独到深远，胸中藏山纳海，格局迥异常人。尤为可贵的是，他对大冶二中、对龙川书院、对鄂王故里，有着特别的热情与热爱。也许是鄂王故里神奇的魅力，抑或是个人对千年学府独有的情愫，合聪老师大学毕业后，一直扎根金牛，潜心教育；闲暇时流连于鄂王故里的山山水水，孜孜于千年学府的历史文化探究。他根据掌握的丰富素材，整理解读历史文献，寻访有关人物，采集信息，去粗取精，为文选的编选出版做了大量工作。大冶二中发展的历史会载有他的一笔。

　　透过文选收录的史料碎片和校友的优秀作品，我们都有一种深切的感悟——龙川书院是鄂王故里已然的存在，没有讲堂精舍，鄂王故里或许还在蛮荒中沉寂；鄂王故里是龙川书院天然的沃土，没有虬水西山，龙川书院一定只是暗夜中的昙花。从龙川书院，到大冶二中，她们对于鄂王故里的教化之功不会被岁月的风尘所湮没；也许她们曾经只是旷野中的一朵小花，难与众卉争芳，经鄂王故里千年的温柔风吹，虽纤弱寂寞而难掩其芳华。她固执的守望，羞涩的绽放，馨香四野，化物有功。

　　想起了二中百年校庆时一首旧作，录于此，或发一哂，或会一心，诸君自取：

　　　　书院深深今何在？婆娑新桂问老槐。
　　　　西山未减当年翠，虬水长歌故园情。
　　　　钟韵时闻旧精舍，繁华又见古城台。
　　　　佳木南苑沐春风，本是胡君手自栽。

　　是为序！

2020 年 12 月 21 日于大冶二中

目录

序 _001

第一单元/
龙川书院和鄂王故里诗歌十首 _001

    1. 胡朝颖诗三首 _002
    2. 龙川学府校友诗两首 _004
    3. 鄂王故里诗五首 _009

第二单元/
千年学府文言三篇 _021

    4. 龙川书院序 _022
    5. 监察御史陈天祥呈元世祖忽必烈奏章节选 _026
    6. 百年校庆联谊记 _029

第三单元/
杰出校友梁由之作品三篇 _031

    7. 偶开天眼觑红尘 _032
    8. 人家写过，我就决不这样写 _040
    9. 成也萧何：关于韩信（上） _047

第四单元 /
杰出校友柯尊解作品三篇 _061

  10. 大冶二中，我的母校 _062
  11. 吴大荒同学 _071
  12. 猫娘猫崽 _077

第五单元 /
杰出校友胡燕怀作品三篇 _101

  13. 金牛街·金牛人——古镇鳞爪 _102
  14. 草原的解读 _106
  15. 白板（节选） _112

第六单元 /
杰出校友刘元亮作品四篇 _131

  16. 娘，让我侍奉您一天 _132
  17. 同学录卷首语 _135
  18. 我与劲酒的一世情缘 _137
  19. 白水台 _139

第七单元 /
杰出校友刘幼春作品三篇 _143

  20. 永远走不出的校园 _144
  21. 有一种声音 _145
  22. 黄果树瀑布 _147

第八单元 /

杰出校友胡翔作品三篇 _149

  23. 落英缤纷 _150

  24. "欲读你，你便写完了"——纪念诗人刘迎春 _156

  25. 江南好，风景旧曾谙——走近良渚 _161

推荐自主阅读作品 /

  26. 黄老学说与汉初政治 _166

  27. 望莲嫂 _179

  28. 大国烟云（节选） _267

编者语 /

千年回眸，砥砺前行 _303

第一单元
龙川书院和鄂王故里诗歌十首

本单元选择的是同龙川书院和鄂王故里有关人物的诗歌作品，其中包括胡朝颖诗三首，鄂王故里诗五首和龙川学府校友诗两首。胡朝颖先生是有着八百年历史的龙川书院的首任山长，通过阅读胡朝颖先生的诗歌作品，可以对龙川学府传扬的诗歌风尚有初步体会。鄂王故里诗五首中的第一首是《越人歌》，写的是鄂君子皙泛舟中流，邂逅越人，并与越人唱和江上的美丽故事。《越人歌》是有文字记录的流传在鄂地最早的一首楚辞，《越人歌》对研究鄂地的诗歌史、文化史和民族交流史都有特殊的价值。鄂王故里诗五首中的其他四首分别是明代李有朋、清代邵遐龄、民初宋教仁、当代大冶作家李相淦四位作者因多种原因来到鄂王故里，有感而发创作的诗歌。通过阅读鉴赏鄂王故里诗五首，可以对龙川学府所在地鄂王故里源远流长的文学和人文历史有初步的了解。龙川学府校友诗两首选择的是从学府走出的杰出校友辛亥革命志士刘复和红色革命英烈盛浩如的诗歌作品。阅读鉴赏学府校友诗两首，要注意体会学府杰出校友深沉的家国情怀、大无畏的革命精神，进而了解他们为社会进步所做出的牺牲和贡献。

1. 胡朝颖诗三首

宋·胡朝颖

旅夜书怀

十日春光九日阴，
故关千里未归心。
遥怜儿女寒窗底，
指点灯花语夜深。

春　游

风烟冉冉草萋萋，乍雨还晴不作泥。
粉蝶乱随花片妥，黄鹂双压柳枝低。
一湾渌水明凫影，数里青山送马蹄。
无限春光吟不尽，浮红浪紫望中迷。

小金山

天光云影碧相涵，百顷玻璃一望间。
绿水绕门迷客渡，白云终日伴僧闲。
疏钟破晓潜虬动，老木成阴倦鸟还。
唤取头陀磨石壁，为渠题作小金山。

拓展与延伸

胡朝颖简介

胡朝颖，字达卿，号静轩，淳安（今属浙江）人。宋孝宗乾道八年（1172）进士。历武昌令，通判嘉兴，知岳州兼湖北提刑。宁宗开禧元年（1205），由知岳州任罢。著有《静轩集》（三卷）等，皆佚。胡朝颖历史名人事迹《淳安县志》和《武昌县志》均有记载。

胡朝颖和金牛教育文化事业的昌隆

胡朝颖，祖籍浙江淳安，南宋庆元元年（1195）任武昌令，期满民德不忍其去，金牛士绅百姓盛情挽留，公亦乐斯土遂卜居焉。后主讲"龙川书院"，为史书记载大冶二中前身"龙川书院"首任山长。胡朝颖后人胡文寿，字仁夫，鄂王故里金牛镇人，颖敏笃志，刻苦好学，元至正间乡贡，曾授"龙川书院"山长，明初，授武昌训导。仁夫平生诱掖不倦，著作多散佚，现存者有《谯楼上梁文西山寒溪文集》《海藏楼诗集》，此书现珍藏二中图书馆。自胡朝颖主讲"龙川书院"，开创优良传统以来，金牛教育文化事业薪火相传，人才辈出，昌隆至今已经有八百余年。

2. 龙川学府校友诗两首

送宋教仁赴日本
刘复

大法原无我，其如状别何。
南船与北马，此去任风波。
碧血何当溅，雄心不可磨。
剧怜荆棘里，热泪泣铜驼。

残 酷
盛浩如

残酷何妨十族诛，
此身亦可醢如鱼。
大多群众终难尽，
他日成功不必吾。

拓展与延伸

刘复简介

刘复（1885—1944），号菊坡，金牛镇岩刘村人。辛亥革命志士。刘复在大冶二中前身"武昌县立高等小学堂"毕业后，考取"两湖总师范学堂"，旋入"武昌文普通学堂"，与同学宋教仁、田桐等常在一起畅谈世事，抨击时政。光绪三十年（1904），刘复参与组织"科学补习所"等进步组织，密谋"排满兴汉"，策划响应华兴会长沙起义，不料事败，科学补习所被查封，宋教仁等遭到通缉，刘复也被学堂除名。于是刘复带宋教仁潜回家乡避难，宋教仁在刘复家住了一个多月，刘复竭力保护。宋教仁欲东渡日本，苦无舟资，刘复倾囊相助。后来刘复易名考入"湖北高等警察学堂"。

武昌起义时，城中警察连夜逃散殆尽，市面秩序混乱不堪，刘复指出："时至今日，宜内饬秩序，外壮声势，四方风动，方可云集响应，是以警察及报刊亟待备办。"于是，刘复积极参与军政府机关报工作，编辑《中华民国公报》，同时，兼湖北警察编制长，筹设警察局，维持地方治安。阳夏之战中，刘复出则荷枪巡哨，入则挥毫为文，黄兴极为赞赏，亲笔书写对联赠刘复："上马杀贼，下马草露布；左手持螯，右手执酒杯。"

民国初年，刘复协办汉口《震旦民报》，不久，应内务部试，考取县知事，被分发四川，历任蒲江、金堂等县知事。刘复鉴于蜀地祸乱相接，无意居仕，遂寄寓成都，创办《大中报》。民国八年（1919）应邀回鄂，担任《正义报》主编，为当时湖北各界进步力量掀起的"驱王（军阀王占元）"运动擂鼓助威。王占元悬像缉拿刘复，刘复投奔湖南，协助蒋作宾、孔庚等以武力讨伐王占元。后来吴佩孚荼毒湖北，刘复往来于川、滇、陕、豫、冀等省，联络各界进步人士，致力于推翻军阀统治。其间，刘复奉孙中山电召，数度赴粤，担任大元帅府秘书、军法官等职，相继参加第一次和第二次北伐战争。民国十五年（1926），国民革命军第三次北伐，刘复担任两湖宣抚使署秘书长，随军北伐，围攻武昌时，刘复撰写《告武汉民众书》。

刘复喜藏书，重视教育事业，曾捐赠母校线装图书千余册，其中含名著数百册，这批捐赠图书承载着刘复对母校的深情厚谊。刘复捐赠的图书现珍藏大冶二中图书馆。

刘复素与同学宋教仁交厚，二人有诗文互赠唱和。（见上文，宋教仁《晚泊梁子湖》和刘复《送宋教仁赴日本》。）

盛浩如简介

盛浩如（1908—1932），化名汪洋，湖北鄂城长岭人。红色革命英烈。盛浩如出生于小商之家，其家藏书甚富，幼好读书，尤喜杜甫、陆游等忧国忧民的诗人之文，通诗词歌赋，亦善真草篆隶。

1925年，盛浩如17岁入金牛虬川中学（大冶二中前身），离家赋诗曰："满怀朝气溯虬川，莫负风华正少年。但使求知能致用，将纾国困解民愚。"盛浩如在校常读魏源、龚自珍文章，每念"师夷长技以制夷""我劝天公重抖擞"等警句，则激愤不已，决心投身火热的革命斗争。1926年，盛浩如带领同学创办"蔷薇诗社"，借以揭露社会黑暗，激励同学畅谈个人理想追求，关注国家前途命运。课余，经常与同学畅谈林则徐、谭嗣同、梁启超的诗文。

1927年春，因校舍失火被焚毁，盛浩如、鲁毓藻、吴树勋、林明炯、余遂生等虬川中学三年级一个班的同学四十余人集体转学到董必武创办的"武汉中学"就读。这批学生中不少人参加了北伐军，有的考入叶挺的中央教导团并随军开赴南昌参加"八一起义"，他们中不少人后来成为革命英烈。1927年，盛浩如投奔国民革命军第十五军，任第十团司书。不久，经团指导员范得烈介绍，加入中国共产党。1928年秋，武汉共产党人和革命群众遭到反动派大肆搜捕，武汉一时间血雨腥风，盛浩如和同学鲁毓藻等聚会，挥笔写下"任他雪尽封山白，我信人间总有春"的诗句与同学共勉。同年秋，盛浩如和虬川中学同学林明炯一道，回乡建立党组织，组织农民军前往湘鄂赣边区参加革命。1930年5月，盛浩如担任中共鄂城县委委员，负责宣传。7月，与县委其他负责人一道，在谢埠、沼山、长岭一带发动群众，计划组织"八一边境暴动"。后计划泄露，遭敌人"清乡围剿"，盛浩如亲属近十人被地方恶霸和反动分子抓捕，被敌人残忍杀害于长岭、刘家祠、保安镇等处。浩如闻讯悲愤写下《残酷》诗云：

残酷何妨十族诛，此身亦可醢如鱼。
大多群众终难尽，他日成功不必吾。

1931年，盛浩如带领党的部分干部、积极分子以及妻子胡芸芝（时任妇联主席），前往阳新龙港，开展革命工作。一天夜晚，他住的小客栈被敌人一个连的兵力包围。盛浩如在妻子胡芸芝的掩护下，从侧门逃生。胡芸芝被捕，英勇不屈，次日从容就义。浩如闻讯，十分悲痛，写下《哭亡室胡芸芝》诗云：

一瓣心香祝项王，美人垓下与偕亡。
我今四面歌声里，无复虞兮慰寂凉。

1932年，盛浩如率部活动于鄂中，被地方民团包围，血战数日，终因寡不敌众，在襄河突围中壮烈牺牲，时年24岁。

附：盛浩如烈士陵园楹联和纪念碑碑文

盛浩如烈士陵园楹联

点燃星火爆发风雷驱帝反封惊大地
瞻仰陵园缅怀功绩承先启后迈前程

盛浩如烈士纪念碑碑文

烈士盛浩如，化名汪洋，鄂州市长岭镇人，生于一九〇八年。自幼勤奋好学，聪颖过人，十七岁入虬川中学，课余喜读有关进步书刊，交游进步人士，接受革命熏陶。一九二七年参加北伐军，充十五军十团司书，并加入中国共产党。一九二八年回乡建立中共长岭支部，次年任中共鄂城县特支宣传委员。一九三〇年夏为中共鄂城县委主要负责人之一，参与领导鄂南边境"八·一"暴动，失败后，血亲六口遭屠杀，其妻（胡芸芝当时任区妇联主席）亦落入魔掌，英勇就义。痛革命受挫折，悲亲人受残害，浩如化悲痛为力量，以诗明志："残酷何妨十族诛，此身亦可醢为鱼。大多群众终难尽，他日成功不必吾。"革命到底之坚定信念，为主义献身之英雄气概，惊天地，泣鬼神。是年十月，浩如任鄂东工农革命委员会秘书，《暴动》党刊编辑，后复调回鄂城县委工作。一九三一年春，受命赴武汉、上海向党中央报告工作。一九三二年率部转战鄂中，不幸被围，弹尽粮绝，突围牺牲，时年二十四岁。战士热血浇沃土，换来春色满人间。一九九六年湖北省政府追认其为革命烈士。

呜呼！浩如英名千古，烈士精神永存。

湖北省人民政府
一九九六年立

3. 鄂王故里诗五首

越人歌

鄂君子皙采集，西汉刘向汇编

今夕何夕兮，搴舟中流。
今日何日兮，得与王子同舟！
蒙羞被好兮，不訾诟耻。
心几烦而不绝兮，得知王子。
山有木兮，木有枝；
心悦君兮，君不知。

（《越人歌》记载见西汉刘向编写的文化典籍《说苑》。熊子皙，春秋时期楚国王子，被封于鄂，居鄂王城，世称鄂君子皙。《越人歌》记载的是鄂君子皙泛舟中流，与越人唱和江上的历史故事。）

金牛勘灾

明·李有朋

百里城南道，单车岂漫游。
翻云过白雉，摄雨到金牛。
炊火几家晚，香粳一半秋。
赧然惭禄食，田野有荒丘。

南　楼
清·邵遐龄

女楼花落暮烟横，槛外西风动客情。
清兴惟传晋时月，高楼仍俯鄂王城。
云山当户青无数，烟火临江市有声。
我独劳劳对良夜，沧浪何处濯尘缨。

晚泊梁子湖（赠刘复）
宋教仁

日落浦风急，天低野树昏。
孤舟依浅渚，秋月照征人。
家国嗟何在，乾坤渺一身。
夜阑不成寐，抚剑独怆神。

过鄂王城
李相淦

旧堡古城几度过，鄂王踪迹壮山阿。
陶瓷泥鬲沉江渚，石斧铜戈积陂陀。
父老能言熊楚事，牧章会咏国殇歌。
荒台原是开基处，万乘旌旗寄薜萝。

拓展与延伸

李有朋简介

李有朋,浙江东阳人,字彦孚,别字乐吾。明嘉靖丙午年(1546)乡荐,会试及第,授福建福安县令,因母亲去世,李有朋回家丁忧守制三年。李有朋守制期刚满,朝廷就督促其赶往湖北武昌县赴任,主持救灾要务。明隆庆四年(1570),李有朋从浙江东阳出发,一路风尘仆仆赶到遭遇特大洪灾的武昌就职。李有朋到任后,便单车孤桿阅灾访困,赈济苦难中的百姓,筹划灾后重建大计。武昌经济恢复繁荣之后,万历三年(1575)李有朋主持重建武昌城。李有朋在《建城纪略》一文中写道:"城之建,前迎湖,后俯江,左临马坡,右枕竺山。形势环抱,实为胜区。列四门,南曰拱岳,北曰朝京,东曰通淮,西曰望楚。"李有朋亲自督造的武昌城,一直到现在还留下许多遗址遗迹。《湖北通志·名宦传》有李有朋传,记其任武昌令时的卓越政绩。李有朋以清节著闻,不畏权贵,勤政爱民。据说,当年李有朋离任武昌时,万民相送,并为他立祠传扬。

邵遐龄简介

邵遐龄,字约园,浙江仁和(今浙江杭州)人,乾隆十七年(1752)举人,乾隆二十三年(1758)任武昌知县。邵遐龄颇有德政,尤其重视文化教育事业,任武昌知县期间曾主持重建武昌南楼(又名庾亮楼)、龙川书院,并主持重修武昌县志。

邵遐龄子邵琨,字毓峰,乾隆五十三年(1788)举人,蓝田知县。

宋教仁简介

宋教仁(1882—1913),字钝初,号渔父,湖南省常德市桃源人,中国"宪政之父"。1882年4月5日,宋教仁出生于桃源县一户有着不愿与清王朝合作传统的书香之家。宋教仁童年爱好武术,就读乡塾,天资聪颖。少年时代具有强烈的爱国情感,闻甲午战争失败,台湾等地割让日本,悲愤赋诗"要当慷慨煮黄海,手挽倭头入汉关",立誓长大"文不借笔,武不借刀"。1899年,宋教仁升入桃源漳江书院,受进步山长教诲和变法维新、救亡图存思潮激励,萌发"实行革命,推翻专制皇帝,建立一个民众作主之新国家"的思想。1902年宋教仁考入武昌文华书院普通中学堂。在校期间,宋教仁常与进步青年议论时政,走上反清革命道路。1903年8月,宋教仁结识黄兴,成为挚友。11月4日,宋教仁偕黄兴、刘揆一、陈天华、章士钊等共同成立华兴会。1904年,华兴会长沙起义走漏消息,宋教仁等被清政府通缉。宋教仁来到武昌同学刘复家乡金牛避难,后刘复资助宋教仁东渡日本,入东京政法大学学习。1905年,宋教仁加入中国同盟会,任司法部检事长。1911年10月11日,湖北军政府在武昌成立,宋教仁致力于建设民主共和政权,大力宣传革命宗旨。1912年,中华民国成立,宋教仁被任命为法制院院长。1912年8月中国同盟会改组为国民党。宋教仁希望国民党在将来的国会选举中能争取多数席位,因此,在安徽、上海、浙江、江苏等地发表演说。1913年2月,国会选举接近尾声,国民党取得重大胜利。袁世凯惶恐不安,指使洪述祖派刺客在上海火车站将宋教仁暗杀。宋教仁为民主共和国捐躯,举国恸悼,孙中山先生为宋教仁撰写挽联。

挽联一:
作公民保障,谁非后死者;
为宪法流血,公真第一人。

挽联二：

　　三尺剑，万言书，美雨欧风志不磨，天地有正气，豪杰自牢笼，数十年季子舌锋，效庄生索笔；

　　五丈原，一抔土，卧龙跃马今何在，冠盖满京华，斯人独憔悴，洒几点苌弘血泪，向屈子招魂。

宋教仁墓安于上海闸北宋公园（现名闸北公园），于右任为宋教仁墓撰书刻铭：

　　先生之死，天下惜之。先生之行，天下知之，吾又何纪。为直笔乎？直笔人戮。为曲笔乎？曲笔天诛。嗟嗟九泉之泪，天下之血，老友之笔，贼人之铁。勒之空山，期之良史，铭诸心肝，质诸天地。呜呼！

李相淦简介

李相淦，1941 年出生于大冶，1976 年在大冶县文化馆工作，1981 年任职于大冶县委宣传部，1985 年担任《大冶日报》副总编辑，1990—1996 年担任大冶教委主任，1993—1998 年兼任大冶一中校长，1998—2010 年担任大冶市作协主席。代表作品有小说《育苗人》《金秋嫂》，散文《君山游记》获全国报纸副刊文学作品评选一等奖，《香樟流韵》获中国校园文学一等奖。李相淦和查代文、王全豫、明庭映、柯尊解四位作家联合成立文学创作五人组合"伍仁圈"，共同为黄石地区的文化事业做出了重要贡献。

鄂国的来龙去脉

刘合聪

在中华文明史上有一个极具神秘色彩的关键国家——鄂国。研究鄂国的来龙去脉有利于找到中华文明的一条宝贵的"黄金线索"。

作为国名的"噩"（含"王"）字，见于商代甲骨文、周代金文，先秦文献则写作"鄂"（含"阝"）字，这两个汉字当有演化关系。"鄂"，西周金文也写为"噩"，学者多认为像鳄（鱷）鱼之形而造字。鳄又称为蛟龙，鄂部族以其地多扬子鳄而奉鳄鱼为部族文化图腾，并用作国名。鳄图腾是龙图腾最初的主要原型之一。另外有学者认为"噩"是一种观星仪器或重要仪仗，也有学者认为"噩"是依据某种美丽花朵的形态造出的象形字，还有学者认为"噩"是"器"字的原始写法，推测在当时部落联盟的社会分工中，最早由鄂氏族世代承担为王室铸造青铜器的重任。"噩"字这个极具神秘色彩的汉字，最初有几种含义，至今尚无一致的定论。

鄂国相传最早是由黄帝姞姓子孙和女娲后裔所建的重要诸侯国。姞姓为黄帝后裔姬、酉、祁、己、滕、葴、任、荀、僖、姞、儇、衣十二个分封得姓之一。姞姓鄂国存在于夏、商、周三代，最后为楚国所吞并。

据《史记·殷本纪》记载，商纣王"以西伯昌、九侯、鄂侯为三公。九侯（一作鬼侯）有好女，入之纣。九侯女不喜淫，纣怒，杀之，而醢九侯。鄂侯争之强，辨之疾，并脯鄂侯。西伯昌闻之，窃叹。崇侯虎知之，以告纣，纣囚西伯羑里"。从史籍记载可知，在商纣王统治时期，鄂侯、九侯与西伯侯姬昌并列为商朝三公，鄂国在商代已经是一个实力强大的老牌诸侯国。商王室、周王室和鄂国先后都有联姻关系，和鄂国的联姻也可以看作是和女娲后裔的联姻。因为南伯侯鄂崇禹和西伯侯姬昌都受到商纣王的残酷迫害，鄂国自然成为商末周初周王朝重要的联合对象。

商代鄂国背靠吕梁山,在汾河和黄河两河的交汇地区,即在今山西省乡宁县黄河岸边一带,主要活动范围大约在吕梁山和太行山两大山脉环抱中的今山西境内的汾河盆地,核心区大约在今山西、陕西、河南三省交界以黄河串连的区域(包括今山西省临汾市、运城市,含乡宁县、吉县、洪洞县等),并有向南方迁徙的发展趋势。在中国地图上商代鄂国的核心活动范围也就是在九曲黄河在晋、陕、豫三省交界处的一个典型的"黄河V形湾区"内。

西周初年,鄂国南迁到汉水流域的随州,扼守中原通往江汉平原和鄂东的战略要道。鄂国迁到随州后很快恢复元气,得到发展壮大,成为周朝在南方倚重的一大诸侯国,并成为周王朝重要的联姻对象国。西周初期周王朝主要的用兵方向是原商王朝的统治区,东夷、淮夷的控制区和当时南方江汉地区的楚蛮之地。西周初期和中期鄂国与周王室保持着友好关系。据上海博物馆收藏的鄂国故土出土的文物"噩侯驭方鼎"铭文记载,"王南征,伐角、僪。唯还自征,噩侯驭方纳壶于王,乃祼之。驭方侑王,王休偃,乃射。驭方,王射。驭方休阑,王宴,咸饮。王亲赐玉五瑴,马四匹,矢五束……"青铜礼器"噩侯驭方鼎"铭文记载了西周时期鄂侯和周天子之间的一次重要的外交事件:周王南征角夷,自征地返回,途经鄂国,噩侯驭方前来献礼,并宴请周王,又陪同周王行射礼。周王显然十分重视鄂国,亲自赏赐给噩侯玉、马、矢。噩侯驭方拜谢周王,并以此事为荣,噩侯随后制造刻有铭文的宝鼎留给子孙后代,以志纪念。从"噩侯驭方鼎"铭文记载的历史事件可以看出,西周初期、中期的鄂国是当时周王朝在南方举足轻重的大国。

西周晚期(周夷王后期或周厉王时期),噩国与周王朝矛盾激化,噩侯驭方联合东南方蛮夷部落大举反周,噩、周双方发生了改变两国国运和当时国际形势的大战。陕西出土的铸造于西周时期的

"禹鼎"（现珍藏于国家博物馆）铭文记载：

……乌呼哀哉！用天降大丧于下国，亦唯噩侯御方率南淮夷、东夷广伐南国、东国，至于历内。王乃命西六师、殷八师曰："扑伐噩侯御方，勿遗寿幼！"肆师弥怵匌恇，弗克伐噩。肆武公乃遣禹率公戎车百乘，厮御二百，徒千，曰："于匡朕肃穆。唯西六师、殷八师伐噩侯御方，勿遗寿幼！"……禹以武公徒、御至于噩，敦伐噩，休，获厥君御方。肆禹有成……

西周晚期"禹鼎"铭文记载的是鼎的主人"禹"奉命征伐噩国，俘获噩侯御方的功业。噩侯御方率领淮夷和东夷在周朝的东方诸国和南方诸国大肆侵伐，严重威胁到周王朝的统治和天下共主的权威。周王极为震怒，派遣周王朝主力军队西六师和殷八师南征噩国，并严厉命令将噩国人无论老幼尽皆屠灭。根据西周分封制要求，每逢大的战争，西周王师出征，西周分封的诸侯国往往要派军队协助王师作战。西周晚期周王讨伐噩国的大战，很显然是当时中国南北双方两大联军的一次大规模的会战。尽管周王动用了几乎全部主力来讨伐噩国，但短时间内仍然无法取胜，"弗克伐噩"，战争双方陷入了僵持局面。可见当时噩国的强大。为打破周、噩双方的战争僵局，武公于是派遣大将禹率领属下军队增援。禹率领新的援军投入僵持的战场，全力进攻，最终击溃噩国，生擒噩侯御方。经此一战，噩国受到沉重打击，几乎亡国。噩国遗民四散逃亡，其中一部分被迁往南阳盆地，后世称之为西鄂，一部分则越过长江逃往鄂东南，与前期到达鄂东南的鄂国族人及扬越族人相结合，后世称之为东鄂。"杀敌一千，自损八百"，经此恶战，周王朝同样损失惨重。此战之后，周王朝和鄂国都已经没有实力有效控制南方。周王朝和噩国交战双方精疲力竭之时，南方的楚国乘势崛起，填补了周王朝和噩国在南方的权力真空，成为中国南方新的霸主。

据《史记·楚世家》记载，"当周夷王之时，王室微，诸侯或不朝，相伐。熊渠甚得江汉间民和，乃兴兵伐庸、扬越，至于鄂。熊渠曰：'我蛮夷也，不与中国之号谥。'乃立其长子康为句亶王，中子红为鄂王，少子执疵为越章王，皆在江上楚蛮之地……"

楚国，国君为芈姓、熊氏。楚君出自黄帝之孙高阳氏颛顼。楚人先祖为火神祝融，楚人以凤为图腾，并把凤视为火神祝融的化身。商末芈姓季连部落酋长鬻熊，审时度势，率族投靠西周，担任文王的火师，参加灭商的斗争，受到周王室的重视。周成王封鬻熊后代熊绎于楚蛮之地，子爵，姓芈姓，居丹阳。到西周晚期，楚国崛起的关键人物——一代雄主楚君熊渠掌握蕴藏丰富铜铁等金属资源的鄂东南后，楚国加速崛起，成为江汉地区的第一强国。鄂国到达的南阳、随州、鄂州三地最后都为楚国所统一。

通过对有关鄂国在多地出土的文物提供的线索和有关历史典籍对鄂国的文字记载提供的信息分析可以看出，鄂国人从商代到西周晚期的迁徙路线的起点是今山西境内的汾河与黄河交汇区，终点是今湖北境内的汉江与长江的交汇区，鄂国人迁徙路线的重要节点是今山西省临汾市乡宁县、运城市，河南省洛阳市、南阳市，湖北省襄阳市、随州市、鄂州市、大冶市。从中国地图上看，鄂国人从商代到西周晚期的迁移范围是从晋、陕、豫三省交界的"黄河Ｖ形湾区"到达鄂、湘、赣三省交界的"长江Ｖ形湾区"。

经研究可以发现，鄂国从北向南的迁徙路线和商、周时期中国从南向北的青铜运输路线"铜路"基本重合。文字、城市和金属工具是人类文明产生的三大标志。从现在已知的中华文明起源的信息看，文字应该是由黄河文明所提供，冶金技术和金属原料应该是由长江文明所提供。掌握金属原料、冶炼知识和金属器具的制造技术，是商、周时期提升军力和国力的关键，也是当时国家文明发展程度的关键标志。从商代殷商都城出土的青铜器可以看出，商代青铜原料冶炼和青铜器的铸造技术已经达到相当高的水平。而对商代同期的遗址考古发现，商代同期中国境内除殷商都城遗址和殷商贵族墓地以外，其他地方很少有青铜器出土。这只能说明一个问题，商王朝为了保证对其他邦国和部落的绝对竞争优势，对青铜原料和青铜铸造技术进行了严格控制，商王朝长期掌控着对青铜战略资源的分配权。商王朝前期和中期的对外战争很可能长期是青铜兵器对木石兵器的战争，在率先掌握青铜兵器的商朝大军面前，其他邦国或部落的军队很可能长期处于被猎杀、被碾压的状态。而当时中国的青铜产地主要集中在长江中下游沿岸的少数几个地区。商朝末期西周军队有实力向商朝军队发动大规模进攻，说明西周已经获得大量青铜资源，并且掌握了青铜铸造技术，青铜兵器已经武装西周军队，同时也说明商王朝已经不能完全掌控青铜资源的分配权。

商王朝、周王朝的兴衰都跟鄂国和鄂地有着重大关联。鄂国和鄂地的归属，对青铜这一当时决定各国军力和国力的重要战略资源的掌控权的激烈争夺成为改变竞争各方力量对比的关键，"铜路"（或"金路"）是商王朝的生命线，也是周王朝的生命线。商周时期的铜锡资源和现代的钢铁资源一样是富国强兵的必备战略资源。西周初期周昭王多次南征楚蛮之地，战略目的主要是为了掌控江南的铜锡资源，保障西周铜路的畅通。当楚国牢固占有盛产金属的鄂地之后，周王朝难以再获得大量青铜兵器武装军队。失掉了青铜资源的掌控权和分配权，西周军队的装备能力迟早必然大幅下降，西周的衰落只是时间问题。同时，掌握了战略资源和国之利器，楚国的崛起也只是时间问题。

湖北随州是炎帝故里，鄂侯、楚王都是黄帝后裔，扬越氏为女娲后裔，湖北人自称为"炎黄子孙""女娲后裔"符合湖北民族融合的历史逻辑。华夏民族的融合过程也是"龙图腾"的产生和完善过程，华夏民族成龙的过程既是吸收各部族优秀的遗传基因的过程，也是吸收各部族优秀的文化基因、文明成果进而增强自身力量的过程。

　　人类社会数千年的历史发展经验证明，冶金工业及其金属加工制造产业是决定国力的关键产业。不管是农业社会，还是工业社会，工业制造能力决定着工业的发展水平，同时在很大程度上也决定着农业的发展水平。古鄂国族人从"黄河V形湾区"到"长江V形湾区"的迁徙路线同时也是中国当时南北文明交流的"黄金线索"，是金属原料的运输路线，也是金属原料冶炼和金属器具的分工制造路线，同时也是一条主要的中国南北战争的路线。商王朝失败的一个重要原因是"重器轻道"，而周王朝失败的一个重要原因是"重道轻器"。道无器相配，道必难行。商王朝、周王朝、楚国的崛起都离不开鄂地的工业力量，中国近代重工业的发展也首选鄂东地区。中国数千年的文明史证明，鄂东地区是中国工业基因最为强大和持久的地区，有着发展工业得天独厚的条件。

　　在农业经济占主体地位的古代中国，鄂国却是一个有着显著冶金工业基因传承的诸侯国。研究鄂国的来龙去脉可以找到中华文明的一条宝贵的"黄金线索"，也可以找到中华文明中原始的工业制造基因传承。

　　楚公熊渠、鄂王熊红、鄂君子皙、鄂君启等成为鄂东南地区最早的一批有文字记载的重要历史人物。

　　楚国在鄂东南地区所建造的鄂王城，是楚文化在鄂东南的地理标志，也是鄂文化与楚文化在鄂东南融合的标志。进驻鄂东南，建造鄂王城，大兴炉冶，成为火神后裔楚人崛起的关键一招。

　　有一个古老的国家从黄河之滨来到长江之滨，有一条灿烂的"金线"紧密联系着长江文明和黄河文明。鄂国人民的迁徙之路同时是古老中华的一条主要的文明交流传播和融合发展之路。

　　研究清楚鄂国和鄂国人的来龙去脉，对湖北简称为"鄂"的文化内涵会有更全面、更好的理解。

第二单元

千年学府文言三篇

　　本单元选择的是为龙川学府做出重要贡献的人物的作品，其中包括清代邵遐龄写的《龙川书院序》，元代陈天祥呈给朝廷的著名奏章节选和大冶二中一九五五级校友写的《百年校庆联谊记》。

　　《龙川书院序》是武昌贤明知县邵遐龄应鄂地百姓请求，为第五次重建龙川书院所作的序文，寄托了邵遐龄对龙川书院的深厚感情。作为湖北历史上论述学校教育的优秀文章，《龙川书院序》兼具思想性和艺术性，为当时中国多地书院所传诵和收藏。

　　陈天祥是"龙川书院三贤"之首，为官期间大力支持武昌学馆重建并更名为"龙川书院"，为龙川书院的发展做出了历史性的贡献。所谓文如其人，陈天祥呈给元世祖的著名奏章充分地体现了陈天祥的风骨、文采、勇气和智谋，同时也反映了他忧国忧民的胸怀、疾恶如仇的性格和为民除害的浩然正气。

　　《百年校庆联谊记》体现了大冶二中历届校友对母校的深厚情义，这种情义值得我们珍惜并且需要大力传扬。

4. 龙川书院序

清·邵遐龄

凡兴修之役，关于民情，裨于士习，儆于官箴者，有其举之不可废也。

金牛镇之有龙川书院久矣。旧经倾颓，灵马贤符四乡及本镇绅士耆人等于乾隆二十八年呈请募修，属予序。顾呈述所由，大有脱误。予谨参考旧乘为之订正矣。兹修葺方竣，复丐余记。因就其序意，申言以纪之。

按金牛旧有学馆基地，元至元贤士之集于镇者三十又四人，就其基筑精舍肄业其中。时洛阳陈文忠公缑山天祥，以知兴国军来权寿昌，绥靖邑乱，戮贼渠毛遇。悯余囚多诖误，纵之还家，约三日归狱。囚众感泣，如期毕至。公怜而释之。远近闻之，皆服其德。簿书稍服，暇则过龙川精舍，进诸生劳来之明道修祠以相训诲民。既户为木主祝公，而绅士且上请祀公于龙川。中书命下行省，许建书院，并遣官来主其教。

至正乙酉，高昌铁山德刚使来建是邑。重新之寝久而圮。陈公之主或祧矣。迄有明，金牛镇公馆之修于李令有朋者，未知其别有地欤？抑即龙川故址欤？然书院固不可以往来输蹄涸也！万历十七年，顺德黄公切斋应龙知县事，值岁饥，捐俸煮赈，上请减赋，并建议仓以豫积贮。三十一年，南昌刘公止亭曰淑知县事，剔奸厘弊，有卓异声。士民并感其政，同祀之龙川书院，称黄刘二公祠。而陈文忠公祠兼载在儒学东，盖南湖书院也。今南湖旧院难复，陈公不其馁乎！予为补其脱，正其误。众绅尤踊跃募修。鸠工庀材，坚其栋宇，厚其墙垣，并疏院后濠下官塘荒芜计可百亩。畜鱼鳖，莳荷芰，利可略资香火。甚义举也！

夫时绌固不可举赢。而今者朝廷有道，凡所以鉴民隐，正士风，肃官方者，盛德足迓天和。而邑亦庆屡丰诸士民之乐。

兴是役而不日告成也。有以夫抑予以为斯院也固祀黄刘二公，而陈公亦不宜祧。以时则元祀先而明祀后也，以爵则牧主尊而令主亚也，以地则权邑事者宾而知邑事者主也，以功则定乱者大而赈荒者次，厘弊者又其次也。三贤并祠，仍额龙川书院，于礼允协云。

予因之有感矣。龙川之书院其始创也，其中废而终兴也，非三公之德之政有不可喧者乎？以此为勿伐之棠，则民情厚焉；以此为学道之室，则士习隆焉；以此为广厦之庇，则官箴惕焉。迹虽复古，而可兴可观不尤在今哉！穷愿与绅士吏民共最之。

拓展与延伸

龙川书院简介

龙川书院前身为武昌精舍（学馆），其址原为郡学。据《武昌县志》记载，南宋庆元元年（1195），武昌县令胡朝颖任期满后，民德不忍其去，鄂王故里士绅百姓盛情挽留，胡公亦乐斯土遂卜居焉，并主讲武昌精舍（龙川书院前身）。1195年为"龙川书院"有现存史书记载的开始，胡朝颖先生为有史书记载的"书院"首任山长。

元至元癸巳年（1293），集于鄂王故里金牛镇的名士34人积极倡导，发起募捐，就原基重建精舍，并设山长课士。知军陈天祥"尝过而劳之"，相与议建书院，"会议其事有司以闻中书命下行省遣官来主教始以其地建书院"。1293年，武昌学馆重建，并更名为"龙川书院",龙川书院的称谓从此昭著史册。龙川书院作为湖北历史上著名的教育品牌名字一直传承到1902年。元代鄂州最著名的是龙川书院。龙川书院兴建后,元至正乙酉年(1345)重修。据《龙川书院记》载:元至正五年,高昌人士铁山德刚任武昌达噜噶齐(知县),到龙川书院"祗谒先圣,环顾四壁,大惧颠越,谓山长国忠曰:学校政之本也,今废坏若此,何以示观瞻?予将鼎新是谋,尔其竭力以助我。"1345年7月龙川书院动工重建,因立石,以纪岁月。一直到明代,龙川书院仍然不断扩大。明成化年间,湖北修建书院10所,龙川书院属其一。明万历十七年(1589)龙川书院又再次得到重建和扩建。清乾隆二十八年(1763),武昌知县邵遐龄主持重修龙川书院,并为校舍竣工作序。记言:"凡兴修之役,关于民情,裨于士习,傲于官箴者,有其举之不可废也。"龙川书院历经宋、元、明、清四朝而经久不衰,成为荆楚著名书院之一。

清光绪二十九年(1903),废科举,兴学堂。是年,由龙川书院走出家门的柯逢时、刘灿藜等人回乡推行新式教育,倡议奏准当轴,将龙川书院改办为"武昌县立高等小学堂"。柯逢时兼任堂长,并和同乡刘灿藜等一起带头捐资助学,招收四乡学子。

民国三年(1914),金牛划归鄂城县管辖,学校改称"鄂城县立虬川中学"。1926年8月,北伐军叶开鑫部路过金牛,借住虬川中学校舍,失慎火起,虬川中学一座四栋相连的砖木结构的二层楼房连同后院的"宣圣殿""景贤堂"等等统统付之一炬。因校舍被焚,虬川中学学生转往外地学校借读,其中三年级有一个班的学生四十余人集体转学到董必武创办的"武汉中学"就读。这批学生中有不少人投笔从戎,参加了北伐军,有的后来成为革命英烈。其中吴树勋考入叶挺将军的中央教导团,随军开赴南昌参加"八一起义",后又随军开赴广东,吴树勋在东江海陆丰战役中牺牲。其他如盛浩如烈士等历史均有记载。1947年1月,学校更名为"鄂城县立第二初级中学"。

中华人民共和国时期。1949年5月14日,学校所在地金牛镇解放,9月初,鄂城县县长韩光兼任本校校长。1951年学校更名为"鄂城县立第二初级中学",1952年学校更名为"鄂城县第一初级中学"。

1955年冬,金牛划归大冶。1956年2月1日,学校更名为"湖北省大冶第一初级中学",7月14日,接省教育厅和黄冈专署文教科通知,学校更名为"湖北省大冶第二中学",要求学校为建立完全中学创造条件做好筹备工作。1978年10月,大冶县政府正式确定大冶二中为全县重点高中。1982年秋,初中部停办,学校由完中改为高中。1995年,大冶撤县建市,校名改为"湖北省大冶市第二中学"。2001年,学校被授予"黄石市示范学校"称号。2002年7月16日,大冶市政府正式通知大冶二中,大冶二中百年校庆的主办单位为大冶市人民政府。8月15日,学校在大冶地质宾馆召开新中国成立后历任书记、校长座谈会,共同商讨百年校庆有关事宜。

从公元1195年到公元2002年,从龙川书院到大冶二中,自有史书记载以来,鄂王故里的龙川学府在虬川河畔的同一地点已经连续办学八百多年。

5. 监察御史陈天祥呈元世祖忽必烈奏章节选

元·陈天祥

二十一年三月，（陈天祥）拜监察御史。会右丞卢世荣以掊克聚敛骤升执政，权倾一时。御史中丞崔彧言之，帝怒，欲致之法，世荣势焰益张。左司郎中周寅戈因议事微有可否，世荣诬以沮法，奏令杖一百，然后斩之，于是臣僚震慑，无敢言者。二十二年四月，天祥上疏，极言世荣奸恶，其略曰：

卢世荣素无文艺，亦无武功，惟以商贩所获之赀，趋附权臣，营求入仕，舆赃辇贿，输送权门，所献不充，又别立欠少文券银一千锭，由白身擢江西榷茶转运使。于其任，专务贪饕，所犯赃私，动以万计。其隐秘者固难悉举，惟发露者乃可明言，凡其掊取于人及所盗官物，略计：钞以锭计者二万五千一百一十九，金以锭计者二十五，银以锭计者一百六十八，茶以引计者一万二千四百五十有八，马以匹计者十五，玉器七事，其余繁杂物件称是。已经追纳及未纳见追者，人所共知。今竟不悔前非，狂悖愈甚，以苛刻为自安之策，以诛求为干进之门，既怀无餍之心，广畜攘掊之计，而又身当要路，手握重权，虽位在丞相之下，朝省大政，实得专之。是犹以盗跖而掌阿衡之任，不止流殃于当代，亦恐取笑于将来。朝廷信其虚诞之说，俾居相位，名为试验，实授正权。校其所能，败阙如此；考其所行，毫发无称。此皆既往之真迹，可谓已试之明验。若谓必须再试，止可叙以他官，宰相之权，岂宜轻授。夫宰天下，譬犹制锦。初欲验其能否，先当试以布帛，如无能效，所损或轻。今捐相位以试验贤愚，犹舍美锦以校量工拙，脱致隳坏，悔将何追！

国家之与百姓，上下如同一身，民乃国之血气，国乃民之肤体。血气充实则肤体康强，血气损伤则肤体羸病。未有耗其血气能使肤体丰荣者。是故民富则国富，民贫则国贫，民安则国安，民困则国困，其理然也。昔鲁哀公欲重敛于民，问于有若，对曰："百姓足，君孰与不足；百姓不足，君孰与足？"以此推之，民必须赋轻而后足，国必待民足而后丰。《书》曰："民为邦本，本固邦宁。"历考前代，因百姓富安以致乱，百姓困穷以致治，自有天地以来，未之闻也。夫财者，土地所生，民力所集，天地之间岁有常数，惟其取之有节，故其用之不乏。今世荣欲以一岁之期，将致十年之积；危万民之命，易一世之荣；广邀增羡之功，不恤颠连之患；期锱铢之诛取，诱上下以交征。视民如雠，为国敛怨。果欲不为国家之远虑，惟取速效于目前，肆意诛求，何所不得。然其生财之本既已不存，敛财之方复何所赖？将见民间由此凋耗，天下由此空虚，安危利害之机，殆有不可胜言者。

计其任事以来，百有余日，验其事迹，备有显明。今取其所行与所言而已不相副者，略举数端：始言能令钞法如旧，钞今愈虚；始言能令百物自贱，物今愈贵；始言课程增添三百万锭，不取于民而办，今却迫胁诸路官司增数包认；始言能令民快乐，凡今所为，无非败法扰民者。若不早有更张，须其自败，正犹蠹虫除去，木病亦深，始嫌曲突徙薪，终见焦头烂额，事至于此，救将何及？臣亦知阿附权要则荣宠可期，违忤重臣则祸患难测，缄默自固，亦岂不能！正以事在国家，关系不浅，忧深虑切，不得无言。

世祖闻其语，遣使召天祥与世荣，俱至上都面质之。既至，即日有内官传旨，缚世荣于宫门外。明日入对，天祥于帝前再举其所言与未及尽言者，帝皆称善，世荣遂伏诛。五月，朝廷录天祥从军渡江及平兴国、寿昌之功，进秩五品，擢吏部郎中。二十三年四月,除治书侍御史。六月,命理算湖北湖南行省钱粮。天祥至鄂州,即上疏劾平章岳束木凶暴不法。时桑哥窃国柄,与岳束木姻党,为其爪牙羽翼,诬天祥以罪,欲致之死,系狱几四百日。二十五年春正月,遇赦得释。二十八年,擢行台侍御史。未几,以疾辞归。三十年,授燕南河北道廉访使。

摘选自《元史·陈天祥传》

拓展与延伸

陈天祥简介

陈天祥(1230—1316),元赵州宁晋(今河北省邢台市宁晋县)人,字吉甫,号缑山。中统三年(1262),被征为千户。旋退居偃师南山,躬耕读书,遂通经史。至元十一年(1274),起家从仕郎,从军渡江,为郢复州等处招讨使经历。十三年,兴国军骚乱,天祥权知该州军事。解除禁令,招抚流亡,平定山寨。又止行省欲尽杀鄂州城中南人。二十一年拜监察御使。次年,上疏极言右丞卢世荣奸恶,世荣遂伏诛。擢吏部郎中。二十三年,除治书侍御史,忤桑哥系狱,遇赦得释。元贞元年,任山东西道廉访使。大德间迁河北河南廉访使,迁江南行台御史中丞,力言用兵西南之非。官至中书右丞,封赵国公。卒谥文忠。

陈文忠公天祥在特定历史背景下为保护汉人和汉文化做出了重大贡献。元初陈天祥在武昌期间成功劝止蒙元军队屠城。1293年陈天祥大力支持重建武昌学馆,武昌学馆重建后更名为"龙川书院",龙川书院的称谓从此昭著史册。元代陈天祥、明代黄应龙和刘日淑三位主持重建龙川书院的武昌贤明官员一起被后人誉为"龙川书院三贤"。

6. 百年校庆联谊记

公元二〇〇二年十一月九日，历届校友，少长咸集，共庆母校百年华诞。是日，秋高气爽，惠风和畅，西山翠绿，虬水练青，母校园内，张灯结彩，喜迎学子。重返母校，拜望师长，联谊同窗，回首往事，共话沧桑，憧憬未来，实乃历届学子陈年夙愿。当年青丝一别，孰料今日一会，历时数十载乎？

巳时许，众校友相聚母校门前，乍见讶然。继而大笑，擂胸击掌，热烈拥抱，俄顷，目不暇接，口不暇呼，耳不暇闻。砚友相逢，其乐至极，况乃越数十载而会于少时故地乎？

于是，携手同游。母校二中，久负盛名，素著雅望。历数十载耕耘，今非昔比。园内，香樟流韵，桂子飘香，新楼错列，屋舍俨然。迤逦而行，欲寻旧时嬉戏之所，竟不可得，唯闻满园学子，书声琅琅，依然如昔，而无一可识者。是以同声感叹，吾辈老矣，母校常新。

百年庆典，不同凡响，盛况空前，热烈欢畅，偌大校园，人流爆满，台上，领导致贺、学长献辞、恩师献诗、校友献礼，侃侃而谈，风度神韵，殊与当年无异。台下，数千弟子，不论青丝白发，肃然而听，恭敬之状依然。

庆典之余，分届联谊，一应安排，悉如往昔，欢声笑语，高潮迭起，各展才华，或歌、或舞、或诗、或词，往往一人引吭，和者数十。实乃童心未泯，青春犹在矣。是夜，月影横斜而兴犹未尽，宾舍联床夜话，互通款曲，以求同声同气，抵足而谈，推心置腹，竟不知东方既白。光阴荏苒，世事惩伏，人生难料。然，母校之情，同窗之谊，永世不可忘怀，反哺之情，人皆有之。此议一出，响应者众，于是，慷慨解囊，罄其所有。

翌日，百年校庆纪念碑前，留名、留影，人流如织，流连忘返。百年集会，乃人生难逢之幸事也！是以记。

一九五五级学子纪念壬午仲秋于虬水之滨

第三单元

杰出校友梁由之作品三篇

梁由之,文史学者、作家、策划人、旅行者。楚人,现居深圳。

著有《大汉开国谋士群》《百年五牛图》《从凤凰到长汀》《天海楼随笔》《锦瑟无端:十年自选集》《孤独者鲁迅》《人物·历史·山川》等。

曾策划、主编、编选《天涯社区闲闲书话十年文萃》(全四卷,2010年,文汇出版社)、《梦想与路径:1911—2011百年文萃》(全三卷,2012年,商务印书馆)、《众说钟叔河》(2015年,华夏出版社、天地出版社,与王平合编)、《汪曾祺文存》(全六卷,2017年,中信出版社)、《百年曾祺》(2020年,天津人民出版社)等。影响深远,广受欢迎。

大型书系《海豚文存》(海豚出版社)、《回顾丛书》(辽宁人民出版社)、《梦路书系》(中信出版社)、《主见文丛》(新华文轩北京出版中心)、《一苇丛书》(商务印书馆)、《视野书系·书坊》(上海三联书店)、《长河文丛》(九州出版社)、《五彩石书系》(鹭江出版社)、《千百度书系》(天津人民出版社)总策划兼主编。

(梁由之,原名胡剑星,大冶二中1981年初中部毕业。)

7. 偶开天眼觑红尘

绍兴会馆位于北京宣武门外南半截胡同西，原为山阴、会稽两县的会馆，称为山会邑馆。1912年山阴、会稽合并为绍兴县后，改称绍兴会馆。同年5月，国民政府从南京北迁，鲁迅单身随教育部前往北京。5日抵京，6日"上午移入山会邑馆"。他在这里一住就是7年半，直到1919年底举家迁入周氏兄弟自行购买的八道湾11号新居。

鲁迅起初住在藤花馆西房，半年后"移入院中南向小舍"。后因邻居经常半夜喧哗，闹得鸡犬不宁，严重影响阅读和睡眠，就在1916年5月6日"以避喧移入补树书屋住"。

本来，鲁迅是颇具入世热情的，但逐渐变得很消极。用他自己的话说："见过辛亥革命，见过二次革命，见过袁世凯称帝、张勋复辟，看来看去，就看得怀疑起来，于是失望，颓唐得很了。"我想还有一个他没有说出的原因是：对母亲送给他的那件礼物——有名无实的婚姻——的深度失意。

除了去教育部上班和逛书店，鲁迅基本不出会馆。开始是抄书、辑书，后来又抄古碑、读佛经。每晚形单影只，一灯如豆，"崛然独立，块然独处，与义相扶，寡偶少徒"。所幸"但愿有英俊，出于中国之心，终于未死"。就这样平平淡淡默默无闻地过了好几年。

地火在地下运行，奔突。要来的早晚会来。事情正在起变化。

1915年9月15日，《青年杂志》在上海创刊；第2卷起，改名《新青年》。1916年底迁至北京编辑、出版、发行。这一向被视作

"新文化运动"的标志性事件。

"新文化运动"是当时在内忧外患的强大压力之下进行的一场思想革命。它试图引入"自由""平等""民主""科学"等西方现代理念,用价值重估的方式重新审度中国传统文化,使之"凤凰涅槃"。这是一场名副其实的"启蒙"运动。《新青年》之所以能在民国初年多于牛毛的刊物中脱颖而出,一枝独秀,是因为它集结整合了当时中国最出色的一批知识分子。这些人中龙凤天赋优良,国学根底扎实,又多在欧美或日本接受过新式教育,对国家和民族都抱有强烈的认同感和使命感。他们嫩箨香苞初出林,雏凤清于老凤声,陆续发出自己的声音,再混合成为一股沛莫能御的宏大力量,以其新颖尖锐独特鲜明的对政治、社会、经济和文化问题的思考和表达方式,对一代中国青年的思想和行为产生了深刻而巨大的影响,进而影响乃至间接决定了整个中国现代史的走向和进程。

《新青年》选择的突破口是"文学革命"。"首举义旗之急先锋"是旅美青年学者胡适,发挥决定性作用的则是《新青年》的主编陈独秀。

1917年1月1日,胡适在《新青年》2卷5号发表令人耳目一新的《文学改良刍议》一文,揭开了新文化运动的肇端。他指出:旧文学已经衰落,文学必须改良。文学改良当从8个方面入手:须言之有物;不模仿古人;须讲求文法;不作无病之呻吟;务去滥调套语;不用典;不讲对仗;不避俗字俗语。他认为要以白话文学为中国文学正宗。在谈及文学内容时,胡适认为真正的文学应该反映社会现实生活。

一个月后,陈独秀在《新青年》2卷6号发表了振聋发聩的《文学革命论》。

陈独秀把胡适文学改良的基调进而提升到文学革命的层面。他提出了"三大主义":"曰推倒雕琢的阿谀的贵族文学,建设平易的抒情的国民文学；曰推倒陈腐的铺张的古典文学，建设新鲜的立诚的写实文学；曰推倒迂晦的艰涩的山林文学，建设明了的通俗的社会文学。"

文章最后，陈独秀充满激情和煽动力地呼唤：

"欧洲文化，受赐于政治科学者固多，受赐于文学者亦不少。予爱卢梭、巴士特之法兰西，予尤爱虞哥、左喇之法兰西；予爱康德、赫克尔之德意志，予尤爱桂特郝、卜特曼之德意志；予爱倍根、达尔文之英吉利，予尤爱狄铿士、王尔德之英吉利。吾国文学界豪杰之士，有自负为中国之虞哥、左喇、桂特郝、卜特曼、狄铿士、王尔德者乎？有不顾迂儒之毁誉，明目张胆以与十八妖魔宣战者乎？予愿拖四十二生的大炮，为之前驱！"

一年多时间很快过去了。实际情形的发展却令"新文化运动"的先驱者和主将胡适、陈独秀不无尴尬：文学革命从 1917 年元旦发难后，雷声大雨点小，作为文学主体样式的新小说创作居然一片空白。

每一个伟大的时代和变革都有它应运而生的代表性人物。现在，轮到鲁迅出场了。

浙人钱玄同是《新青年》同人，一员猛将。早在 1908 年，他就与周氏兄弟一起在日本东京跟随章太炎学习过"小学"。作为同乡、同门、旧交，他十分清楚和仰慕鲁迅才情见识之出类拔萃，就极力游说离群索居的鲁迅出来写文章，以图壮大"新文化运动"的声势和力量。

鲁迅呢？早就知道自己"决不是一个振臂一呼应者云集的英雄"，也并无非说不可、现在就说的冲动。何况他从来就是一个深刻的怀疑论者。年近不惑的他，已经习惯甚至安于寂寞。所以言者谆谆，听者藐藐。

但钱玄同却是个非常执着、又十分健谈的人。他并不气馁。一天晚上，他又叩响了补树书屋冷清的门扉。"胖滑"而"唠叨"的钱玄同大约也没料到，他正在做的这件事实在是功德无量：直接促成并催生了由小公务员周树人到大作家鲁迅的根本性蜕变。他们有一番精彩对话，鲁迅对此作了生动记录：

"你钞了这些有什么用？"有一夜，他翻着我那古碑的钞本，发了研究的质问了。

"没有什么用。"

"那么，你钞他是什么意思呢？"

"没有什么意思。"

"我想，你可以做点文章……"

我懂得他的意思了，他们正办《新青年》，然而那时仿佛不特没有人来赞同，并且也还没有人来反对，我想，他们许是感到寂寞了，但是说：

"假如一间铁屋子，是绝无窗户而万难破毁的，里面有许多熟睡的人们，不久都要闷死了，然而是从昏睡入死灭，并不感到就死的悲哀。现在你大嚷起来，惊起了较为清醒的几个人，使这不幸的少数者来受无可挽救的临终的苦楚，你倒以为对得起他们么？"

"然而几个人既然起来，你不能说决没有毁坏这铁屋的希望。"

钱玄同以一个或有的希望，勾起了鲁迅不曾忘却的旧梦，激发了他未尝冷却的热血。鲁迅决定睁开眼睛看，不再在醉眼中蒙眬，不再"用了种种法，来麻醉自己的灵魂，使我沉入于国民中，使我回到古代去"。他终于答应也做文章了，这便是最初的《狂人日记》。署名鲁迅，一炮打响。一时间洛阳纸贵，薄海知闻。

鲁迅就此横空出世。文学革命开始显示出"实绩"。先例既开，后劲强健，接着是《孔乙己》《药》……佳作妙构，纷至沓来。

鲁迅发表第三篇小说《药》时,"始作俑者"钱玄同深感兴奋、宽慰,他赞叹道:"算是同人做白话文学的成绩品。"

第七篇《风波》问世后,热情的陈独秀极口称誉:"鲁迅兄做的小说,我实在五体投地的佩服。"

冷静的胡适也给予热烈的赞赏与高度的评价,赞誉鲁迅是"白话文学运动的健将"。他在日记中写道:"周氏兄弟最可爱,他们的天才都很高。豫才兼有赏鉴力与创作力,而启明的赏鉴力虽佳,创作较少。"

新文化运动终于如火如荼,势不可挡。

《狂人日记》1918年5月载于《新青年》月刊4卷5号。这是中国现代文学史上白话短篇小说的开山之作。周树人发表《狂人日记》时第一次使用了笔名"鲁迅"。此后,以"鲁迅"这一笔名发表了他的主要译作500余篇。为了行文方便,本文一般径书"鲁迅"。

鲁迅曾对许寿裳解释过使用这个笔名是因为:"从前用过迅行的别号";另外,"(一)母亲姓鲁,(二)周鲁是同姓之国,(三)取愚鲁而迅速之意"。

经过长久沉默后,鲁迅开始说话。

他说要从字缝里看出字,说把古久先生的陈年流水簿子踹了一脚,说狮子似的凶心,兔子的怯弱,狐狸的狡猾,说狂人病愈赴某地候补;说站着喝酒而穿长衫的孔乙己是这样使人快乐,然而没有他,人们也便这么过;说华夏两家和人血馒头;说单四嫂子睡着了却故意不说她没有做到看见儿子的梦;说九斤老太和七斤嫂,说一代不如一代;说深蓝的天空中挂着一轮金黄的圆月;说其实地上本没有路,走的人多了,也便成了路;说阿Q和假洋鬼子;说精神胜利法;说童心,说梦幻,说"那夜似的好豆"和"那夜似的好戏";说勤劳善良能干本分的祥林嫂终于走投无路,岁杪路毙,"天地圣众歆享了牲醴和香烟,都醉醺醺的在空中蹒跚,豫备给鲁镇的人们以无限的幸福";说北方固然不是旧乡,南来也只能算是一个客子,无论那边的干雪怎样纷飞,这里的柔雪又怎样依恋,都于己无干;说"都可以的";说人必须活着,爱才有所附丽;说皮袍下的小;说不但剥去表面的洁白,拷问出藏在底下的罪恶,而且还要拷问出藏在罪恶之下的真正的洁白;说眉间尺和古怪的歌;说脊梁,说"一排黑瘦的乞丐似的东西,不动,不言,不笑,像铁铸的一样";说奇怪而高的夜空;说"我不愿意";说尘土;说坟墓;说复仇;说希望;说梦魇;说梦中之梦;说踏扁的风筝;说孤独的雪;说声音和施舍,说皮面的笑容和眶外的眼泪,说只得喝些水来补充血,说"我还得走";说地狱;说死后;说颓败线的颤动;说目前的造物主还是一个怯弱者;说好的故事;说抉心自食;说东京也无非是这样;说示众的材料和无聊的看客;说于无声处听惊雷;说敢有歌吟动地哀;说独托幽岩展素心;说可怜无女耀高丘;说无物之阵;说人只不过是中间物;说峻急与随便;说毒气与鬼气;说的确时时解剖别人更多的却是更无情面地解剖自己;说为何要说;说又为什么不是言无不尽,而且往往用了曲笔;说看不见的高墙;说黑暗的闸门;说运用脑髓,放出眼光,"自己来拿";说瞒和骗;说"我要骗人";说一认真,便容易趋于激烈,发扬则送掉自己的命,沉静着,又啮碎了自己的心;说"愿以愤火照出他的战绩,免使一群陷沙鬼将他生前的光荣和死尸一同拖入烂泥的深渊";说革命是教人活;说"以不情为伦纪,诬蔑了古人,教坏了后人";说觉得革命以前,是做奴隶,革命以后不多久,就受了奴隶的骗,变成他们的奴隶了,说一切都要重新来过;说辱骂与恐吓绝不是战斗;说清峻,说通脱,说魏晋风度与药及酒之关系;说曾经阔气的要复古,正在阔气的要保持现状,未曾阔气的要革新;说积毁销骨;说寂寞;说鬼打墙;说"散胙";说"横站";说无声的中国;说老调子已经唱完；说怎么写；说流氓的变迁和从帮忙到扯淡；说黑暗是有大威力的；说人心是极难相通的；说人生得一知己足矣；说收存亡友遗文像捏着一团火，寝食不安，企图流布；说损着别人牙眼，却反对报复，主张宽容的人，万勿和他接近；说奴隶总管的横暴恣肆；说黄金时代的靠不住；说"崩溃之际，竟尚幸存，当乞红背心扫上海马路耳"；说"我只很确切地知道一个终点，就是：坟"……

半路出家，大器晚成。18年间，积存发表近700万字。

除去译文和编辑校订的古代文集，鲁迅自身的著作，大体可分为三大部分。

一是文学创作。包括小说集《呐喊》《彷徨》和《故事新编》；散文诗集《野草》；散文集《朝花夕拾》。鲁迅说："可以勉强称为创作的，在我至今只有这五种。"还有一些旧诗和几首新诗，也可归入此类。

二是学术著作。主要有《中国小说史略》《汉文学史纲要》。另有若干单篇研究文章。

三是杂文。鲁迅自己一般称其为"短评"。包括《坟》《热风》《华盖集》《伪自由书》《准风月谈》等十多种集子。因为按年编辑不分题材门类，其中也包含部分散文和学术性文章。

真实的鲁迅只有一个。无论出于什么目的、用心，将鲁迅神圣化或者妖魔化，都是一种背离本真的歪曲，都是荒唐可嗤、不足为训的。也终将是徒劳的。

鲁迅对自己的认识清醒而低调。他从来就讨厌乌烟瘴气鸟导师，更不会在乎乱七八糟鸟大师。周作人早在1936年鲁迅刚刚去世不久时就说过："他做事全不为名誉，只是由于自己的爱好。这是求学问弄艺术的最高的态度，认得鲁迅的人平常所不大能够知道的。"

认得鲁迅的人平常都不大能够知道，更不必说无知无畏嗡嗡不已的蛊蛊群氓了。

恰好，鲁迅对他的上述三大类著作都有自己的说法：

"这样说来，我的小说和艺术的距离之远，也就可想而知"。（关于小说。《呐喊·自序》）

"大器晚成，瓦釜以久，虽延年命，亦悲荒凉，校讫黯然，诚望杰构于来哲也"。（关于学术著作。《中国小说史略·题记》）

"我以为对于时弊的攻击，文字须与时弊同时灭亡，因为这正与白血轮之酿成疮疖一般，倘非自身也被排除，则当他生命的存留中，也即证明着病菌尚在"。（关于杂文。《热风·题记》）

这就是一代宗师的见识与气度。桃李不言，下自成蹊。

陈寅恪在《清华大学王观堂先生纪念碑铭》中卒章显志："先生之著述，或有时而不章。先生之学说，或有时而可商。惟此独立之精神，自由之思想，历千万祀，与天壤而同久，共三光而永光。"这其实也完全可以移用来作为对鲁迅其人其文的终极评价。

鲁迅是一个巨大的存在。是一条宽广雄阔的大河，是一座厚重峻伟的高峰。滔滔长江，群水汇集；巍巍昆仑，众山仰止。先生之风，山高水长。惠溉当时，永泽后世。

（节选自梁由之先生著作《百年五牛图》）

8. 人家写过，我就决不这样写

——写在汪曾祺逝世20周年

邂 逅

1983年大约是秋天，一名中学生模样的少年独自在湖北黄石长江大堤边溜达。候船室熙来攘往，热闹非凡。大门右侧，一个卖旧书刊的地摊吸引了他的目光。少年先挑了两本书，再翻阅杂志。不经意间，他读到这样一段话：

她挎着一篮子荸荠回去了，在柔软的田埂上留了一串脚印。明海看着她的脚印，傻了。五个小小的趾头，脚掌平平的，脚跟细细的，脚弓部分缺了一块。明海身上有一种从来没有过的感觉，他觉得心里痒痒的。这一串美丽的脚印把小和尚的心搞乱了。

少年面对的是文字而非脚印，心倒是没乱，却也傻了。这厮眼睛发亮脸面发胀呼吸加快心跳加速——他从未见过如此美妙不可方物、如此清新俊逸动人心弦的文字。回翻过去，他记住了作者和小说的篇名：汪曾祺，《受戒》。

这是一次美好的、终生难忘的邂逅。

亲爱的朋友，您可能已经猜到，那个少年，便是梁某。那本被我破例珍藏至今的旧杂志，则是1980年第12期《小说月报》。

机　缘

　　时光飞逝，阅读、出版、社会和生活都发生了全方位、天翻地覆的变化。我早已（基本）不看现当代文学作品，汪老亦墓木已拱。而我对其人其文的兴趣和爱好，一如既往，宛如初靓，甚至与日俱增。

　　拜网络时代所赐，我搜罗齐备了所有汪曾祺生前自编文集。最早入手的1987年漓江社初版《汪曾祺自选集》，更是一直带在身边，放置案头，看得滚瓜烂熟，早已破旧不堪。后来，又在网店出了高价，分别购得品相良好的初版平装本和精装本（仅印450册），予以珍藏。秋夕春晨，霁月清风，翻阅摩挲，其乐融融，虽南面王不易也。

　　2012年，又是一个秋天，我在北京结识了汪老哲嗣汪朗兄，痛饮快谈，一见如故。随后，与他的两个妹妹汪明、汪朝也有了交往。

　　机缘巧合，我这时意外成为一位文化和出版界的票友。那么，何不按自己的意愿和构想，为汪老的作品做一些事呢？潜伏心头多年的念想，破土而出，蠢蠢欲动。

　　心动不如行动。我将汪著分为三大类，做了三年准备，然后开始操作。由2015年底率先面世的商务印书馆精装新版《汪曾祺自选集》发端，已出版九本，还有多本待出。所谓三大类，其一是作者生前自编文集，如《去年属马》《老学闲抄》《旅食与文化》《榆树村杂记》；其二是新编文集——上海三联书店2016年夏天一气推出的"汪曾祺作品"系列6本，其中《后十年集》（全两卷）和《书信集》两种三本，即属其列。其三是一套迄今最为全面、精粹的汪氏选集，我亲自操刀编选——果实便是即将出炉的中信出版社六卷精装本《汪曾祺文存》。这是一桩千头万绪、艰难繁重却又赏心悦目、可遇不可求的工作。从吾所好,幸甚至哉。至此,我完成了从汪曾祺著作读者到出版人的转换。

那么,在我心目中,汪老究竟是怎样一个人呢?

瞧,这个人

汪曾祺,江苏高邮人,1920年3月5日(夏历庚申元宵,肖猴)出生于一个富裕的乡绅兼中医家庭,是秦少游的乡党。其父汪菊生性情温和,多才多艺,富有生活情趣,对他影响很大。

抗战军兴,家乡沦陷。汪曾祺流落到云南昆明,入读西南联大中文系,师从闻一多、沈从文等,并开始文学创作。与高邮一样,昆明就此成为他永恒的写作背景和精神上的故乡。他不是一个循规蹈矩的学生,上课的时间,远没有泡茶馆、看闲书多。但却出手不凡,写下若干充满存在主义色彩的短篇小说、散文和新诗,深受业师沈从文的赏识和喜爱。1949年4月,巴金主持的文化生活出版社出版了汪曾祺的第一个短篇小说集《邂逅集》,他借此搭上末班车,跻身"民国作家"之列。此后,在北京做杂志编辑。除间或写了几篇小玩意,长期搁笔。

丁酉之难,汪曾祺算是漏网之鱼,侥幸逃脱。但好景不长,第二年就被补划为右派,罪证是小字报《惶惑》。他说:"我愿意是个疯子,可以不感觉自己的痛苦。"这句话令有关领导深恶痛绝。即便这类文字,汪氏在结尾也用诗一般的语言写道:"我爱我的国家,并且也爱党,否则我就会坐到树下去抽烟,去看天上的云。"

二十余年成一梦,此身虽在堪惊。晚年回顾右派生涯,老头没有咬牙切齿呼天抢地,只是淡淡地说:幸亏划了右派,要不,我本来平淡的一生就更加平淡啦(大意)——这就是汪曾祺。

他丢了工作,没了房子,从此被家人戏称为"寄居蟹",被发配到张家口农业科学研究所劳动改造。摘帽后，经老同学援引，到北京京剧院任编剧。他写了《王昭君》等三个传统剧本，还参加了几个京剧现代戏的创作，是《沙家浜》和《杜鹃山》的主要编剧。这位被"控制使用"的"摘帽右派"，还风光过一把，上了一回天安门。仍在受难的老友黄裳以此被人警告：不要翘尾巴！

回到北京后，汪曾祺还写了《羊舍一夕》等三个儿童题材的短篇小说，拢共四万余字，后来凑成戋戋小册《羊舍的夜晚》，1963年1月由中国少年儿童出版社推出。封面和插图，都是他请老友黄永玉刻的木刻，书名则自行题写。这是他的第二本书。俗话说得好：拳不离手，曲不离口。汪曾祺算是重操旧业，赓续上了写作生涯。他对同在难中、促成此书出版的作家萧也牧一直心存感激。

花甲之岁，禹域春回地暖。时势的变化，家乡的来客，林斤澜、邓友梅等友人的敦促……时来天地皆同力，各种因素综合发酵，汪曾祺压抑积蓄了多年的才情和能量突然爆发，佳作迭出，好评如潮，为当代中国文坛奉献出《异秉》《受戒》《岁寒三友》《大淖记事》《徙》《职业》等一批清奇洗练、醇厚隽永的杰作，并以此当之无愧地跻身20世纪中国最优秀作家前列。

最后十年，汪老创作重心和风格又有明显变化：改写《聊斋志异》；多写随笔；偶写短篇，也是越来越短，越来越直白……

除写作外，汪曾祺能写会画，是既能吃也能动手做更能写的大名鼎鼎的美食家，嗜烟，好酒，喜茶。晚年因健康原因，一度戒酒，萎靡不振。

1997年4月，汪老应邀参加了四川的一个笔会。对索求字画的各色人等，他一视同仁，有求必应。兴之所至，"常常忘乎所以"（汪朝语），忙到深夜，累得够呛。又破了酒戒，大喝五粮液，过足酒瘾。回京后，打算接着参加太湖的一个笔会，机票都订好了。夫人施松卿当时精神已经很衰弱，冥冥之中似有预感，一反常态，坚决不让他去。

正争执不下，5月11日晚，尚未成行，汪曾祺突然消化道大出血，当即被救护车送至友谊医院。16日，汪老病逝，享年七十七岁。据说，他留给世界的最后一句话是："哎，出院后第一件事，就是喝他一杯晶明透亮的龙井茶！"

天若有情亦老，人难再得为佳。

妙处难与君说

汪老晚年，常常念叨：我还可以活几年。我还可以写几年。我可能长寿……颇为在意生死之事。这是老年人的常态。他走得很突然，未能留下更多更好的作品。不曾亲承謦欬，曾让我在相当长的一段时间内感觉憾恨。

终于有一天，我想明白了，释然了：人生不满百，人总是要死的，就是活上一百岁，又怎样呢？汪曾祺一生，活得实在，干得漂亮，走得潇洒。还要怎样呢？还能怎样呢？一位"文章圣手"（贾平凹语），一介高邮酒徒，未及病愈喝上龙井茶，未及老态龙钟，没让自己体验临终的万般痛楚，没给家人留下任何负累，当断则断，说走就走——这何尝不是最好的永别方式？

汪曾祺已在北京福田公墓安眠近二十年。长留人间的，是他约两百万字的作品。《汪曾祺文存》则蒐集了其中的泰半与精华。

书画萧萧余宿墨，文章淡淡忆儿时。文如其人，于汪老起码可谓差之不远。为人为文，我最欣赏他的就是：随便。他成为我最偏爱的当代作家，其来有自。我喜欢他一以贯之的真诚朴素，惊叹他观察描述平民百姓和生活细节的温馨细致，佩服他下笔如有神的不羁才气。庸常岁月读汪，是爱好，也是习惯，更是享受。他写人物，写地方风情，写花鸟虫鱼，写吃喝，写山水，写掌故，惯于淡淡着墨,却又有那么一股说不清道不明、回甘独特的韵味。汪著给我带来的阅读快感和审美情趣,历久弥深,挥之不去。

汪曾祺说:人家写过,我就决不这样写。又意有所指地说:我对一切伟大的东西总有点格格不入。他自认:我不是大家,算是名家吧。坦言:我所追求的不是深刻,而是和谐。他呼吁:"让画眉自由地唱它自己的歌吧!"他期待:自己的写作"有益于世道人心","人间送小温"。性情的温和与骄傲,对生活的随意与用心,对民族传统的继承与对西方文化的吸收,写作态度的无可无不可与不离不弃,文字的典雅考究与接地气,无处不在的悲悯与一种不可遏止的生命的内在的欢乐,在他的身上和笔下得到奇妙的融合与统一,浑然无间。他的语感,他的文字,是当代汉语文学的最高结晶。

如果您想阅读更具质地,生活更加美好,那么,选择读汪,当为上策。跟汪曾祺交个朋友吧。至于他的作品究竟具有怎样出类拔萃不同凡响的特质与魅力,纵有万管玲珑笔,难写瞿塘两岸山;悠然心会,妙处难与君说。还请读者诸君自行体验吧。

汪老仙逝,倏忽廿载。他曾写道:

很多人都死了。(《桥边小说三篇:詹大胖子》)

很多歌消失了。
……
墓草萋萋,落照昏黄,歌声犹在,斯人邈矣。(《徙》)

赵宗浚第一次认识了王静仪。他发现了她在沉重的生活负担下仍然完好的抒情气质,端庄的仪表下面隐藏着的对诗意的、浪漫主义的、幸福的、热情的,甚至有些野性的向往。他明明白白知道:

他的追求是无望的,他第一次苦涩地感觉到:什么是庸俗。(《星期天》)

笃——笃笃,秦老吉还是挑着担子卖馄饨。

真格的,谁来继承他的这副古典的,南宋时期的,楠木的馄饨担子呢?(《晚饭花·三姊妹出嫁》)

菌子已经没有了,但是菌子的气味留在空气里。风流不见秦淮河,寂寞人间五百年。要等多久,才会再出现这么一位可爱的老头儿,才能再看到如此精妙神奇的文字呢?

(这是梁由之为由他主编并编选的中信出版社六卷本选集《汪曾祺文存》撰写的"前记",原题《关于汪曾祺》。2017年4月24日,上海《文汇报·笔会》首发,三千余字。同年5月16日,汪老逝世20周年纪念日,澎湃新闻预约发表了更完整的版本。腾讯、搜狐、新浪、冰读等转发,《读书文摘》等全文转载。此据澎湃新闻版录入。)

9. 成也萧何：关于韩信（上）

淮阴是个小城，却也车水马龙，人烟辐辏。人们常看到一个身材高大、衣衫寒素、神情落寞的青年，腰佩宝剑，大步流星旁若无人地穿市而过。

一天，淮阴屠户中的一群恶少拦住他，为首的牛二发话道："早看不惯你小子了！你虽然又高又大，喜欢带个刀挂把剑，人五人六挺牛的样子，其实表壮里不壮，是个胆小鬼！"小混混们争先恐后七嘴八舌跟着老大埋汰起哄。

牛二更来劲了，歪着头挺着胸唾沫横飞点点戳戳："怎么啦，不服气是不是？那好，你果真不怕死，是好样的，就刺你大爷一剑！要是怕死不敢，就乖乖从老子裤裆下钻过去，以后别再装模作样丢人现眼！"说完，他一把掀开油腻腻的上衣，然后貌似胜券在握稳笃笃地张开了两条毛茸茸的粗腿。

青年按住剑柄，一言不发。两道具有穿透力的阴冷目光，在牛二的脸上直勾勾地盯了好半天，牛二心里开始发怵了。正在这时，青年忽然俯下身子，从牛二的胯下爬了过去。牛二扬扬得意，一脸的骄妄和不屑。满街围观的人哄堂大笑，认为那青年没种、胆怯。

这个被淮阴市井欺负讪笑、受了胯下之辱的青年，名叫韩信。上面这个故事，就是李白的名诗"淮阴市井笑韩信，汉朝公卿忌贾生"前半句的由来。

韩信是淮阴本地人。当初还是平头百姓的时候，家里很贫穷，为人又放纵不加检点，结果别说大部小吏了，就连跟刘邦那样被推选做个基层干部的资格，都不可得。这人偏偏又很自负，自命不凡，游手好闲，做不了官不说，他既不事生产，又不愿经商，手头也就不怎么宽裕，甚至不免饱一餐饿一顿。人是铁饭是钢，一顿不吃饿得慌，韩信只得放下身段，经常溜到熟人家中蹭饭，惹得不少人讨厌他，避之唯恐不及。他与本县下乡南昌亭亭长有点儿交情，隔三岔五去亭长家晃悠，有次吃白食一连持续了几个月，让亭长太太忍无可忍，很是厌烦。于是她想出一招：每天大清早就起来烧好饭，在卧室的床上匆匆用餐；等到正常开饭时间韩信去了，就不再给他准备饭食。韩信是何等伶俐的人，当即就明白亭长太太的把戏。他十分生气，就和他们断绝关系不再往来。

无事可干的时候，韩信就去县城北面的淮河岸边垂钓。赶上手气好，兴许能喝上一大盆鲜鱼汤，沾点腥荤打打牙祭改善改善生活。在河边，他经常碰见一些婆婆妈妈前来漂洗丝绵。有位老大娘看到韩信人高马大却面黄肌瘦，明显营养不良，就带些饭菜给他吃。老人家连续漂洗了几十天，韩信这几十天就没有饿过肚子。韩信很高兴，对老大娘说："这真是少有的好意，我将来一定会重重报答您老人家！"老大娘生气地说："男子汉大丈夫，应该做出一番事业才是。你倒好，瞧上去也像个人物，却自己养活不了自己。我只是可怜你才做点善事，哪里敢指望什么回报啊！"

王安石诗云：

> 愿为五陵轻薄儿，生在贞观开元时。
> 斗鸡走犬过一生，天地安危两不知。

拗相公当然是别出心裁另有所指，但这半首诗确实也非常生动地刻画出了某类人物的真实愿望。拿韩信来说，饶是他如何胸怀大志腹有良谋，如果不是夤缘时会遇合风云，英雄有了用武之地的话，像这般不死不活地混将下去，不为"五陵轻薄儿"的梦想于他都是一种奢望，就是沦为饿殍的可能性，恐怕也相当大。

天下大乱，机会来了。

项梁率军渡淮作战时，韩信仗剑从戎，加入楚军。不过，他并没得到即时崭露头角的机会，一开始默默无闻。项梁兵败身死后，韩信又归属项羽，升任郎中。他多次向项羽献计献策，都得不到重视，没有被采用。贵族出身的项羽有自己的一套用人标准和习惯。别说韩某人那时仅仅是他手下一个毫不起眼的侍卫官，就算韩信日后成为汉军统帅时，除了钟离眛，西楚霸王和他手下的几个主要将领，又何曾有谁看得起这个流氓出身的淮阴青年？到项羽真正领教到这个昔日旧部的厉害，不得不对韩信刮目相看并悔恨自己有眼无珠时，却为时已晚，无济于事。

刘邦受封为汉王，率部往汉中开拔前后，韩信在楚营看不到前途，耐心消耗殆尽，就觑了个空子，弃楚投汉，另谋出路。无奈天下乌鸦一般黑，项家不待见，刘家也并不看好他，只派他当了个连敖——这是个管理仓库粮饷的芝麻官，还没有郎中大。本来满心指望跳槽后能时来运转飞黄腾达，这下倒好，分明是每况愈下越混越不如前了。韩信心中的郁闷不平，不问可知。不久，他被牵连进一个案子，依法当斩，同案的十三人都已被处决。轮到韩信时，他抬起头来，正好看见高高在上端坐着的负责监斩的滕公夏侯婴。夏侯婴是刘邦的老兄弟和亲信将领，掌管着汉王近卫军。韩信想大不了一死，就大声抗议道："汉王不是想得到天下吗？为什么要斩杀壮士！"夏侯婴还是头一遭碰到这等事，有些惊奇。他仔细一端详，觉得这个罪犯相貌堂堂，言语不凡，像是有料。于是开脱了韩信的罪名，把他放了。经过一番交谈考察，夏侯婴对韩信很是欣赏，认为他是个人才，并对这个意外的收获很是高兴，马上向刘邦做了汇报。朝中有人好做官，夏侯婴的话对汉王还是挺管用的，韩信很快被提拔为治粟都尉，但刘邦并不认为这厮有什么了不得的过人之处。

韩信呢,虽然因祸得福,从一个库头擢升为管理后勤的中级军官,但这跟自己的心理预期依然相差十万八千里。所以在短暂的欣喜之后,仍旧郁郁寡欢,闷闷不乐。唯一与以前不同的是,随着职务的提升和主管业务上的联系,他有了与丞相萧何接触的机会。两人多次长谈,萧何对韩信的才干十分赏识。

汉国的都城在南郑,那是万山丛中的一个边鄙小邑。刘邦从热闹的关中咸阳前往荒僻闭塞的汉中南郑就藩,还在半路上,大小将领不辞而别相继溜号的就达数十人之多。左右感到惊慌,如实报告汉王。刘邦认为革命靠自觉,不必勉强,那些逃跑的家伙缺乏最起码的忠诚和坚定,可有可无,强留无益,就漫不经心地说:"天要下雨,娘要嫁人,腿长在各人身上,由他去吧。"

这天又有人进来报告逃亡情况。刘邦有些不耐烦,挥手让他出去。这人坚持报告说:"完了,丞相萧何逃跑啦!"

刘邦大吃一惊,双手拽住来人的衣领,厉声喝问:"什么?你再说一遍!"

"萧丞相跑啦!"

"萧何跑了?"

刘邦一下子像个泄了气的皮球,跌坐在椅子上,口中喃喃自语:"连萧何都跑了,难道老子真的气数已尽?这还怎么玩,如何是好,如何是好?"

他如同失去了左右手,感到前所未有的疲乏、迷茫和慌乱,一下子六神无主。全军上下交头接耳,惴惴不安。这是一种非常危险的局面。

好在过了一两天,萧何就回来了。他径直去见汉王。刘邦又生气又高兴,他故意铁青着脸,骂道:"你不是要逃跑另投主子吗?尽管去嘛,怎么还有脸回来见老子?"

萧何笑嘻嘻地说:"我哪里会跑呢?我是去追逃跑的人。"

"你追谁?"

"韩信。"

"将官逃走的都有好几十,你追谁不好,偏追那个钻人裤裆的家伙,这不扯淡吗?他算老几,你是不是跟老子寻开心?"

萧何收起笑脸,严肃地说:"千军易得,一将难求。一般的人才,去留无所谓。至于韩信,微臣阅人可谓多矣,无人能出其右,那才算是国士中的翘楚,不世出的英杰!大王如果满足于长期在汉中为王,不用韩信也罢;如果要争夺天下,除了韩信,就没有别人可以计议大事。全看大王怎么想怎么做了。"

刘邦也认真起来,说:"我当然想向东发展,哪能长期待在这个鸟都不生毛的鬼地方呢?那不把老子闷死才怪!"

"大王如果决策东进,能用韩信,他就会留下。不能用,韩信终归是要走人的,像他这样出色的人才迟早会有脱颖而出的机会。"

"看在你的分上,我任命韩信为将军,够意思了吧?"

"区区一个将军,肯定留不住韩信。"

汉王稍作沉吟后,干脆地说:"你是常有理。好吧,听你的,老子豁出去了,任命韩信为大将军,统率全军!"

"太好了!大王圣明,天下肯定会是你的!"

刘邦当即就要召见韩信予以任命。萧何说:"大王平日待人轻慢无礼,如今要任命大将军,还像吆喝小孩子一样,这就是韩信之所以要离开的原因。如果真有诚心,就得选择一个吉日良辰,郑重其事,礼节齐备,斋戒沐浴,筑坛拜将,这方是正理。"汉王点头应允。君相尽欢而散。

原来韩信私下揣度,以夏侯婴将军和萧何丞相对自己的赏识看重与他们与汉王的亲密关系,想必已经多次举荐过自己,但一直毫无将被重用的消息甚至是迹象,看来难有出头之日,于是就一走了之。

萧何听说韩信逃走的消息，大吃一惊，来不及跟任何人打招呼，跨上一匹骏马就去追赶。他追呀追呀，前方一直没有出现心上人的影子。转眼已是黄昏，苍山如海，残阳如血。萧何心似火燎，快马加鞭，马蹄如飞，终于在月到中天的午夜时分，追上了渐行渐远差点儿失之交臂的韩信，也追回了几乎擦肩而过的大汉四百年江山。

这就是历史上著名的"萧何月下追韩信"。萧何的慧眼、热心和负责精神，是韩信得以崛起的关键。而没有韩信，刘邦根本不可能打败项羽，建立大汉王朝。

萧何苦口婆心好说歹说，甚至拍胸脯担保一定说服汉王任命韩信做统帅，否则自己会跟他同去。这才使得韩信回心转意，抱着姑妄听之半信半疑的态度跟随萧何拨转了马头。两人缓辔徐行，披星戴月絮絮叨叨说了一路。

汉王要拜大将军的消息一传开，麾下主要将领特别是首义英雄樊哙、曹参、奚涓、卢绾、周勃、灌婴等人一个个笑逐颜开，人人都认为舍我其谁。可到了谜底揭开的那天，获任的竟然是谁也没料到的韩信，他们一下子全傻了眼。真所谓韩信拜将，一军皆惊。

任命仪式结束后，汉王与他的新科统帅进行了具有里程碑意义的历史性对谈。

刘邦清了清嗓子，想尽量显得诚恳谦虚一点。他说："丞相多次称道将军，将军当有以教我。"

韩信谦让了一番，然后问汉王道："如今大王准备东进争夺天下，对手不就是项王吗？"

"正是。"

"大王估量，自己在勇敢、强悍、仁爱、刚毅这些方面，跟项王相比如何呢？"

刘邦脸上一刹那有些挂不住，不过马上就若无其事了。他沉默了好一会儿，终于回答说："我不如项王。"

韩信称赞汉王有自知之明，能承认自己不如人家，并认为这是战胜敌人的基础。他胸有成竹，侃侃而谈："所见略同，我也以为大王在这些方面不如项王。我曾经侍奉过项王，比较了解他的为人。项王叱咤风云，万人震恐，但他却不能任贤用能，可见这只不过是匹夫之勇而已。项王待人恭敬慈爱，言语温和，有人生病，他能因同情而流泪，推衣解食，关怀备至。但是等到人家有了功劳应当封爵受赏的时候，他却把刻好了的大印拿在手里玩弄，直到棱角都磨掉了，还舍不得给人家，可见这不过是妇人之仁而已。项王性格上这两大缺点：匹夫之勇和妇人之仁，决定了他注定成就不了大业。"刘邦和周围的文武百官都被吸引住，渐渐听得入迷了。

韩信继续分析项羽犯有四大错误：

其一，放弃关中的有利地形，而回家乡彭城建都；彭城地势一马平川，是四战之地，无险可守。

其二，不遵守约定，决策封王一凭己好，没有一碗水端平，不少诸侯愤愤不平，后遗症很多，随时可能出麻烦。

其三，把义帝驱逐到江南蛮荒之地，自己一味强占上好的地方为王，树立了一个坏榜样；诸侯上行下效，都争得善地，不听指挥，纷争不断。

其四，行为残暴，天下多怨，百姓不亲附，畏其威而不怀其德。

结论是：项羽名义上是天下的霸主，实际上已经危机四伏，失去人心；只要采取正确的战略战术，因利乘便，是完全可以战而胜之的。

韩信提出的对策是：利用政治、经济、心理等多方面因素，保存、壮大自己，瓦解、消灭敌人。他具体指出："大王一反项王之道而行之，任用天下勇猛善战的人才，有什么不可以诛灭的呢？把天下的城邑分封给有功之臣，谁会不服从呢？利用将士的东归心愿，发动正义之师、威武之师、文明之师，又有什么敌军阻挡得了我堂堂大汉的铁流雄师呢？况且项王分封在关中遏制我们的章邯等三个王，原来都是秦朝的降将，率领秦军与义军征战有年，死伤不计其数，余部又被项羽坑杀，唯独他们三个活了下来，依仗项王的威势独享富贵，关中父老非但不拥护他们，而且恨之入骨。大王率军进入武关，约法三章，秋毫无犯，大得民心，秦地民众都希望大王能依约分王关中，这本来就是应天顺人的事情。大王如果决策东进，三秦可传檄而定！"

韩信对战略形势的评估和构想的准确与精彩程度，也许只有诸葛亮的《隆中对》可以媲美。但是他念念不忘分王裂土，认为"以天下城邑封侯王"是天经地义的事，不仅折射出他政治理念的陈旧落后，也是他后来悲剧结局的肇因。

刘邦完全明白了韩信的分量和对自己的重要性，欣喜若狂，相见恨晚，对他的建议言听计从，照单全收。韩信以自己的出众才能和超人远见，赢得了汉王刘邦的尊重信任和全军上下的敬佩景仰。他开始筹划"还定三秦"。

韩信站在巍峨高耸的拜将坛上，看看对面喜形于色的汉王，看看侧旁恭谨鹄立的文官武将，看看坛下四维罗列的精兵锐卒，长长嘘了一口气，不动声色地微微笑了。宿志得偿，即将施展身手，那种痛快而满足的感觉简直难以言喻。

韩信是个念旧的人。他永远不会忘记，登坛拜将的那一天，萧何丞相那副欣慰、亲切而期待的表情。

（节选自梁由之先生著作《大汉开国谋士群》）

拓展与延伸

关于阅读与写作
——深圳商报记者刘悠扬专访独立作家、
网络时代"民间治史"代表人物、策划人梁由之

从2005年在天涯发出第一张帖子《一份书单》开始,深圳独立作家、出版策划人梁由之已经在文化圈专注"玩票"十一年。尤其近几年,他在出版策划方面频频出手,给人留下印象最深的是他主编的两套多卷本(《梦想与路径:1911—2011百年文萃》和《天涯社区闲闲书话十年文萃》),及七套书系。

但其实,最早梁由之跨界闯入文化圈,是以"独立作家"的身份被人记住的。不久前,他的两本新书《天海楼随笔》和《锦瑟无端》先后面世,迄今他已出版了五本专著。尤其是《锦瑟无端》,作为他第一本自选集,管中窥豹,清晰勾勒出了他十年来的写作脉络以及独树一帜的写作风格。

作为一个网络时代应运而生的"民间治史"代表人物,一个因玩票搅乱一池春水的独立作家,梁由之的写作十分值得关注。最近,他接受了深圳商报《读书周刊》独家专访。

这是写自家心事的文字

刘:《锦瑟无端:十年自选集》是你的第五本著作暨第一本自选集。入选篇目和章节安排颇有意味,正好完整勾勒出十年间你的写作脉络:卷一《张良》出自《大汉开国谋士群》,该书是"民间治史"的典范之作;卷二《百年树人:关于鲁迅》出自《百年五牛图》,该书曾在中文网络引起巨大反响,是对中国近现代史的另类读法;卷三《从井冈山到九疑山》是与行旅有关的散文,在你的作

品中清新独特，数量也为数不少；卷四《杂缀》是知人论世的小随笔，讲述解读古今各路名人的趣闻逸事，同时还可一窥你的文学、思想价值取向；卷五《序跋》则集纳了你这些年策划、主编各种书籍的前言和后记，对你的出版活动也是一次阶段性回顾。以上五个方面，哪一方面的写作是你内心最看重的？

梁：就选卷三如何？借用谢大光兄的话："表象上这是一部旅游日记，文字富有张力，心理空间远比地理空间开阔，纪游并不在意游，情寄山水实在心系于人，闲中寓茫，静中有乱，这是写自家心事的文字。"如果心情与机缘契合，我以后愿意多写一点这类文章。

刘：《百年五牛图》是你所有作品中影响最大的，也是最早令你声名鹊起的一部著作。在中国这个英雄辈出改天换地的一百年，为何是这"五牛"能入作者的法眼？选择这"五牛"，暗合了你怎样的价值取向？

梁：还是不给自家扣帽子为好。作品出来后，横看成岭侧成峰，远近高低各不同，任由大家评说。十年前，机缘巧合，《读库》始创，老六极力鼓动我写作，先后刊发了"百年五牛"中关于张季鸾、陈寅恪的两篇。这是我在平面媒体发表文章的开端，对我后来的走向具有举足轻重的影响。2008年，广西师范大学出版社龙子仲、邹湘侨两兄克服重重困难，出版了《百年五牛图》。作为策划编辑，亡友子仲的文章《〈百年五牛〉百年窘》，对"五牛"的遴选标准和该书的特色、意蕴，有极其到位的阐发和评论。当时隐居大理与我未曾见面的余世存兄，一气呵成撰写了精彩纷呈的长序。当年遭遇不少事端困扰的老六排除负面情绪干扰，及时提供了言简意赅的短跋。随后，刘苏里兄撰文在《南方周末》热情洋溢介绍推荐……十年来，能有些微成绩，跟诸位师友的帮助抬爱，密不可分。

写作有个"九不"原则

刘：《百年五牛图》和《大汉开国谋士群》这两部书，让读者看到一种新鲜的"民间治史"的笔法：不是学院，不是戏说，有相当独特的独立思考。这种草根写史的潮流，是伴随着网络、社区、博客的出现应运而生的。对自己作品中的"网络特色"和"民间治史"风格，你如何自观、自察？

梁：不追逐潮流，不紧贴时事，不做标题党，不凑热闹，不戏说，不什么事都插一嘴，不谈论自己不懂或缺乏兴趣的事物，不说违心的话，不做没谱的事——这"九不"，算是我关于写作和出版的自律吧。似乎也大致做到了。

写的东西，最好是既有意思，又有趣。有意思，我指的是有思想、有深度、有新意、能搔痒正着。有趣，就是文笔好，吸引人，有余味。虽不能至，心向往之。

刘：2005年6月28日，你在天涯《闲闲书话》发出第一张帖子《一份书单》。这是你写作的起点。这个起点颇有意味。可否这么说，你闯入文化圈玩票，最初就是从"读书"切入。所以，在独立作家、出版策划人这两个身份之前，你最初的、还原到最本质的身份，其实是"读书人"。在新书《天海楼随笔》中，你将这部分买书、读书、写书、编书的文章，收录在第二部分"翻书闲录"中。能否回顾一下，对你人生和思想形成影响最深的几本书或几位作家？

梁：庄子，屈原，司马迁和《史记》，曹孟德，陶渊明，柳子厚，李义山，苏东坡，辛稼轩，王阳明，曹雪芹，龚定庵，王湘绮。萧公权和他的《中国政治思想史》。温功义和他的《三案始末》……

《西方著名哲学家评传》——我由此知晓并了解、走近了克尔凯郭尔。陀思妥耶夫斯基和他的《罪与罚》等长篇小说系列。卡夫卡作品尤其是他的《变形记》。哈耶克和他的《自由秩序原理》。利德尔·哈特的战争史系列。科佩尔·S·平森的《德国近现代史：它的历史和文化》。彼得·德鲁克的回忆录《旁观者》……

鲁迅对我的影响是全方位的

刘：谋士是中国历史上一个相当特殊的群体，《大汉开国谋士群》是你"谋士群研究"系列的第一部。后面两部的写作进度，读者一直很关心。然而"三国谋士群"只在2008年更新了两篇，"大唐开国谋士群"至今还未见出鞘。后续的写作计划是怎样的？

梁：侯德健有句歌词："变化比计划还快。"当初，我并无强烈的写作愿望，结果，十年下来，自己出了五本书，混成了一个半吊子作家。至于成为出版策划人，更是从未想过，事出偶然。这方面，张万文、俞晓群两兄推手作用尤其突出。现在，我策划主编的书集腋成裘，邀约也越来越多，市场反响也还不错，已经有点欲罢不能的况味。那就继续做一段时间的票友罢。

《三国谋士群》和《大唐开国谋士群》，资料准备都已相当充分，框架也已搭好。我肯定会写出来，完成《谋士群研究》三部曲全璧。这个难度不大，只是需要写作的时间和机缘。

刘：《百年树人：关于鲁迅》这一篇可视为一部特别的鲁迅传，其中对鲁迅精神世界的剖析是最吸引人的部分。鲁迅对你的影响是什么？众所周知，你粉汪老。汪曾祺的精神向度和鲁迅是截然的两个方向，在你的思想架构中，汪鲁是如何共融的？

梁：作为"具有巨大思想深度的伟大文学家"（李泽厚语），鲁迅对我的影响是深刻、持久、全方位的，他是一个真正的超人。苦闷、忧伤、寂寞、空虚的时候，鲁迅的诗文，对我有不可替代的巨大振拔作用。但我还是不好意思说：鲁迅的心和我是相通的。我喜欢并感激他，却并不唯他是从。我有自己的判断和选择。我愿意多交朋友，不入圈子，独立，"横站"。视野应该开阔，目接千里。胃口不妨杂沓，兼容并包。

　　汪曾祺是我最偏爱的当代作家。我喜欢他一以贯之的真诚朴素，喜欢他观察描述平民百姓和生活细节的细致温和，喜欢他下笔如有神的不羁才气。龚自珍曾"最录李白集"，认为"庄（周）屈（原）实二，不可以并。并之以为心，自（李）白始。"李白既然可以并包庄屈，梁某又为什么不能兼容鲁汪呢？其实，鲁迅与汪曾祺之间，还可以谈谈李劼人和孙犁，以及他们对我的影响。

　　　　　　　　　　深圳商报 2016 年 3 月 27 日
（收入本书时，梁由之略予订正，并更换了标题。）

第四单元

杰出校友柯尊解作品三篇

柯尊解，副编审，1949年11月23日（农历己丑年十月初六日）生于金牛与毛铺交界的老鸦泉村。四岁丧母，由养祖父养祖母抚养成人。1962年考入大冶二中，得益于语文老师周克乾先生，才知道什么是文学，开始有意为之。1965年考入大冶二中高中部，1968年毕业。19岁认识金牛文化馆陈汉生先生，开始有意识地文学创作，并在《金牛文艺》上发表散文、快板书等。陈汉生先生推荐我执笔写剧本《一把左手镰》，参加全省小戏剧汇演，首次获奖，剧本全文刊登在《黄石日报》上。从此真正走上文学创作的道路。

1974年入华中师范学院黄石分院（今湖北师范大学前身）中文系当工农兵学员，毕业后分配到大冶一中任教。1984年首次在《长江》丛刊发表中篇小说《观音桥》，因此加入湖北省作家协会，同年入湖北省作协文学院任创作员。黄石市作家协会成立，被选为副主席、常务副主席。1985年在《收获》发表中篇小说《望莲嫂》，并于1986年在四川文艺出版社出版。之后相继创作长篇小说六部。曾任大冶县文联秘书长、《黄石日报》周末版《星期天》编辑、《东楚晚报》副刊专刊部主任、《希望之星》总编辑。2009年正式退休。

10. 大冶二中，我的母校

没有一个地方，能像大冶二中那样，让我崇敬和怀念。

现在回想起来，应该是我十岁那年，三哥带我到金牛街赶热闹，我第一次看到了大冶二中。

三哥是在区政府大门口，指着很远的地方叫我看——那就是金牛中学，他说。那时候，我们乡下人，都习惯把大冶二中叫成"金牛中学"，或是"金牛二中"。

大约隔有几十丈远，我看到，先是一个比我们村里的禾场大几十上百倍的大操场，操场上有很多篮球架子，有铺了煤灰渣的环形跑道，还有单杠双杠爬竿。

操场那一边，是长长的一排红墙的房子，窗户都特别大，我站在几十丈开外，都能看到那些窗户的漂亮玻璃！

那么大的操场，那么漂亮的红房子，那么气派的带玻璃的大窗户，这一切都是我从来都没看见过的！三哥指着那一排遥远的红房子，引诱我说："只要你肯吃苦，将来就能到那里去读书。"

三哥的话，让我心驰神往。

到了1962年，我真的考上了二中！第一次走进校园，迎面是夹道两排比教室还高的巍峨柏树，仿佛是一条庄严的墨绿色长廊。这条墨绿色的柏树长廊下，还有两道长长的报栏，一直是我心中的圣地。

红墙的"工"字形教室，是当时二中的核心教学区。如果说，二中是我们的母校，那么，这一片"工"字形教室，就是母校的臂弯。除了睡觉，我们的每一天，就几乎全部在这里度过。那时候，我们从来都没有感到学习有压力，我们成天都是快乐的。下课了，我们就在"工"字形教室的走廊上，在"工"字形教室环抱着的那个小操场里，嬉戏，奔跑，欢呼，追逐。正玩得高兴，突然看见打钟的小朱提着小闹钟过来了，我们就立即蜂拥跑回教室，等老师来上课。快要下课了，我们有时也会偷偷地看小朱来没有，甚至盼着小朱快点来打钟。

我们大冶二中的钟，是非常神奇的。

我们的钟架，很像是一副天梯，大约有两三层楼高，一只小铜钟，就高高地挂在天梯最上层。然后，就用一根细绳索系着铜钟的铃铛。

它在我们心中是那么神圣，我们仰头望着它，服从它的号令。只有司钟的小朱，才有权利奏响它。事实上，因为系铃铛的绳索太长，就像在深井里打水一样，生手根本就控制不了那根柔软的绳索。你再怎么使劲拉扯，也奏不出有节奏的钟声来。小朱就不一样了，她婷婷地站在下面，轻松拉动绳索的这一头，就能演奏出清脆的铜钟声："当-当当——当-当当"是预备上课，"当当当——当当当"正式上课，"当-当——当-当——"下课，集合就是一串"当当当当当当"。

上晚自习的钟声，好像又不同，是"当-当-当当——""工"字形教室里，上晚自习，是一道最美的风景。小朱快过来了，教室的日光灯，就依次明亮起来，唰的一排过去，每个教室都亮堂堂的。同学们都很安静地坐在日光灯下，一切喧哗都消失了，只有沙沙的翻书声和写字声——真的，教室里听得到写字的声音。

有时候，突然停电了！十几间教室的同学们，一齐惊叫："啊——"不一会儿，有一个班领头唱歌了，于是，歌声如波浪一样，一浪一浪地推过来，终于，所有的教室里都响起了悠扬的歌声，一直唱到日光灯又突然亮了。

那时候，在学校里读书，真的是一件很快乐的事。

母校拥有一大批非常优秀的老师。

教我们平面几何的老师，那天给我们讲什么是"射线"，他突然用教鞭一拍讲台，大叫："都给我看黑板！"

同学们吓一大跳，一齐惊恐地看着他。

老师却温和地笑了，说："从你们眼睛里射到我脸上的目光，就是射线！"

老实说，我的数学成绩并不好，但我从此只要还记得自己的眼睛，就能知道什么是射线。

物理老师为我们讲大气压的那节课，却搬到了教室外面的土戏台上。他叫我们分组比赛，看哪个组能拉开马德堡半球。我们拉得人仰马翻，气喘吁吁，自然是拉不开的，但我们知道了大气压真的很有力量。

有一位何翔先生，是教历史的。他教的就是初中的历史，每个班每周只有两节历史课，可何先生却赢得了几乎所有学生的欢迎。他进课堂，那本历史书就装在他的口袋里，根本不掏出来，但他的历史课，却讲得绘声绘色，神采飞扬。初中二年级时，他编了个顺口溜，教我们记历史朝代，我至今还能背出来：

夏商周秦西东汉

三国两晋南北朝

隋唐五代和两宋

最后还有元明清

我的语文老师周克乾先生，是一位非常有学问也很有个性的老师。有一年的课本里选了一篇说明文，题目好像是《东风号原子破冰轮》，先生就公开说，这篇文章不够格做教材。这让我很吃惊。因为，我见到的老师，都只说课本里的文章好，从来没有人敢说不好。但他为我们讲杜甫的《茅屋为秋风所破歌》，却令我们全班同学如临其境,荡气回肠!

那是个阴雨天,真的有点冷。先生撑了一把红色的油纸伞来上课。收伞放进教室的门背后,头发上还沾了一些细碎的水珠,他走上讲台,头发上的雨水有的滴到了讲台上,他捋了一下湿头发,声音极是低沉,说:"不要打开书!你们闭住眼睛,静静的,听我给你们朗读杜甫的《茅屋为秋风所破歌》——八月秋高风怒号,卷我屋上三重茅……"

先生只读到"布衾多年冷似铁,娇儿恶卧踏里裂"时,就已经哽咽不能自持。读到"长夜无眠何由彻"时,更是涕泪滂沱,至于"呜呼!何时眼前突兀见此屋,吾庐独破受冻死亦足!"先生几乎气绝!

这篇课文,先生讲得非常少,只是反复教我们用心去朗读。教我们哪一句要压抑,哪一句要上扬。此后多少年,我都能背诵《茅屋为秋风所破歌》,是因为只要我开口读,先生的神情就活现在我面前。

二中的校园生活中,特别重视文娱与体育。每一个节日必有演出,老师也是积极参与者。有一年过元旦,各班在自己的教室里开联欢会,班与班之间要送节目上门。教数学的闵德芳老师、徐家蓉老师和教化学的刘云萍老师、教政治的叶天祥老师,他们四位代表学校老师,排了个新疆舞,到各班去表演,让我们大开眼界!那时候,我们学校的舞台上,活跃着我们同学自己的明星,比如胡名忠、柯庆兰、袁汉云、雷秀英等。

办墙报也是我们的重要校园生活内容。元旦、五四、十一,这几个节日,每个班是一定要办墙报的。每个班都有自己专门的墙报编辑,他们把同班同学的稿子选出来,让语文老师过目,然后就用毛笔抄写,编排,插图,最重要的是画刊头,刊头下面要注明是哪个班主办的。

学校学生会也会办节日墙报，通常贴在柏树长廊的阅报栏里。各班的墙报，则多是贴在教室外面的墙上。

我和吴礼盛同学，是我们班的常务编辑。我们班的每一期墙报，都是我们两个人操办的。有一年，为了把墙报办得比别人更美观，我们想了一个自以为绝妙的办法。我们把抄写好的稿子和插图，按编排要求铺在地上，然后在校园内精心挑选了一些树叶树枝。树叶以梧桐树叶为主，树枝以柏树枝为主，又用废纸剪了一些花朵。我们把那些精心挑选的树枝树叶和纸剪的花朵，全都洒到墙报稿子上面，再用排笔蘸了红黄蓝紫各种水彩，轻轻地洒到铺在地上的墙报上。等到水彩差不多干了，我们就把那些树枝树叶和纸剪的花朵拿开，整个墙报上，就留下了各种色彩斑点形成的树枝树叶和花朵的图案，好看极了！

这一期墙报，本来办得非常漂亮，可惜，我们在刊头下面写了一个错别字，我们把"初二（4）班主办"，写成了"初二（4）班举办"。

周老师看到我，就把左手朝我轻轻举一下，羞得我只想把头栽进裤裆里。周老师却笑着说："学会了普通话，这两个字，怎么都不会写错！"

优秀的老师，对学生的教育与影响，常常是在不经意间完成的；一举手，一投足，都有可能让他的学生仿效一辈子。

刚进初中一年级，教我们生物课的是董养民先生。他上课，虽然不像何翔先生那样，把书装在口袋里，但他上了讲台，就把课本放在讲台上，几乎不打开，他就抑扬顿挫地给我们讲："形形色色的生物学——"

那时候，我们极容易饿，上午第四节课，老师说声"下课"，我们就迅猛扑向黑板边下的碗柜，抓起自己的碗就往学校食堂冲。

那天，我正要冲向碗柜，猛然看到董老师手里拿着我的碗！

那是一只黄色的搪瓷碗，边沿比一般的搪瓷碗厚很多。

天啊，老师怎么把我的碗拿走啦？我急得七窍生烟，可那时是初一的新生，有些怕老师。我就一直跟着董老师，也不敢叫他——老实说，那时候我还不知道老师到底姓什么。从我的教室到食堂，要下一道很陡的台阶，就在下台阶的时候，董老师发现了我，问："怎么啦？"

我惶恐答："我的碗——"眼睛就直勾勾地看着他手中的黄搪瓷碗。

董老师突然有些怪模怪样地看了看我，扬起他手中的黄搪瓷碗，说："你说，这个碗，是你的？"

我不敢吱声，却狠狠地点了几下头。

董老师笑笑，把黄搪瓷碗递给我，说："好吧，拿去吃饭吧。"

我吃完饭，洗好黄搪瓷碗，往我们班的碗柜上放碗时，才猛然发现，我自己的那个黄搪瓷碗，还好好儿地躺在碗柜的最上一格里！

董老师的那只搪瓷碗，我自然是及时还给董老师了，但这件事，我却记住了一生一世。至少我后来在大冶一中当老师，即使发生了类似的事情，我也会像我的董老师那样，不动声色地包容学生，决不随意责怪他们。

有一年冬天，我应该是读高中一年级了。我不知道为什么给自己剃了个光头，我个子又高，锃光瓦亮的一个大光头，走在校园里，很有点惹眼。

冬天里最大的问题是出早操，太冷了，想在热被窝里赖一下，一不小心就迟到。我当时就是一个经常迟到的光头。

迟到的同学越来越多，值日生也奈何不得了，报告到杜乃昌主任那里。杜先生就亲自站到操场的土台上，亲自捉迟到的。他要那些迟到的同学单独排一条纵队，准备早操后再行处理。

可是，全校一千多学生，在大操场上，散开做完早操，领操的发出口令："统统都有，向前看齐——"一千多人哗啦啦向司令台集中的时候，那单独的迟到纵队里的同学，便也趁乱，全都跑回了自己的班级。

只有我没跑。我想，我一个大光头，这么高个子，跑哪儿都能让杜主任抓出来，逃跑，毫无意义，不如不跑。

我等着挨骂。

杜主任却说："三十七个迟到的，跑了三十六个，只剩下他一个人不跑。迟到，我要批评，可他不跑，我要大声赞扬！单凭犯了错不跑这一点，他比那三十六个同学，就要高出一大截！"

一次并不是自愿的诚实，竟意外换得了老师如此赞扬，而且是当着一千多同学的面！这也深深地影响到我后来的处世为人。

当然，我们也有调皮捣蛋的时候，也有时候，惹老师生气，甚至非常无奈。

少年懵懂，我们最讨厌班干部打小报告。那时候，我们全校男生宿舍，就是那栋两层的地板楼。多少代大冶二中校友，都不会忘记那栋庇护过我们青少年时期的伟大的地板楼。楼下是有架子床的，楼上没有，我们就睡在木楼板上。东西两头，靠墙各一排大通铺，中间留一条很窄的走廊。

有的班干部每夜下晚自习后，总喜欢到老师那里去汇报。我们在寝室里，发现班长没回来，就把所有的脸盆，全都摆到寝室中间的走廊里，一直摆到门口。全校都熄灯了，同学们都假装睡着了，班长只能轻轻推开寝室门，做贼似的轻轻摸进寝室，一脚踩了一只脸盆，哗啦一声响，全班同学都翘起身，故意高声惊叫："谁呀？"

这响声太大了，一般都会惊动学校值日的老师和学生会的值日干部。等到他们急匆匆赶来，我们早就全体"睡着了"，而且伴有鼾声。

但这样的小阴谋，只能玩一两次，玩多就不灵了。

班长却仍然去汇报。

那个非常寒冷的冬夜，我们在寝室里密谋，把寝室门闩了，班长回来，谁也不给他开门，我们赌了一个恶咒，谁开门，谁是老母猪养的！

非常不幸，我们闩好寝室门密谋的时候，班长已经蹑手蹑脚到了寝室门外，他偷听到了我们密谋的全部内容，就匆匆返回到老师那里，揭发我们，并说明了谁是主谋。

老师就亲自跑到我们的寝室门外，轻轻叫道："柯尊解，你起来给我开门！"

我只得乖乖起来。

门开了，班长进来就喜滋滋地睡下了，老师一句话不说，也转身走了。寒冷的冬夜，只剩下我自己，躺在黑暗里品尝"作茧自缚"的苦果，品尝"即以其人之道，还治其人之身"的心酸，还有"请君入瓮"的痛苦！

但我学会老师这一招，对我以后当老师，也是有用和有益的。

还有个带点政治色彩的故事，不是我的经历，是听来的。

下晚自习到熄灯就寝，中间大约有半小时，同学们都喜欢在寝室里自娱自乐。有一伙同学不知是表演什么节目，需要高喊"高举红旗，奋勇向前"这句口号。寝室里哪有红旗呀？我的那位大师兄，玩到了得意忘形时，随手抓到一把扫帚，高举着喊了那句口号！

这样的举动，自然是非常不对的。但是，决不是恶意的。

这里有一点必须弄清楚：把扫帚当红旗，与把红旗当扫帚，这两种行为比喻，性质是完全不同的，是有着本质区别的！那位师兄举起那把扫帚的时候，他的内心，是真的把他手中高举着的物件，当成了一面飘扬的红旗，是充满了对红旗的崇敬与热爱的，丝毫没有要玷污的意思。

如果我们常怀一颗光明的心,一颗好心,去看待一件事,你可能看到的就是光明的一面,好的一面;相反,如果你总是用一颗罪恶的心,一颗阴暗的心,去看待同一件事,你看到的,就可能是罪恶与阴暗。

文章已经写得够长了,我还没有来得及写我的班主任,因为我还没有想好怎么写。我一直就想把我所有的班主任都集中起来写一写,我一直就感觉到,从小学到中学到高中,我的每一位班主任,都是我的楷模,都是我人生的一支标杆。

我尊敬他们,我尊敬我的母校!

母校,教过我很多知识,但我记得最清晰的,却是母校那些可敬可爱的老师的音容笑貌。

我现在把我母校的历史抄录在下面,当作我给母校的献词:

宋朝以前,母校现址上就有学馆,后为书院。南宋庆元元年(1195)武昌县令胡朝颖任书院山长,是为县学。元至元甲戌(1274)改为府学。至元癸巳(1293)建立"龙川书院"。

光绪二十八年(1902)"龙川书院"改办"武昌县立高等小学堂"。

民国元年(1912),"武昌县立高等小学堂"改为"虬川中学"。

1938年10月27日,日军波田支队侵占金牛,学校成了日本侵略军的据点,被迫停办达七年之久。

1945年8月,日本投降后,学校复学,改名为"鄂城县立初级中学第二部"。

1949年,金牛镇解放。10月1日学校正式开学,鄂城县县长韩光兼任学校校长,教职员工19人,学生127人。

11. 吴大荒同学

我的家乡藏在一片山丘折褶里,那儿群山连绵,每一个村子都躲在山旮旯里,在别人眼里,我们就是山里人。但我们自己却以为,茅阜山上的人才是山里人,所以,我们也喜欢说一些嘲笑山里人的故事。

印象很深的,是山里人买鱼的故事。

高山上自然是没有鱼的,所以山里人很少有吃鱼的机会。有一回,有个山里人到街市上卖了栎木炭,换得不少的钱,就决心要买条大鱼回家过年上更饭。

上更饭,就是除夕日的团圆饭,别的地方也有叫吃年饭的,但我们那里却都叫"上更饭"。那是整个年节仪式中最隆重的一餐饭。再穷的人家,饭也要煮多一点,要吃一半,剩一半,讨的是有吃有剩的彩头;饭桌上要是有条鱼,那就叫年年有余了。但上更饭的鱼是不许吃的,那叫"听话鱼",听一家人说些吉祥喜庆的话,所以,这种鱼,一般要选择上色鱼。

他在鱼行里请别人替他挑选了一条上更饭的鱼,一路乐滋滋地回家。谁知路上时常有人指着他撬在扁担头上的鱼,惊讶地说:"好大的鳊鱼啊!"

鳊鱼是稀贵的鱼,一般人家是吃不起的,所以,看到那个山里人扁担头上撬着一条大鳊鱼,谁都会很惊讶。

山里人却听岔了,他并不知道他买的那条鱼叫鳊鱼,还以为人家说他只买了一边鱼。听到第一个人这么说,他暗自惊奇:"怎么说我买的是一边鱼呀?"听到第二第三个人也这么说,他就极不放心了,走到一个僻静没人的地方,连忙取下扁担头撬着的鱼,疑虑说:"这明明是一条鱼呀,怎么别人要说是一边鱼呢?"

他反复看了几遍,确定是一条鱼,不是一边鱼,就把那条鱼重新撬上扁担头,满心狐疑接着赶路。落日黄昏时候,他赶到了山口下,碰到一伙放牛娃,竟一起指着他扁担头上的鱼叫着:"哎呀,鳊鱼!"

山里人真的吓坏了,他惶惶爬到山口上,坐在一块山岩上边喘息,边盯着那条鱼心里想:我看到的明明就是一条鱼,可别人都说是一边鱼,天啊,这条鱼莫不是精怪吧?暮色四合,天快要黑下来了,山里人越想越害怕,他怕妖精会跟着他回家,便把那条大鳊鱼小心翼翼地塞进了一丛狗婆刺中间——传说,狗婆刺是可以困住妖精的。

过完了春节,山里人不放心,偷偷找到那丛狗婆刺察看,他被他看到的情形吓得面如土色,掉头跑出去里把路才停下来,直拍胸口给自己叫魂:"哎呀魂掉了魂掉了!幸亏没把那条鱼带回家,它还真是一把梳木篦子精啊!"

——那条鳊鱼早腐败得只剩下一副白色骨刺架子,的确像把木梳篦子。

我把这个故事,讲给我小学二年级的同学吴大荒听,他却只嘿嘿傻笑。

吴大荒是山上吴家夼的人,爬上陡峭的凉亭坡之后,还要往山沟里走十几里。所以,直到十一岁,家里才敢送他下山读书,他就成了我们班年龄最大的,个子比大家都高出一个头。但他有个要命的弱点:怕痒。虽然高大威猛,十二岁就挑得动四口大青砖,可只要人家的手伸到他肋骨下,他就笑得浑身无力,夹紧了两只腋窝往下蹲,打死他也不起来。你若是再往他背后挠几下,他就笑得满地打滚。更要命的是,他生性不敢打人,即使真把他逼急了,他涨红着脸，两只大巴掌憋半天也捏不成拳头，伸出来也软绵绵的，不敢真往别人身上揍。

所以，他那么大个子，受欺负的时候，就只会咧着厚嘴唇，一边傻傻地笑，一边前后左右忙着躲闪。

老师说我的字写得好，他要我教他写字，就天天带炒蚕豆巴结我。课间休息我要玩斗飞机游戏，他就赶着要背我。有他垫底，我成了全校无敌战斗机，打垮过许多高年级的飞机。

可我总没真把他当朋友。有一天，我故意讲山里人买鱼的故事逗他，他傻傻地笑，并不生气，反而告诉我，他长到这么大，还真的没有吃过鱼。

我就邀他星期六去我家吃鱼，我告诉他，我们村的堰沟里就有很多鱼虾。

他立即满脸的羡慕神色，傻傻地笑。

那个星期五下午放学时，他就真的跟我到我家来了。

我们村绕村半圈的堰沟里，一年四季真的都活跃着很多鱼、虾、龟、蟹。龟是不能吃的，臊；蟹都不大，虾也都是小麻虾；泥鳅却非常肥，鲹子鱼一般只有两三寸长，但偶尔也会碰到半斤重的鲫鱼板子。选好了一截堰沟，将其中半边围成圩子，留下半边过水，舀干圩子里的水，鱼虾就在泥上活蹦乱跳。先用一把小撮箕把泥面上的鱼虾全捞起来，然后按顺序一小块一小块地扒淤泥，就能抓到偎在泥里面的泥鳅。

照这样的办法，围了两三截堰沟，就得到小半桶鱼虾泥鳅了。小蟹是不要的，如果鱼和泥鳅够了，连小虾也不要。

吴大荒就蹲在小桶边，一直低头望着小木桶，一双手全伸进桶里，捧着那些鱼和泥鳅，咧着厚厚的嘴唇，憨憨说："你这堰沟里，没有鳊鱼吗？"

这家伙，心里还想着"篦子精"的事哩！

我没有理他，他却双手在小木桶里没完没了地抚弄那些鱼虾泥鳅，喃喃说："我真喜欢这些小鱼泥鳅，真的好喜欢。"

他反反复复说着这样的话，我一直就没有认真听。直到晚上睡觉的时候，他却突然跟我说："我明天想回家了。"

我连忙问："你不是说好了，住到星期一，我们一起上学再回家的吗？"

他不回答我，自顾说："你能帮我抓几条小鱼，让我带回去吗？我们村里也有水沟，我想在那里放养小鱼……"

我帮了我的同学。

第二天早早爬起来，就到堰沟里去抓鱼，然后就努力辨认公母，挑选了十二条小鱼，用只瓦罐装水养着，吃过早饭，让他提回了吴家岔。

可是，新学期开学的时候，吴大荒却没有来报到。

过完一两个学期，我们大家便也渐渐忘记了那个大个子。

四年级春季，学校搞了个活动，各个班都要养点什么。有的班养了两只羊，有的班养了几只兔子，还有个班养了几只鸭子，可多数班选择养蚕。

我们班也是养蚕。可养蚕的班太多了，学校四周的桑树却很少，蚕宝宝一天天长大，我们却快要采不到桑叶了，老师急得直搓手。

恰在这时候，吴大荒出现了。

他变成了小木匠，一个老木匠带着他，到学校来修课桌凳。我们就立即围着他问这问那，他便红着脸，只朝那老木匠看。老木匠挺和善的，竟对他说："你去跟他们玩一下，听到打上课钟，就回来！"

他就被我们簇拥着走到教室门口，却死也不肯进我们的教室。我们就给他挠痒痒，他笑得满地打滚，却用两只脚死死抵着教室门槛,直到上课铃响了,我们一二十人拼尽力气也没有把他拽进教室。

可他却答应帮我们采桑叶。

"杂树山上是一定有野桑树的。"他很肯定地对我们说,"我每天给你们摘新鲜的。"

我们高兴得又围着他搔痒痒,搔得他直在地上向我们拱手告饶。

我们也饶了他,可他成了小木匠,不到学校来修课桌凳的时候,怎么把桑叶送给我们呢?他们吴家夼离我们学校有十好几里山路哩。

"没事,"他却早想好了办法,说,"我每天早早起来摘好桑叶,顺道就放到山口凉亭李五爹那里,你们每天派个上学路近的过去拿一下。"

山口凉亭离学校只有三四里路,住凉亭的瞎子李五爹,我们也都认识。有了吴大荒每天摘的新鲜桑叶,我们的蚕宝宝养得又白又胖,很快就上山吐丝作茧,有白茧、黄茧,还有土红色的茧。那一年,我们班蚕茧大丰收,受到校长的特别表扬,还得了一面三角形的小红旗,我们都很感激吴大荒。

可是,此后就再也没有见过吴大荒,只听说,在我们读五年级的那年,他家里就给他娶了堂客。

四十多年后,我在日报社做副刊编辑,一位年轻作者来找我,兴冲冲地说他也是茅阜人,跟我是真同乡。我问他是茅阜哪个庄门的,他说是吴家夼的。我便向他打听吴大荒的消息,他却一脸茫然说:"他早死啦,吊死的。"

我大惊:"怎么会那样?"

年轻人愣了一下,见我盯着他等待下文,便嗫嚅说:"我那时候小,只听大人说的,也不是很清楚。"

年轻人犹豫着讲了下面的故事。

吴大荒十八岁那年就当了生产队长。吴家岕那条山沟，一二十里都是石头沟，山顶上才有一层土，长着树木。山下有村子的地方，反而满地大石头，只在石头间隔的地方，偶尔有一两尺宽的薄土。这样的地方，自然没有水田，生产队种的玉米、蚕豆、红苕，也都分散在石头窝里。笑话说，一个男劳力早上明明挖了十八块地，可准备回家吃饭时数一数，却只有十三块地了。他不服气呀，我明明就挖了十八块地嘛，怎么只数出来十三块呢？再数一遍，还是十三块。他生气了，捡起地上的草帽要回家，这才发现，有五块被那顶草帽盖住了！

吴家岕全村，就没有一块地的面积达到了一分地，村里很多人一辈子都没有吃过大米。

那时候作兴学大寨造梯田。吴大荒动心了，从二十二岁那年起，他就带着全吴家岕男女老少一起垒梯田。垒梯田的石头到处都是，山下没有土，就爬到七八里远的山顶上去赶土下山。他们一年垒一点，垒到吴大荒三十岁，吴家岕就真的造出了十七亩七分水稻梯田，还在村口造了一口铺有泥巴底子的水塘，塘里每年都能养一季过年鱼。从来没有吃过大米的吴家岕人，那几年，每个人口每年都能分到一二十斤稻谷，最多的一年，每人分到二十八斤半，这还不算工分粮部分。

可是，这年突然上面来了命令，要拆了生产队，分田分地。吴大荒急了，霸着那些梯田，死也不让分。大队支书大队长带一伙人来要强硬分梯田，吴大荒竟一拳打断了大队长的肋骨。支书就到镇派出所报了案，要抓吴大荒。可等到镇里的警察赶到吴家岕，吴大荒已经在山上找棵树上吊了……

吴大荒的故事，讲完了。

我茫然不知所措，默默计算，吴大荒死的时候，还只有三十多岁啊。

12. 猫娘猫崽

那只猫崽从四楼摔下去，摔到一楼自搭的石棉瓦棚顶上，缓慢地死了。

猫娘就一直站在四楼敞开的阳台口，把头伸到栏杆外，望着一楼那个自搭的石棉瓦棚顶，凄惨地叫唤，几十年了，我仍然时时听得见它那剜心的哀号。

那年妻调到了师大附中，我们全家就从县城搬进市里，住到了陈家墩拐角那栋六层的临街旧楼房里。房子又破又烂，窗口下就是十字路口。穿过十字路口，向北爬上一道两百米的30度长坡，是长江边的煤铁码头。运煤运铁矿石的大卡车每天从早到晚川流不息，扬起的尘土，把这座楼房所有的玻璃都蒙蔽得几乎不透光了。

可这套房子是朋友借给我的，两居室，有厨房厕所和一面开放的阳台，还可以不要我的房租，况且我们必须赶在秋季开学之前安顿下来，别的就讲究不起了。

好在有间房内，还残留着一台尚能制冷的挂壁空调，可以给我女儿住。

猫娘随我们一起，住进了四楼的那套房子里。它在县城有个相好，生了三只猫崽。都说猫生崽，一龙二虎三猫四老鼠，可这三只猫崽，却全都生龙活虎似的，胖滚滚的一身的肉，足证县城的那只猫公，一定壮硕如马如牛。

我们匆匆地搬进新居，书和家具乱糟糟摊开到处都是，一蛇皮袋煤球，实在没地方放了，就塞到阳台角落里。

猫娘跟着我女儿一起，在忙着欣赏它和猫崽们的新窝，没心思照顾那三个小崽子。我与妻忙着收拾散乱的东西,更没心思管它们。三只猫崽失了一切管束,就同心协力搞破坏,竟把塞在阳台角的那只蛇皮袋撕开了,几只乒乓球大的小煤球滚出来,咕噜噜滚出开放的阳台,直滚到楼下。

楼下一楼,自己在房门口搭建了一间小屋,盖的是石棉瓦。猫崽扒出来的几颗煤球滚下去,就砸在人家的石棉瓦棚顶上,嘣嘣的响声特别刺耳。

石棉瓦下面立即钻出个瘦高的女人来,仰脸朝上吼着:"是谁啊,不承认,我要骂了啊!"

猫崽们吓愣了一下,躲到我和妻的脚下,骨碌碌眨着大眼睛。

我与妻也吓愣了,两双眼睛傻瞪瞪相互看着,不知道该不该伸出头去承认。

女儿正在那间有空调的房子里,给猫娘展示她为它新建的猫屋,闻声探出头来打听。我和妻急忙示意她别出声,女儿就连忙缩回去了。

我们正犹豫,嘣嘣嘣,竟又有几颗乒乓球大小的煤球,从四楼以上掉下来,也砸到了那面石棉瓦棚顶上!

这一次真的与我们无关,是楼上五楼或者六楼掉下来的,真不是我们。

瘦高女人被彻底激怒了,一只手叉着腰,一只手向上指着,高声嚷:"我看见啦,就是你们,你们下来!"

楼上没有动静,我们也瑟瑟地躲在门内。但很快就有沉重的脚步声,噔噔噔从一楼冲了上来,经过我们家门口却没有停留,拐弯,又拐了一次弯,好像直接上了六楼。一会儿,六楼的门被擂得嘭嘭震响,我们四楼都有震感。

我和妻连忙噤声,缩在门背后,心惊胆战地听着外面的动静。大约过了五六分钟,就有特别嘈杂的争吵与撕扯声,从六楼下来,到四楼突然停住了!

我与妻吓得目瞪口呆,惶惶听到了敲门声。我们连忙提心吊胆地开了门,才发现相互撕扯着的一男一女,敲的却是对门的门。

我们尴尬地看着他们,却不敢把自己的门及时关上。

瘦高的女人,一双手扯着那个男人,就用左脚去踢对门的房门。

门被踢开,出来一个五十岁左右的女人,戴着眼镜,像个街道干部,一句话也没说,就把撕扯着的一男一女让进她屋里去了。

直等到他们关了门,我与妻才敢关上我们自己的门。

一场惊扰应该过去了,我们得赶紧收拾房间,至少得把床支起来,睡个午觉。

我们午睡的时候,猫娘和猫崽也很安静,它们一直在玩,却不吵不闹。

女儿早就建造了一座猫屋。她弄到一只漂亮的纸箱,又用两块蓝色的薄塑料板,搭成一副人字形屋顶。前檐挖出一个门,后檐还凿了一面小窗户,说是这样空气就可以对流了。

她把这座猫屋偷偷放到她的房间里,她妈妈自然不能答应,说猫会传染一种叫"猫爪疯"的疾病,不能跟人混住在一起,就毫不留情地把新猫屋移到了厕所外面的墙角里。

猫娘对这间新猫屋非常满意,即使女主人把猫屋从小主人的房间里移出来,安置在厕所外的墙角里,它也很满意。因为,那座猫屋实在太漂亮了。

女儿用水彩笔,给猫屋的四面外墙画上了美丽的图案。正面大门,画的是漂亮工整的红砖墙,红砖墙的白灰纹路,横平竖直,极是美观;还有紫色的拱形门框,门顶那面半月形门拱,竟还画上了彩色玻璃。而两侧的外墙上,画的却是草地、藤萝、蝴蝶、蜻蜓、野菊花、蒲公英和灌木丛，一丛灌木上还趴着两只睡蝉哩。当然，还有一条小河。河边的草地上，有两只猫崽正在合力扑蝴蝶，另一只猫崽举着一只系在长竿上的网，在追赶三只蜻蜓。猫娘戴着草帽和一副漂亮的眼镜，很悠闲地坐在草地上，手里织着毛线衣，眼睛却笑眯眯地望着那三只快活玩耍的小猫崽。后面带窗户的那面墙，画着两棵特别大的树，一只猫娘带着三只猫崽，在树丫间捉迷藏，树下竟还有三只鸭子和一条狗。

但四面外墙都没有画鱼和老鼠。

我们准备午睡的时候，猫娘就坐在猫屋门口，看着三只猫崽从猫屋大门进去，从猫屋窗户钻出来。或者相反，从后面的窗户钻进屋，再从大门跳出来，然后就围着去扑猫娘的尾巴。扑几下，忽然就又去那座漂亮的猫屋里钻进跳出。

每一只猫崽都兴高采烈做着同样的游戏，它们乐此不疲。

我看到它们其乐融融的一家子，真的很有一些感动。

妻却说："怎么像你女儿似的，看猫玩捉老鼠啊？你不午睡啦！"

我连忙缓缓站起身，恋恋不舍地望着猫娘猫崽，说："就睡。"

等我午睡醒来，妻已上学去了。

她说过，今天下午要去学校拈阄分班，这很重要。她新调到师大附中，附中是个藏龙卧虎的地方，又是省里的重点中学，她渴望创造一个开门红的局面。所以，她接受了当新生班主任的安排。教务处把六百名新生的名字，分开抄录在六百张字条上，折叠起来搅拌一阵之后，再把六百张字条儿随机装进十二只小匣子，每个匣子里装五十张字条，然后就按1到12的顺序，给每个匣子编个号。十二只装好学生名字的匣子，当场当众密封好之后，只由校长一个人保管，其他任何人不许接近。十二位班主任集中在教务处，由教务主任主持拈阄，拈到1号的，就拿着自己拈到的阄，去校长那里领取1号匣，拈到12号的，就领12号匣。

拈好了阄，再按匣子里的名字，由教务处抄红榜张贴公布。

这绝对是童叟无欺的法子，妻却依然希望自己运气好，能拈到一个好班。所以，估计她午睡也没有睡好，提前去了学校。

但愿她真的运气好。

我下午却可以不去报社。主编派我写一篇反映全市企业改制取得巨大成果的综合稿，配合市里的中心工作，是要发头条的稿子，要求下周见报。我已经采访了三家倒闭企业，五家外资或港澳台与内地合资企业，九家优化组合个体承包企业，功课做得很充分了。午睡起来，上个厕所洗把脸，把那些采访材料整理一下，就可以动手写稿了，估计能写出上中下三篇，没准还能到省里拿个奖。

可我突然发现，摆在厕所门口拐角的猫屋不见了。

我推开女儿带空调的房门——那座漂亮的猫屋果然就摆在女儿的床上！三只猫崽，在猫屋里钻进跳出地抢夺一个白纸团。女儿没跟它们玩，在认真做暑假作业。猫娘却人模猫样地坐在书桌一角，看着它的三只猫崽玩抢纸团游戏。

我大声说："丫丫，你怎么可以这样！"

女儿不理我，连头都不抬一下，猫娘猫崽竟也敢不理我——猫娘无视我的存在，纹丝不动地端坐在桌子角上，只顾看它的猫崽；三只猫崽更不会朝我看一眼，它们正兴致勃勃地抢白纸团哩。

我非常生气。

丫丫管那猫娘叫小姨，管那三只小猫崽叫弟甲、弟乙、弟丙，亏她想得出这么人兽不分的怪名字！丫丫与猫们，一直就藐视我的权威，我无可奈何。可没等我从空调房里退出来，猫娘突然喵地尖叫一起，一纵身从丫丫的书桌角直蹿到床上，掩护它的三只猫崽，从我的胯下，仓皇夺门而逃。丫丫也弹了起来，拎起她床上的猫屋就往外面跑。

我大惊，还没醒过神来，妻已经用钥匙推开门，笑盈盈进来，却看到人猫大逃亡的情形，立即垮下脸来，冲我说："你这爸爸是怎么当的？"

我很委屈，说："这家里，无论是人还是猫，谁拿我当爸爸啦！"

妻马上转了笑脸，是那种掩饰不住从心里溢出来的笑，我猜到她分班的事很满意，可她仍然对我说："这叫教训！不管人还是猫，溺爱，必然酿成礼崩乐坏的恶果，天下不乱才怪！"

我却突然想到猫娘猫崽刚才的反应，心里有些好笑，说："你还真是有权威啊，猫能听得出你的脚步声，反应那个敏捷哟！"

妻把提包交给女儿，要她回空调房去，却对我说："我们先把屋里扔在地上的书刊报纸收拾一下，到六点半，我就去做晚饭，不影响你吧。"

我说："分班的结果怎么样？"

妻一边收捡书报，一边把拈阄的情况介绍了一下，有些喜色，说："我查对了一下，我拈到的班，五十名学生，语数外三科优等生一半多。"

我低声说："早从你脸色里看出来了。"

妻没听清楚我说什么，一边把地上的一摞书往书架上搬，一边喜滋滋说："这样的结果，还行吧。"

我说："你去做晚饭吧，六点半也只差十几分钟了。房间里的书报，我一个人慢慢收捡。"

妻朝我看了看，拍拍手去做晚饭。

这时候有人敲门了。

我拉开门，门口站着很光鲜的一男一女，女的在前，男的在后，应该是夫妻，我有些诧异，他们却抢先问我："您是许老师吧？"

我连忙摇头，转身朝厨房喊："许芸，有人找你。"

妻在厨房竟听到我与那对夫妻对话了,走出来把我拦到身后,说:"我是许老师,请问你们是?"

那两个人就笑呵呵地进屋了,女的提着两只红布袋,袋子里装着很高档的烟酒,我认识那牌子。她后面的男人,一只手提一大塑料袋水果,不会少于三十斤,一只手拎着个大西瓜,至少也有二十斤,早累得满头大汗,看看满地乱七八糟的东西,他有些不知道该把手中的西瓜等水果往哪里放。

妻大约猜到是学生家长,连忙找地方请客人坐,可家里实在是太乱了,一时真的找不到能坐的地方,就很尴尬地笑着说:"我们刚搬进来,对不起,连个坐的地方都没有。"

那女子就立即对男子说:"你赶快去叫人吧。"

男子急忙放下水果就转头出去了,我听到他就在三楼的拐弯处,用手机给什么人打电话,却不知道为什么要叫人,叫什么人。

女子笑起来非常妩媚,她自己说:"我们是学生家长,来看看老师。"

这时,许芸似乎找着了一点老师的感觉,解下围裙塞给我,却朝妩媚的家长很礼貌地笑着,说:"哦,不好意思,我今天刚刚搬到这里,您是怎么找到的呀?"

妩媚的家长连忙说:"不瞒您许老师,附中管财务的副校长,跟我们熟,要不然,我们孩子哪进得了师大附中啊。"

许芸愣了一下,仍然保持着矜持的笑意,说:"你孩子的名字是——"

妩媚连忙说:"shi nai zhu ling。"

妩媚是典型的矿山普通话,咬字吐音和声调,都有点儿怪怪的。虽然每个字都念得一本正经,许芸显然还是猜不到是哪四个字,连忙进女儿房间里,把她的提包拿出来,从包里取出一只白信封,往我们的小饭桌上倒出一大堆字条。

妩媚家长连忙凑近去帮着许芸，从那五十张字条里找出来一张，抚平摊开了，竟是"施奈诸良"这四个字。

许芸皱了一下眉头，估计是一下子实在猜不透这四个字是啥意思，她那古板的教师情绪又上来了，说："你们怎么给孩子起这么个名字？"

妩媚家长很大方地笑着，说："按日子计算吧，孩子应该是我们在日本奈良旅行时受的精，就取名叫了奈良。我跟我老公又想把两边的姓都放在孩子的名字里。我姓施，西施的施，我老公姓诸，诸葛亮的诸，都应该是挺不错的姓吧。可这两个字联在一起，倒霉！诸施、施诸，怎么听都不是什么好词儿。有朋友帮我们出个主意，干脆拆开了插花，叫施奈诸良，我们叫着呀，觉得很像个日本的名字，蛮好听的，就这么给孩子上了户口。"

许芸无话可说了，要去给客人倒水。

这时候，施家长的老公诸先生回来了，他带进来五个穿着短裤汗衫的人，三个女的，两个男的，进门就很熟练地收拾东西。

我和妻傻了眼。施家长就解释说："这是我们店里的勤杂工，特地叫来替许老师收拾房子的。你们放心，五十分钟内，全给你们收拾好！"

许芸吓慌了，连连说："这怎么可以？不行不行，绝对不行！"

那五个勤杂工却来央求许芸，说："老板，你就让我们挣个夜班费吧。"

果然只用了五十分钟，我们乱糟糟的家被他们收拾好了，该扫的扫了，该抹的抹了，破旧的房子里，立即就有了焕然一新的感觉！

五位工人走了，主宾终于可以体面地坐到假皮沙发上说话了。

"非常感谢你们！"许芸把施家长提来的两只红布袋拎到茶几上，说："你们帮我们收拾房子，我也不说付工资的话。水果，我们也可以留下来，可这些烟酒太贵重了，不能收，我们家也没有抽烟喝酒的。"

施家长却说:"许老师,施奈诸良要在您手里读三年书,时间还长着哩,我们会感激您的。"一边说,一边竟从装烟酒的袋子里抽出一只大红包,里面估计装了一万块钱,压到茶几上说:"这是我们的一点心意,老师一定要收下的!"

许芸就站起来了,说:"要是这样,我连水果都不能收了。我是你孩子的老师,我不能让孩子在心里看不起我,请你理解!"

许芸一面说,一面自己要提起那两只红布袋子,却要我去提那些水果和西瓜。

水果、西瓜加一起得有五六十斤,我真不愿意提,便朝诸家长看。诸家长一直尴尬地站在一旁,见我朝他看,连忙过来挡住我。

施家长僵住了,双手按着那两只红布袋子,很有些儿难堪,讪讪说:"许老师,伸手不打送礼的呢,您叫我们怎么出门呀。"

许芸说:"就算我是你们孩子的老师,你们请人来帮我收拾房子,这已经让我很感激了。你们不用送这么贵重的东西,来往倒更自然一些,行吗?"

诸家长终于有机会插话,说:"那,许老师您无论如何要把水果留下来。"

许芸已经提着两只红布袋子走到了门边。

门外走廊有路灯,却找不到开关,楼梯间便一团漆黑,妻便在家里翻出一把小号的手电筒,把她的客人一直送到一楼才转身回家。我听到脚步声开门,门外走廊的灯,竟也应声亮了!

对门也开了门,原来走廊路灯的开关,在她的家里。那个五十岁的街道女干部站在门口,笑容可掬地朝许芸说:"你是师大附中的老师啊?"

许芸回头笑着,说:"我刚刚从郊县调回来的。"

干部也笑了,说:"老师好啊,现在老师很吃香哩,师大附中的老师,就更不得了啦。你们可不知道哩,刚才那一对,敲错门了,先敲的是我们家的门。我见他们提着那么高档的烟酒,就有点吃惊,问他们找谁,他们说找附中的老师。这栋楼是我们厂里的,住的也都是厂里的职工,我全熟啊,没有谁家有人当老师啊。他们说,他们要找的老师是刚刚搬来的,我想,那就只有是你们啦。"

许芸不知道该怎么回答人家了,只好说:"谢谢您呐。"

干部进屋去,立即关了路灯,瞬间,走廊楼梯间比以前黑得更厉害了。

我们原来准备加夜班收拾房子的,现在,房子让别人帮忙收拾好了,我们没事干了,反觉得有些不自在。天气太热,丫丫进她那间有空调的房间里去了。有许芸在家,猫娘猫崽们便不敢跟着丫丫进那间空调房,陪我们待在外面。

"外面"就是那个开放的阳台。说是阳台也不太像,其实所有住户都把它当作客厅使用。四四方方的,足有十五六平方米,可偏在正中间立了一根硕大的承重水泥柱,像戳在人心里似的,特别不舒服,安排使用也极不方便。朝南边小院方向,没有墙,只有一道钢筋栏杆,听说是房管部门有规定,任何人都不得把阳台封闭起来,只能那样敞开着,所以它又不是客厅。

一盏灯装在那根正中央的立柱内侧,一方有亮,三方昏暗。

我和许芸坐在假皮沙发上,感觉非常累,都不想说话。

猫娘蹲在一只没有靠背的竹椅上,离我们很近。它有一下没一下地甩着尾巴,三只猫崽便煞有介事地争抢着去扑猫娘的尾巴。扑了一小会儿,猫娘似乎有些不耐烦了,它掉转头朝玩得很高兴的猫崽们"喵喵喵"叫了几声,叫声有点高,有点急促。三只猫崽似乎玩疯了,没怎么在意猫娘的叫唤,不仅更带劲地扑猫娘的尾巴,有时竟也往猫娘身上扑。猫娘就恶狠狠地喵了两声,起身跳下竹椅,钻到沙发底下去，竟叼出来两只做工很精致的花纸团。想来必定是丫丫为猫崽们准备的玩具，红蓝黄三种颜色的彩纸揉成乒乓球大小的纸团，还上了一些不干胶，粘成紧紧的一团，看上去倒有些像是活物。

猫娘把那两只彩色纸团叼出来，就扔到阳台中间灯光照得到的地方。三只猫崽果然不再去扑猫娘的尾巴，都去抢那两只彩色纸球。

玩了一会儿，猫崽们竟把一只彩纸球扑到了离栏杆很近的地方。猫娘就纵身跳过去，拦住继续去追彩纸球的猫崽，把它们赶回到阳台中间，再回头把纸球也叼回来，扔到离我和许芸很近的地方。又把三只猫崽各打了一下，好像是在教训猫崽们，不许玩到阳台栏杆那边去。

三只猫崽消停了不到五秒钟，又围着那两只彩纸球疯起来，它们分明是跳跃着扑向纸球的，那纸球却总是被它们扑得射向更远的地方。有时射到了我和许芸的脚下，有时射向了厕所那边的阴影里。这时候猫娘就只端坐在那张竹椅上，看着猫崽。在彩纸球射到了离栏杆很近的时候，猫娘就会很生气地一面喵喵叫，一面纵身跳过去，阻止猫崽往前追纸球。

偏偏这三只猫崽全是有玩性没记性的家伙，无数次地把彩纸球追到阳台栏杆边，终于惹恼了猫娘。它突然直竖起尾巴，弓起腰，恶狠狠叫起来，叫声再也不是"喵喵"，而是"唬唬"声。

三只猫崽这才吓住了，缩头缩脑地躲进阳台中央立柱的阴影里，躲到最昏暗的地方，可怜巴巴地朝我、许芸和猫娘张望。

我和许芸都没有挪动，静静地观察它们。

猫娘却似乎是真的非常生气了。她凶狠地跳过去，把那两只纸球叼进阳台中央，放到灯光照得最明亮的地方，突然"唬唬"的，一边叫着，一边用牙齿和双爪把两只纸球撕得粉碎！

猫娘的举动，把我和许芸吓得目瞪口呆。

许芸终于朝我笑笑，说："你就该向猫娘学习，看看它是怎么管教孩子的。"

我完全没有想到猫娘也会发那么大脾气,我倒更愿意猫崽们像先前那样活蹦乱跳,看到猫崽们现在惶惶悚悚地躲进昏暗处呆头呆脑的样子,心里就有些怜悯,正想走过去抚摸安慰那三只可怜的小家伙,那三只小家伙看见我朝它们走过去,它们倒避开了我,跑到了猫娘身边。

我有些扫兴,便不再理它们,回房间里去整理我的采访笔记。

这时候是晚上 8 点 51 分,我进屋干活之前,有个看钟记时的习惯,我坐下来开始工作的时候,看过我的手表和案桌上的小闹钟,都是 8 点 51 分。我刚刚把我的采访本摊开,突然听到许芸在外面惊恐地大叫:"啊呀,不得了啦,不得了啦,丫丫你们快出来啊!"

那惊慌失措的叫声,像是突然发生了重大伤亡事故,令人毛骨悚然。我不知道外面发生了什么事,腿就有些发软,踉跄着跑出来问:"出什么事啦——"

许芸竟哭出声来,说:"一只猫崽掉到楼下去啦!"

猫娘半个身子伸到阳台栏杆外,望着楼下凄惨地叫着:"喵呜——喵呜——"

楼下一片漆黑,但我们清楚地听到,那只猫崽就摔在那面石棉瓦棚顶上,望着楼上,"喵呜、喵呜"地向猫娘求救!

天太黑了,没有一丝灯光,站在四楼朝下看,下面黑洞洞的像个深渊。

丫丫已经查清楚是谁掉下去了,她惊慌失措地哭喊着:"是弟乙掉下去啦,爸爸,弟乙就在一楼的棚顶上,救救弟乙啊——"

我不知道怎样才能救弟乙,弟乙掉到了石棉瓦棚顶上,白天刚刚就有两次小煤球砸坏过人家的棚顶,我真的有些不敢招惹一楼那个瘦高女人。可现在,听到猫娘猫崽娘儿俩喵呜喵呜地悲惨叫唤,我倒盼望她能走出来问是谁。

可这会儿那瘦高女人却偏不出来，她好像是故意憋着，一声不吭，不到9点钟，我就不信她们全家会睡着了！

丫丫终于憋不住了，她拉开门要到楼下去救弟乙。

对门那位五十岁的女干部，竟也站在楼梯口！大约是我们一家惊慌失措的哭闹声惊着了人家，女干部看到我就很紧张地问："出什么事啦？"

我老实回答："我们家一只猫崽，掉到一楼的棚顶上了。"

女干部立即松弛下来，有些嘲笑说："我以为真出什么大事了哩，闹得惊天动地的吓死人，就为一只猫崽呀！"

丫丫却哭得泪人儿似的，朝女干部说："弟乙会死的，大姨，救救它吧！"

女干部看到丫丫，显然动了恻隐，说："行啦，我去帮你们捡回来！"

女干部很真诚地安慰着丫丫，换了件衣服，拿了把手电筒和一根小竹竿，就往楼下去。

丫丫就哭哭啼啼地跟着干部，我六神无主地跟着丫丫。

猫娘一直将半个身子吊在栏杆外，朝一楼棚顶"喵呜——喵呜——"地叫。

猫娘呼唤一声"喵呜——"，一楼棚顶的猫崽也惨叫一声："喵呜——"娘儿俩隔着四层楼，"喵呜——喵呜——"呼应着。小院子被四面的楼房围成了一个狭窄天井，娘儿俩凄厉恐怖的呼唤，在这狭窄天井的夜色里回荡，像那些灰尘一样，怎么也散不出去，叫得人心里直打战。

小院子黑咕隆咚的，被大堆小堆的各种杂物塞得几乎无路可走。女干部领着我们父女俩，侧着身子摸到了那家自搭的小屋前，她没有敲门，只贴近门轻轻地叫："江萍呀，在家吗？"

"在家！"里面有个女人回答，我听出来就是白天那个高个子女子,可她说:"睡啦!"

女干部贴着那家的门,小心翼翼说:"出来一下吧,四楼新搬来的许老师家,有只猫崽掉到你们小屋的棚顶上啦。"

"它自己掉下来的,关我什么事啊!"江萍说,"在我屋顶上穷叫,喵呜喵呜,活活烦死啦!"

猫崽在棚顶上"喵呜——喵呜——"地叫,声音里满是恐惧与绝望。

猫娘从四楼阳台的栏杆里吊下来半个身子,朝一楼棚顶的猫崽栖栖惶惶地叫:"喵呜——喵呜——"真的就像是一位妈妈在呼唤寻找自己的孩子。

站在这样的黑夜里,听到猫娘猫崽痛苦的呼叫,谁心里都不好受。

女干部有点不自在了,说:"你出来一下,让人家把猫崽救下来嘛。"

江萍竟说:"不行,弄坏了我们棚顶的石棉瓦,谁赔呀!"

我连忙回答:"我赔我赔,我给你们换新的石棉瓦,换红瓦也行啊!"

"我晓得你们家有钱!羊厂长刚刚说你们是老师嘛。你们有钱买鱼买肉喂猫养狗,我们一家老少三代,可几个月没见过荤腥啦!"江萍显然是负气,高声叫着,"打破我旧缸你赔新缸,可你那新缸没我的旧缸光,不稀罕!"

一直在哭的丫丫凑过来轻声对我说:"我叫小姨上去把弟乙叼下来,不会弄坏他们家石棉瓦的!"

这是个好主意,我连忙与羊厂长商量。

羊厂长说:"那行,直接把你们家猫娘抱下来,不用跟他们啰唆。"

我有些犹豫,说:"还是跟她说一下比较好,免得闹出不愉快的事情来。"

羊厂长说:"她不会同意的,你跟她说了,只怕会闹得你更不愉快。"

可我到底不放心,就朝棚子里面喊:"我们让猫娘去把猫崽叼下来,猫身子轻,脚步也很轻,不会踩坏你家棚顶的。"

"那更不行!"江萍突然拉开了门,探出头来说,"牛到心,马到胛,猫儿搭背翻瓦脊,让猫在屋顶上爬,不吉利!"

羊厂长有些生气了,说:"那你说怎么办吧,就让那只猫崽死在你家棚顶上?那好歹也是一条命啊!"

"它是一条命,我们是吗?"江萍很阴森地冷笑一声,说,"我这屋里还有老少四条命哩,谁来管管我们?"

羊厂长更生气了,呵斥说:"你这不是胡搅蛮缠吗?!"

"我胡搅蛮缠吗?"江萍异样地朝羊厂长龇龇牙,说,"羊厂长,你把好端端一个大江鞋厂弄垮了,生生砸了六百多工人的饭碗,你管过我们死活吗?你反说我胡搅蛮缠啦?啊?"

我们被江萍追问得哑口无言。

猫崽在一楼棚顶上恐惧而绝望地叫唤:"喵呜——喵呜——"

猫娘在四楼阳台的栏杆外吊着半个身子,朝猫崽凄惨地叫唤:"喵呜——喵呜——"

女儿丫丫的喉咙都哭出了血,她仍然泣血叫着:"爸爸,救救弟乙——"

我怎么救啊!我也想哭。

我们算彻底绝望了,我、丫丫、许芸,我们一家彻底绝望了!我们一家人救不了弟乙,我们连一只小猫崽都救不了!

可弟乙一直就在呼唤我们去救它。可怜的小猫崽,孤零零摔在一楼的棚顶上,夜是那么黑,黑得伸手不见五指,它肯定是相信我们一定能够救它,它就一直在那里"喵呜——喵呜——"地惨叫着，它还那么小，从四楼摔下来，不知道会伤成什么样子，现在却被孤零零遗弃在那样黑暗的地方，它有多痛苦，多害怕，多着急啊，多渴望有谁去救它啊。

可是，我们却眼睁睁看着，救不了它。

猫娘却不肯放弃，她就那样将自己的半个身子探出栏杆外，朝着一团漆黑的楼下悲惨地呼唤："喵呜——喵呜——"叫了一个多小时，声音都叫沙哑了。我们试图劝阻它，我们怕猫娘也从四楼掉下去，试图把它从阳台栏杆处抱回来。

可是，抱不回来！你把它抱回来，刚一放手，它就又跑回去，就那样把半个身子吊到四楼的阳台外面，呼唤它的儿子，它只要听到一楼还有儿子的回应声，它就要一直那样呼唤下去！

远处市中心钟楼敲了十一响，午夜11点了。

猫娘在四楼的栏杆外叫着："喵呜——喵呜——"

猫崽在一楼的棚顶上应着："喵呜——喵呜——"

远处市中心钟楼敲了十二响，子夜12点了！

猫崽在一楼的棚顶上叫着："喵呜——喵呜——"

猫娘在四楼的栏杆外应着："喵呜——喵呜——"

我们一家三口就只好陪着猫娘，全都站在阳台的栏杆边，从晚上十点站到深夜十一点，又从深夜十一点，站到了十二点。我和许芸也像猫娘一样，时不时会探身朝一楼的石棉瓦棚顶张望，看看我们的猫崽弟乙还在不在。

可我们只听到猫崽在一楼的棚顶上惨叫，却不能去救它，就觉得心如刀割。

蓦然间，我和许芸几乎同时打了个激灵，发觉不知道什么时候，丫丫的哭声停止了！我们吓坏了，急忙找她，她竟抱着弟甲和弟丙歪在猫屋旁边，靠着厕所的拐角，像是睡着了。

我们过去想叫她回房间里去睡，才发现她发烧了！

可怜的女儿！我伸手去摸她的额头，她却抓住我的手哀求："爸爸，求你啦，救救弟乙吧，它快要死啦——"

我们终于忍不住流泪了，我流泪了，许芸也流泪了。我们什么也不能答应孩子，只能允许她，今夜可以把弟甲和弟丙抱进她的房间里。

猫娘在四楼的栏杆外叫着："喵呜——喵呜——"

猫崽在一楼的棚顶上应着："喵呜——喵呜——"

远处的钟楼敲了一响，悠扬的钟声，与长江江心传来的轮船汽笛声，在黑黢黢的夜空里和鸣，凌晨一点了。

猫崽在一楼的棚顶上叫着："喵呜——喵呜——"

猫娘在四楼的栏杆外应着："喵呜——喵呜——"

过了一点，我们终于熬不住了，我和许芸在转钟后，就迷迷糊糊地歪在假皮沙发上睡过去了。当晨光冰凉地打到我们脸上，我们一齐被惊醒，猫娘还在那里悲惨地呼唤："喵呜——喵呜——"

但，我和许芸同时惊恐地感觉到，猫崽弟乙没有叫唤了！

它死了？可怜的弟乙，它真的死了！

我们立即跑过去，依着四楼的栏杆，朝一楼的石棉瓦棚顶寻找我们的小猫崽！

可是，奇怪，一楼的棚顶上，清清晰晰的，根本没有弟乙的影子！

猫崽呢？

猫崽不见了。清晨红艳艳的阳光照到一楼的石棉瓦棚顶上，把那面棚顶照得明明白白清清楚楚。那上面有尘土，有垃圾，有腐叶，有煤屑，有烂胶鞋和一只破瓦盆，破瓦盆里甚至还有一只腐败的死老鼠，却没有猫崽弟乙的尸体。

但猫娘不甘心，或者它不肯相信儿子会不明不白地没有了。它仍然将半个身子伸到栏杆外面，望着一楼的棚顶没完没了地呼唤它的儿子："喵呜——喵呜——"

它的声音早就嘶哑了，它叫得声嘶力竭。

"这样下去，它也会死的。"我担忧说。

许芸的眼睛里也满是忧郁，说："叫丫丫把那两只猫崽抱过来试试吧，它家里还有两个儿子，母子连心哩，或许弟甲弟丙能把它劝回来。"

我们就去敲丫丫的房门。

丫丫还在发烧，精神也有些恍惚，她抱着弟甲和弟丙，就那么呆坐着。那两只可怜的小猫崽，似乎也知道家里发生了很不幸的事情，乖乖地偎在丫丫的怀里，一整夜都不敢叫也不敢动，眼睛里满是惊恐与迷茫。

我晚上就想送丫丫去医院，可丫丫死活不肯，那时候，许芸竟也说："随她去吧，我们不能把弟乙救上来，她哪肯跟你去医院？"

可到了今天，丫丫还是那样迷迷瞪瞪地抱着弟甲和弟丙，我就越是不放心了，我试着央求说："丫丫，你还在发烧哩，跟爸爸一起去医院吧。"

只在一瞬间，就因为那只可怜的小猫崽弟乙失足摔下阳台，我们一家的欢乐，竟如同一面镜子似的，从四楼摔到一楼，被摔得粉巴烂碎！

怎么会这样啊！

许芸却站在空调屋外，高声说："丫丫，把弟甲跟弟丙抱出来，救救你小姨吧，要不然，它这样叫下去，也会死的！"

丫丫立即就抱着弟甲和弟丙出来了。她流着眼泪把弟甲和弟丙抱到栏杆边，轻轻抚摸了一下猫娘的尾巴，说："小姨，别哭啦。"

猫娘缓缓地转过头来看了一眼。

丫丫怀里的两只小猫立即就开口了，它们可怜巴巴地望着猫娘，小声试探着叫了一声："喵——"

两只可怜的小猫崽，从昨夜出事，它们就被吓坏了，好像是直到现在，它们才又开口叫出这一声"喵"。

两只小猫一边小声叫着，一边就挣出丫丫的怀抱，朝它们的妈妈走去。

猫娘真的被两只猫崽唤回来了，它从栏杆下缩回身子，走过来便去舔两只小猫崽的脸，一会儿舔舔弟甲，一会儿又去舔舔弟丙。两只小猫崽更是把自己的小脑袋拼命地往猫娘的颌下和胸前又拱又蹭，也伸出它们的小舌头，拼命地去舔它们妈妈的脸，舔得多么认真，多么亲切。

丫丫就蹲在离猫很近的地方流泪。

我和许芸站在较远的地方，看着猫娘猫崽和丫丫流泪，我们也想流泪。

可是，只过了极短暂的一会儿，猫娘又想起来了，仍然跑回去，将半个身子吊到栏杆外，望着一楼那面石棉瓦棚顶，凄凄地叫："喵呜——喵呜——"

两只小猫崽竟也跟着它们的妈妈一起叫："喵呜——喵呜——"

许芸说："得想个法子，不能这样下去了。"

我说："还能有什么好法子呢？除非我们搬家，离开这个地方。"

许芸突然说："你这话倒是提醒了我，我看能不能找个老师，把猫娘送她家里去，托她照顾一段时间，让猫娘慢慢地忘了这件事。"

其实应该我去找同事，我在报社五六年了，许芸才刚刚调进市里，她与附中所有的老师都还只有一面之交。可她知道我干不了这样的事，托人寄养一只猫，只有女人之间才方便开口。

许芸就急忙出去了。

该做午饭的时候，许芸拎着两只簸箕子赶回来了。她说，找好人家了，下午就可以送过去，讲好了，以后留一只猫崽给人家做报酬。

我们向丫丫说明了我们的意图，丫丫竟流着眼泪点头同意了。

吃过午饭，我们就硬着心肠，强制把猫娘和猫崽分开装进两只篓子里，匆匆送出了家门。我们全家一起，把猫娘和弟甲弟丙送到了那一家，我们看到那一家的条件还不错，夫妻俩和一个跟丫丫一样大的女儿。他们一家人都喜欢猫，他们肯定不会亏待了我们家的猫。

丫丫把她精心建造的那座新猫屋带到那一家，亲手交给了那一家的女儿。两个孩子在一起，说了很多话，然后就一起去逗弟甲和弟丙。

弟甲和弟丙很快就适应了这一家的环境。

可是，猫娘却被一根丝带锁起来了。那一家的男人特别内行，在猫娘的前胛扣了个"五花绑"。他说，猫是会缩身的，只有"五花绑"才能锁住它。要不然，你一眨眼它就会跑回原来的家了。

虽是无可奈何的事，可我们心里仍然很难受。回到家里，想到猫娘被捆绑的样子，心里像是压了块沉甸甸的石头，很想长长地叹一口气，让心轻松一下。

丫丫好像是不发烧了，可家里突然少了猫娘和猫崽，真的像是塌了半边天，一点儿都不像原来那个欢乐的家了。我，许芸，丫丫，我们每一个人在这屋里无论做什么事，都会突然想到猫娘，想到三只猫崽。坐在沙发上，想着三只猫崽的淘气，走到栏杆边，又会想起弟乙的悲惨。

满屋子都是猫娘猫崽的影子，满屋子都是惨淡与悲伤，没有人吃得下去饭。晚饭大家都说不想吃，干脆就不用动火了。

洗完澡，我必须去整理我的采访笔记。

我坐到我的写字台前，仍然是晚上 8 点 51 分，我看了手表又看了闹钟，就是晚上 8 点 51 分，很准，与弟乙摔下一楼的那天一样，没有误差。我摊开所有的采访本，翻阅那些匆匆记录下来的采访内容，突然感到莫名烦躁！

许芸又在外面惊叫："丫丫，你们快出来，好像是猫娘回来了！"

我和丫丫同时开门跑出来，急问："在哪？"

许芸神色惶惶说:"我刚才看到有条黑影,往这边楼梯蹿过来了。"

丫丫突然失声惊叫:"真是小姨回来啦!"

丫丫拉开门,猫娘嗖地就蹿了进来!

丫丫把猫娘搂在怀里,一连声叫着:"小姨!小姨!"

我也长长地舒了一口气。

可是,猫娘却从丫丫的怀里钻出来,仍然将头钻到阳台栏杆外,朝一楼那面石棉瓦棚顶叫着:"喵呜——"

它叫得有气无力,像是在叫魂。

我们决定,再也不去阻止猫娘了。丫丫把一些食物和水放到猫娘身边,就回空调房去了,我与许芸也钻进我们自己的房间,许芸要备课,我要写稿。

没吃晚饭到底有些饿,十点多钟的时候,我心里突然有些发慌,连忙把施奈诸良家送来的香蕉吃了一根。许芸一直在埋头备课。我的文章却怎么也开不了头,连拟了几次题目,都不满意,题目不好,真的没法下笔。这样的情况一直持续到晚上十一点半之后,突然响起了一阵急促的敲门声,把我们一家人都吓坏了。

门外一边嘣嘣嘣狠狠敲门,一边叫喊:"你们家有人吗?快开门啊!"

我连忙叮嘱许芸:"好像是一楼的,你去陪着丫丫,我去开门。"

门外的人等急了,开始用脚踹门,吼着:"有人吗?快开门啊!"

我急忙跑过去开门,门外果然就是一楼的江萍。

"你要干什么?"我惊恐问她。

"我儿子发急痧啦!"江萍带着哭腔说,"吃你们家的猫肉,中毒!"

"你说什么?"刹那间我不知道我是一副有多恐怖的面孔,我猜到猫崽弟乙的尸体突然不见了,一定与他们家有关,可我万万也料不到,他们竟然把一只那么可怜的小猫崽给吃了!

这也太可恶太恶心了！我真的想把她推出门去！

江萍一边哭闹着，一脚跨进门，伸手就要抓我。

许芸一直就站在空调房门口，急忙跑过来挡到我前面，对江萍说："妹子呀，有什么事，别急，你慢慢说，好吗？"

江萍索性放声大哭起来，边哭边说："我不是来讹你们的，我是来求你们的。我家里所有的钱加起来也不到一百块，那是给孩子准备的上学报名费，还差二十多哩。可眼下孩子发急痧上医院，看病化验一百块钱哪够啊，求你们帮帮我，说啥也跟你们家的猫肉有关啊。"

我和许芸立即紧张起来。

我们匆匆交代丫丫留在家里看好门户，不要怕，带了一些钱，就跟江萍一起，把那孩子送到了医院。

孩子到医院仍然在呕吐，呕吐物化验，真的是食物中毒。许芸又请求对呕吐物里的两坨肉做单独化验。但那两坨肉没有毒。

"你们买通医生了！"江萍立即急起来，叫嚷着，"你不是说食物中毒吗？猫肉怎么就没有毒了？"

医生没生气，问江萍："你们家还有谁吃过猫肉？"

江萍说："两个老的和孩子，都吃了。"

医生问："两个老人发痧吗？"

江萍承认："两个老的吃了，没事。可孩子怎么就有事啊！"

许芸连忙拉住江萍，说："小江你别急，你放心，孩子治疗的费用，我保证，全部由我们出！"

江萍愣了一下，朝许芸看了看，突然小声说："谢谢你！"

那孩子是午饭吃过猫肉就开始肚子疼的，一家的大人都以为是发痧，就让奶奶给孩子刮痧。中间也真的有一阵肚子不那么疼了，可到晚饭再吃几块猫肉，孩子突然就疼得很厉害了。他奶奶又给他刮痧。这一次怎么刮都不见缓，到了十点多钟，就开始呕吐了。

耽误的时间太长了，孩子要送监护室观察一段时间。

我们为孩子交了所有费用，就准备回家。

江萍却固执要把我们送出医院大门，到了拐角没人的地方，她突然又要给我们下跪，泪流满面说："我对不起你们！"

许芸连忙拉住江萍，说："别这样，只要孩子没事就好。"

"我动不动就讹人家的钱，名声不好。"站在黑影里，江萍竟说，"昨天你们也看到我讹了六楼35块钱，羊厂长一定跟你们说过我坏话了。"

我连忙说："没有，羊厂长真没有。"

"我才不怕她哩！"江萍突然恨恨地说，"要不是她把厂子整垮了，我们怎么会穷成这样！我孩子上学报名费要一百二十二，我凑不齐啊。"

站在那片阴影里，江萍向我们诉苦。

她说，她的公公婆婆原本都是大江鞋厂的中层干部，命苦，生个儿子只会说半句话，一直就找不到老婆。婆婆就托人到农村去找，哪个农村姑娘愿意嫁给她儿子，她就提前退休，让姑娘顶职进城进厂。江萍是江北农村的，为个城市户口，为能当个工人，她就嫁了。后来，公公也办了退休，让儿子顶职进了大江鞋厂。那时候，大江鞋厂效益不错，她们家又是双职工，公公婆婆退休了也有钱，日子过得和和美美。可一眨眼间，工厂垮了，垮得七零八落，每个在职的职工分几十双大江牌胶鞋，就算两清了，从此退休的没有养老金，在职的没有安置费，六百多工人，没人管了！江萍两口子，都过四十岁了，没文化，没技术，想做份清洁工都得找后门。她那个只能说半句话的丈夫，实在找不到事做，就突然不见人影了，跑了，生不见人，死不见尸，不知道到哪里去了。江萍却跑不脱，公公婆婆都老得不能动了，儿子还不到十四岁，老的经常病，小的要上学，家里却穷得连新鲜菜都买不起，她们一家真是几个月都没有见过荤腥了，要不然，也不会馋到吃猫肉。

"那个臭女人！"江萍愤愤地骂羊厂长，"砸了我们厂几百工人的饭碗，她自己倒调到区化工局当官了！"

我连忙说："这不能责怪某个人，这是改制过程中无法避免的阵痛！"

"放屁！"江萍突然露出撒泼的嘴脸，骂着，"我们厂是几百人，隔壁的国棉厂上万人啊，那么多人都在阵痛，你来痛一个试试？"

我瞠目结舌，许芸也瞠目结舌！

大概看到了我们惊愕的样子，江萍连忙道歉，说："我不是骂你们的，我是骂羊厂长他们的，她怎么不跟我们一起痛啊！"

我不知道该怎样回答江萍。

大街上几乎没有车辆了，没有交通车，也很难看到出租车。我和许芸离开医院步行回家，一路上我们谁也不说话，我们走得很快，大概不到一个小时，我们就到家了。

猫娘还在那里有气无力地叫着："喵呜——"

许芸问我："肚子饿吗？"

我说："不饿。"

许芸就说："那就快去冲个澡，赶紧休息吧。"

可我看到写字台上摊开的那些采访本，却莫名其妙地走过去，坐下了。

我为什么要写这些乱七八糟的东西？我对这些东西有半点儿兴趣吗？我就是为混口饭吃，却要为我完全不感兴趣的东西倾情讴歌，我真恨不得像猫娘撕那两只彩纸团那样，把我面前的这些采访本撕个稀巴烂！

可我不能撕啊。撕了就得重新采访，这采访本里记录的是我写文章的唯一依据，我得靠这样的文章去换钱养家。

况且，我没有别的本事挣到我眼前已经拥有的一切。

我尽量克制自己的情绪，强迫自己乖乖写那篇综合稿。

第五单元

杰出校友胡燕怀作品三篇

胡燕怀，男，1948年出生，湖北大冶市金牛镇胡铺村人，国家二级编剧，享受省政府特殊津贴专家。1964年大冶二中初中毕业，当过知青、教师、县文化馆创作辅导员、县文联专职作家。曾任湖北省作家协会理事、省文学院首批签约作家，黄石市艺术创作研究所副研究员。现为中国作家协会会员、黄石市作家协会名誉主席。黄石市第九届、十届、十一届政协委员，第十届、十一届政协常委，当选黄石市首届"十大文化名人"、首届"十大文化名家"、国家荣誉称号提名候选人。

1973年开始文学创作。在《当代作家》《长江文艺》等刊物发表中短篇小说一百余万字，1991年出版中短篇小说集《风流港》。代表作有短篇小说《淘井》，中篇小说《白板》。1993年后转向影视文学创作，二十余年间，独立编剧或主要编剧拍摄播出电视剧《总督张之洞》《活出个样儿》《大清御史》《铁道游击队》等约200余部（集）。其中《总督张之洞》《活出个样儿》《铁道游击队》（2005年版35集）分获第六届、第八届、第十届全国"五个一工程"奖。

2010年出版《胡燕怀文集》。2011年起，前后历时八年完成百万字多卷体长篇历史小说《汉冶萍三部曲》已由长江文艺出版社分别出版单行本，第一部荣获湖北省第九届"五个一工程"奖。

13. 金牛街·金牛人

——古镇鳞爪

金牛人从来不叫金牛镇而叫金牛街。乡下人去镇上赶集、办事，叫"去街"；镇上吃商品粮的住户有一种天生的优越感，称自己是"街的"，以区别乡下人。所谓"街"，也就是一条东西长约两华里的石板街，虬川河穿镇而过，把街拦腰切断，河东边的叫东街，河西边的自然就叫西街。

我对金牛街最早的记忆定格在新中国成立初期。金牛街号称"五县通衢"，是个水旱码头，那时的金牛街商旅繁盛，大桥两侧的石栏上大言不惭地镌刻着"万里通津"四个古隶。虬川河丰水时节，从鄂州开来的小火轮过樊口闸经梁子湖可以笔直驶到金牛街的河埠头；镇外的公路东连保安、铁山，西达贺胜桥连接粤汉铁路；公路上偶有汽车跑过，不过那时的汽车靠烧片柴驱动。金牛街是周围五个县的货物集散地，石板街两边商铺鳞次栉比，搭山共界，一家挨着一家，统一的格局都是可上可卸的活动门板，当街一个曲尺形的柜台。金牛街做生意的人多，后来就得了个不知是褒还是贬的诨号"金牛客"。金牛街比较出名的商号那时有卖广货的郁源茂吴家，卖千张豆腐的邱源盛，做餐饮的大生馆，做酒的叶家巷黄家，开面坊的饶家，等等。邱家的千张皮子薄如蝉翼，嫩而有筋道；包皮子的布每包完一次都要拿到河里去洗涮，每天的晨午黄昏，总可以看见邱家的伙计站在河埠头边，用力甩动着那一丈多长的白布，砸在河边的红砂石上，发出"啪、啪"有节奏的声响。我对大生馆的印象也蛮深，小时候好吃跟着父亲去吃过几次。它开在西街大桥头，推开临河的花窗，便可见河上舟楫往来，听桨声咿呀，观远处田畴沃野、阡陌纵横，酒客们一边品酒一边观景，煞是赏心悦目。金牛街的小吃也很多。有一个老汉挑担卖鱼丸，一头是鼎罐灶一头是案板，每天夜晚穿街走巷敲梆子叫卖，一角钱一碗，白如珍珠的鱼丸配上鲜绿的小葱，味道极其鲜美。最难忘的味道是大桥头的炸油粑，外面糯米粉，里面包绿豆沙的馅，来来往往吃的人很多，所以金牛街便流传下来一句"过了大桥想油粑"的俚语。

除了东街和西街，金牛街还有一条"短街"。短街实际是西街的一段，位于大桥和小桥之间，是金牛街的商业中心，按现在的说法是"步行街"，金牛很多有名的商号都集中在这里。这些商号大多是前店后厂或者前店后仓的格局，小的时候我们嘴馋，常常偷偷潜入后面的仓库里去，那里有很多吃的东西，比如整包的砂糖、芝麻饼等，用小刀将麻袋割开，敲开肚皮去吃。如果被逮住了，商家并不当场打责我们，顶多拎着耳朵送到家长面前，让家长掏钱赔偿。金牛街只有短街和大桥上有路灯，那是一种六角形的玻璃方罩煤油灯，每天的添油、点灯、灭灯都有专人负责，费用由公家承担。短街和大桥两侧桥头是夏夜纳凉消暑的最佳去处。每天傍晚，各家各户的竹床就早早搬到了这里抢占位置，横七竖八，街上和桥上只留下了一条狭窄的通道。一壶酽茶，一把老蒲扇，大人们谈天说地、谈古论今，我们这些伢崽夹在大人堆里听，渐渐就晓得了一些历史上的兴亡更替和地方上的传说掌故。那时夏天穿的拖鞋都是自制，木板上钉一根带子，类似于日本人的木屐。行人在狭窄的通道中穿行，木屐在石板街上踏出"噼啪、噼啪"的声响，仿佛是为大人们的夜话助兴。

说金牛街不能不说虬川河。虬川河是我们儿时的乐园，犹如后来读到的鲁迅先生的百草园。我们在河里摸鱼抓虾，河边常常停泊着上游放下来的竹排,潜到水下,有时能在竹排的空隙里抓到一两斤重的鲇鲃。我们还有一种独特的"罾鱼"方式,就是拿一块纱布中间挖个洞,然后蒙在一个搪瓷脸盆上,在洞口周围抹上麦麸或糠皮,然后埋入浅滩中。鱼游到洞口这里,就会从洞口钻进盆里去吃食。起盆很有技巧,必须轻巧快捷,第一步先用左手飞快捂住洞口,然后右手拎住盆沿慢慢提起,倾斜着将水滗出,鱼就困在盆里了。夏天的时候我们成天泡在河里,学会了各种游泳姿势,狗爬式或自由式,偶尔也有蝶泳和蛙泳。我们还特别爱在人前"炫技"——众目睽睽之下从大桥上勇敢地往下跳水。我们精赤条条地站在大桥栏杆上,面对着满大街走过的男人和女人,毫无羞耻地做着各种各样夸张的姿势砸到水里去,常常把小胸脯砸得通红。虬川河给了我们快乐,也吞噬过我们心中的美好。那时候我们这帮懵懂少年暗恋着一位姓丁的姑娘,公认她是金牛街最漂亮的美人儿。丁姑娘在供销社卖布,有着两条长及脚跟的辫子,辫梢上拴一对黑绸子的蝴蝶结,走路的时候那对蝴蝶便在她的脚跟上扑打着。她每天傍晚下班的时候也是我们放学的时候,我们跟在她的后面走,夕阳把她长长的身影印在石板街上,那对蝴蝶结也在青石板上不停跳跃,我们常常比赛打赌,看谁能踩住她的蝴蝶结。可是后来她死在虬川河里,是殉情而死。我们从大人的口里得知了缘由——是丁姑娘"打皮绊",按今天的说法是做了"第三者",男方是供销社的团委书记,在农村家里有老婆孩子。她是跟那个男人一块儿死的,尸体从河里捞出来的时候我们都赶去看了。最让我心里感到震惊的是,他们死的方式是那么决绝:她用那条美丽的长辫子把两个人的脖子紧紧地缠绕在一起,谁也别想挣脱。那一幕从此刀刻般留在我少年的记忆中。

金牛街还有着浓厚的文化艺术氛围。我记忆中新中国成立初期金牛街的票友活动非常活跃,成立了业余剧团,京汉楚都有。父母亲都是京剧票友。母亲是北平人，北平解放前夕怀着我，跟随我在国民党傅作义部队里当军医的父亲，从北平回到金牛街。他们后来给我取名"燕怀"，燕者，北平之别称也。母亲一口的京腔京韵，唱青衣；父亲则唱铜锤花脸，俗称"黑头"。其他唱汉剧或楚剧的有陈伯（陈汉生之父）、肖伯（肖仁和之父）、吴伯（吴培之父）和万幼灯、万盏灯等人。那时演出很频繁，我也从小就跟着赶戏场。记得有一年过年父母亲去演出，把我刚出生不久的大弟弟一个人放在家里，等他们演出回来后，我那个弟弟已经被闷死在摇篮里。金牛街热爱文艺的业余积极分子一代接着一代，一茬接着一茬，拉二胡的，吹笛子的，敲扬琴的，搞创作的，登台演出的，数不胜数。一个小小金牛街后来出了许多文化名人，作家，诗人，我想是不是也与这种从小的文化艺术熏陶有关呢？我后来从事文学创作，我的小说里就有一个单独的《青石街笔记》系列，写的全是我熟悉的金牛街上的人和事，景和物。比如前面说到的丁姑娘，还有留学日本、抗战时随侵华日军回来的邹翻译，他的日本妻子、"东洋婆"墩坂裕子，开"普庆诊所"的胡医师，刻章子的贺家，卖广货的郁源茂吴家的少爷，等等，他们后来都成了我小说中的原型人物。

改革开放让金牛街发生了翻天覆地的变化。如今的金牛街已经完全现代化和商业化了。石板街没有了，代之以宽阔的柏油马路；粉墙黛瓦、搭山共界的铺屋没有了，代之以高楼大厦，霓虹灯闪烁；城市里面有的现代化商场、超市、洋快餐店等等，金牛街全都有了。生活富裕了，物资充裕了，好则好，可我们儿时的那些快乐，现在还能找得到吗？

14. 草原的解读

一

一个马背上的民族，曾经有过的东方辉煌，全在历史的烟云中远去了。

这个民族走出了草原，最终却又不得不回到草原上。

一个历史之谜。

二

一到呼和浩特，内蒙古的朋友说：草原上的酒喝不醉。

我们驱车向北，翻过大青山，去希拉穆仁草原上的昭和。

无边无垠的西部草原出现在眼前。草原不是想象中的那样平展，有起伏的岗丘，但它和整个草原是浑然一体的。唯其如此，才给人视野辽阔而又线条多变的视觉效果。

蒙古包里铺着红地毯，迎接远方的客人。喷香的奶茶端上来了，还有奶酪和炒米；手扒肉也端上来了，我看出那是一只全羊，明晃晃的蒙古刀插在上面，盛在一只硕大的盘子里。酒是地道的烈性酒，呼市酿制的"呼白"，56度。我心里直打怵，晓得今天这一关是不好过了。在内地，圈子里的朋友都知道我喝酒素以扯皮拉筋而著称，那原是没酒量的缘故。到这里，怕是扯不胜扯了。

两位蒙古族姑娘身着鲜艳的蒙古袍进来了。我没有想到草原上的姑娘这样美丽。她们灿若桃花地笑着，像天仙一般地光彩照人，把雪白的哈达和银碗酒捧到客人的面前。她们唱起了草原上最古老的《祝酒歌》，用蒙古语和汉语：

  金杯里盛满醇香的奶酒，
  银杯里盛满醇香的奶酒，
  朋友们欢聚一堂干一杯。
  ……

  这样的酒是没法拒绝的。蒙古族真是个聪明的民族，他们把歌声和美酒一块儿献给你，你接受了歌声，就不能拒绝美酒。哈达、小银碗、歌声营造了一种真正的酒的氛围：真诚，坦荡，豪爽，热情，还有一丝淡淡的忧伤。这种忧郁的情绪，我从《祝酒歌》里一开始就感受到了。我不明白，像这类理应欢快热烈的歌曲里，为什么会有那样的情绪。银碗酒一碗接着一碗地喝，歌无休无止地唱（草原姑娘有永远唱不完的歌），这种情绪也愈来愈强烈，终于像潮水一样涨满了整个胸膛。"这是一个民族永远的忧郁。"同行的北京电影学院文学系的王小姐对我这么说。小银碗里浸润着这种浓浓的情绪，这酒浓烈而醇香，于是便来者不拒，认定了今天唯一要求的极致，就是一个字：醉。

  在这里，一切的江南小调都黯然失色了。

  我真的是喝多了。我一个人在草原上徜徉，落霞晚照，夕阳把蒙古包和一个人的影子拉得好长好长。天是这么纯净碧蓝，而且我平生也没有见过这么线条分明、色彩鲜亮的云彩。马头琴声从远处传过来，苍凉而忧郁，如泣如诉，似乎在诉说着一段悠远的历史。天哪，一个民族所独有的乐器，表达的竟然也是这样一种情绪！这是一个民族对历史的咏叹吗？是永存于一个民族心底的历史情结吗？不到草原上来，无论如何也让人难以置信，这茫茫大草原上的这个勇猛剽悍的民族，会和忧郁结下不解之缘。

于是我想起了腾格尔。我想起的是电视屏幕上，站在豪华的大舞台和最现代化的电声乐队前面的腾格尔。腾格尔唱着他的《蒙古人》，粗犷而忧郁。粗犷是因为西部人对生命和生存的体验，可是一个五大三粗的西部汉子，他为什么要忧郁呢？至少我认为这是腾格尔的矫情。但是现在，在这黄昏的大草原上，我理解了腾格尔，也宽容了腾格尔。粗犷的忧郁是一种撼人心魄的美，是一种催人泪下的美。不到草原上来，你无法感受到这个民族的情感世界。可惜腾格尔却离开了他的草原，走向了都市。天下之大，有多少人到过草原呢，有多少人能听懂腾格尔呢？腾格尔应该站在鄂尔多斯高原上，无伴奏唱他的《蒙古人》。

那一次我居然没有醉。同行的内蒙古电视台导演王新民说，你至少喝了一斤酒。这真是不可想象的事情，连我自己都惊愕了！深夜回到呼和浩特的宾馆，我打电话叫醒了江南的朋友，我听到了几千里外他们的嬉笑声。他们不相信，因为他们不知道，我让生命在大草原上痛痛快快地释放了一次。

三

又是一个草原上的黄昏。但这是在内蒙古的东部，大兴安岭南麓的科尔沁草原上，察尔森湖畔。

如果说西部草原是一幅线条粗犷的版画，那么东部草原则是一幅色彩鲜艳的水彩画。这儿草肥水美，有五颜六色的野花，碧蓝的湖水和透迤的林带。躺在膝盖深的草稞子里，我感受到了生命的舒展，怡然，安宁和恬静。喧嚣的尘世远去了，人的生命和草原上所有的生命融为一体。我想起了我们现在仍然生活着的这座城市，生存空间狭小而拥挤，每一个人为了保存和争取属于自己的那点可怜的空间，不得不去付出种种艰辛的努力，说不该说的话，做不该做的事，成为两面人。但这并不是生命的正常状态啊！生命从自然中来，在完成了社会化的进程后，每一个生命都无一例外地要回到自然中去。从这个意义上来说，生命本来应该多一点自然，多一点纯朴，少一点矫情，少一点虚伪。

　　这种思考让我怦然心动！我以为找到了认识这个马背民族的切入点。于是在科尔沁草原的这个落日黄昏，我蓦然想起了一个极其简单的汉语词汇：自然。一切都是自然的。大草原是自然的，大草原上的生命是自然的，大草原上的这个民族也是自然的。每座蒙古包的门都朝向东方，绝没有阴阳风水之类的考虑；婚姻更注重实际性而没有纲常礼教的束缚；据说在殡葬上则是一种"天葬"：用"勒勒车"装着死者在草原上信马由缰地走，走到什么地方死者从车上滚下来了，那地方就是死者的最后归宿，掘个坑简单地埋了，葬得和草原一样平整，不留任何痕迹。一位蒙古族诗人对我讲了草原上保留至今的一种习俗：当主人远牧时他要将自己蒙古包的门敞开，为的是方便过路人。过路人渴了可以进去喝水，饿了可以进去喝酒吃肉，天黑了可以在里面睡，完全就像在自己家里一样。在茫茫大草原上行路，到处都可以有免费食宿。他们认为物本来应该是人类共享的。这真是个让人感动的民族。这让人想起了人类史前时期的那种纯真与亲情。

　　甚至连战争也是自然的。曾经执导过电视剧《啼笑因缘》和《东方商人》的内蒙古电视台导演王新民对我说，他们在筹拍电视剧《成吉思汗》时意外发现，成吉思汗远征军是世界战争史上唯一没有后勤部队的军队。成千上万的妇女儿童赶着畜群、驾着勒勒车跟在队伍后面，仗打到哪里，他们就放牧到哪里。战争一年年过去，孩子们一年年长大，部队就有了源源不断的兵源和源源不断的肉、奶和皮衣等补给。我在东部乌兰浩特的成吉思汗庙里，就见过一幅这样的壁画。这是冷兵器时代的一大创举。这使成吉思汗远征军具有空前的战斗力，铁蹄踏遍了中原，踏遍了波斯湾沿岸和多瑙河流域。

崇尚自然，是不是蒙古民族的主要文化特征呢？那位蒙古族诗人对此基本上表示认同。我认为只有这样，才能解释这个民族为什么走出了草原，最终却又不得不回到草原上来。他们可以征服中原民族，却不具备征服中原文化的潜质。在两种文化形态的对抗面前，外来者要么是认同融合，要么就是摈弃退出。成吉思汗的子孙们无奈地选择了后者，在不到百年的时间内极不情愿地退出了元大都。而数百年后的满族，却成功地留在了北京。他们给每一个中原的男人留下了一条长辫子，却从此悄悄地消失了自我。

由此我想起了张承志。许多年前的那场"文化革命"，把无数的知青抛向了内蒙古大草原。对于许多人来说，那也许是人生的一场劫难，它却唯独成就了张承志。从前我一直觉得不可理喻，一个并非蒙古族的作家，何以如此执着地把自己全部的热情和痛苦都倾注在大草原上？据说近二十年来，他对蒙古民族语文、宗教、历史、文化的研究和精通，使许多著名的蒙古族学者都叹为观止。从大草原上归来，我又重读了他的《黑骏马》和《金牧场》。我觉得第一次读懂了他忧郁的笔调，读懂了他的草原，读懂了他对一个具有丰富历史文化内涵民族的深切思考和咀嚼。永不媚俗的张承志，从草原上走来，又向草原的深处走去。

我这次去内蒙古，是应导演王新民之邀，去修改电视连续剧《总督张之洞》的剧本。一个月的时间，从西到东横穿了整个内蒙古大草原，然后又钻了一次大兴安岭，真正能坐下来改剧本的时间并不多。但是剧本竟然改得意外地顺手，面目大变，连我自己都感到惊讶和难以理解。内蒙古的一位编剧说，是我们内蒙古的大草原点化了你。说起来这也许有点玄，一位百年前浑身浸透了汉儒文化的湖广总督,他怎么也不可能和塞外草原有一丝一毫的牵连,但是真的,我真的有幸沾了一回大草原的灵气。信不信由你。

　　一次文化之旅。回来后我对朋友们这么说:听懂了腾格尔,读懂了张承志,认识了张之洞。

15. 白板（节选）

一

民国五年，袁世凯在北京紫禁城里坐了八十三天龙庭的那一年，在青石街上，周源记绸缎庄的少老板和錾石碑的贺义斋的独生子，双双从虬川模范高等小学堂毕业，又双双考入了鄂东八县联中。

这是青石街有史以来顶顶荣耀的一件事。青石街五县通衢，商贾云集，却富而不贵，找不出一个能步入仕途的子弟来。眼下虽是共和，废科举、创新学，可既然袁大总统也能坐坐龙廷，谁能保准有朝一日，宣统皇上不会重登金銮殿、重开科举之途？这考上八县联中，估摸着大约就相当于从前的童子试吧？如此说来便有了一个生员的身份，也算是青石街上的头等功名了。周源记老板心里这么一番盘算，便觉得非要风光风光不可了。

报单喜帖子便满街地送去。街邻里舍、亲朋好友、商贾同人、乡绅名士，俱皆一一请到。酒席就设在桥头的水仙楼上。青石街被虬川河拦腰切断，街上便有了一座两墩三孔的石桥。水仙楼瓦肆勾栏，紧傍着桥头依岸搭建，有一半凸出在河面上。酒客们推开临河的花窗，便可眺镇外阡陌纵横，田园旖旎，眼前是一湾碧水、桨声咿呀，桥上仿乾隆年间錾下的"万里通津"四个古隶便粲然入目了。

请客那天，水仙楼披红挂彩，特意装点了一番。周老板带着公子早早迎候楼前。周老板着一件崭新的白纺长衫，满面红光，印堂透亮，慈眉善目，笑容可掬。这周老板毕生洁身自好，从不进青楼、赌局等脏污之所；生意场上笃信忠义，童叟无欺，在青石街商贾同人里颇有名望。而今年事已近花甲，老伴早逝，膝下只有这一子。这孩子大号名唤周云亭，未及弱冠，风神韶秀，头角峥嵘，绛唇绽朱，明眸点漆，眉目很是英俊；少年得志，更是踌躇满志，喜形于色。

客人陆陆续续地到，打躬，作揖，恭喜，谦让，宾与主礼节周到。蓦地，就听见一个粗嗓门喊了过来："源翁，可喜！可贺！"

来人是一条黑焌焌的壮汉，蓝衣短打，却是青石街河码头上的青帮小老大，姓成，单名一个渠字。

周源记老板赶忙上前施礼，成渠也还了礼。周云亭照例在旁垂手弓腰，恭恭敬敬地鞠了一躬。成渠哈哈地笑了，随手递上红纸卷筒的银封，道："源翁，不成敬意，笑话了。"周源记老板自是推辞谦让了一番，方才让身后的伙计收下了。这时成渠解下束在腰间的一条玄色腰带，挂在了门楣上最显眼的地方，大摇大摆地进去了。江湖上青帮的规矩，门上有了这条腰带，表明主人家已经请了自家的老大，手下的弟兄们就得回避了。

周源记老板赶忙又朝成渠的后背施了一礼："多谢老大捧场！"

又陆陆续续地到了一些客人。看看客人大体已经到齐，周源记老板方才带着公子回到楼上雅座，陪客人用茶。众人便在那里聊些闲话，自然又多是些恭维溢美之词：

"源翁财运亨通，世侄出类拔萃，府上有吉星高照啊！"

"世侄聪颖灵秀，无丝毫纨绔之气，将来必定前程无量！"

成渠来得粗爽，隔座喊道："周家小子呀，你听着！将来读书戴了顶子，莫忘了老叔噢！"其实论年龄，那成渠也不过比云亭大了个十来岁。

座中有一老者站起来，向坐在首席的虬川模范高等小学堂的校长、督学打了一躬，问道："请问校台、督台大人，此次八县联考，风闻周家世侄以算学名列榜首，此事当真？"

校长正色道："岂能有假！不仅周云亭以算学，贺紫垣还以文章书法，双双名列榜首！"

督学面有得意之色，接口道："双星联袂，天造地设，乃青石街上前无古人、后无来者之两大神童也！"

众人"啧啧"连声地赞叹起来。自然，也把虬川模范高等小学堂的一帮新学贤达抬举恭维了一番。

先前问话的那老者便转向周云亭："旧闻世侄算学尤精，百闻不如一见，今日可否当面一试，让老朽也见识见识？"

周云亭莞尔一笑："这有何妨？但请世伯命题。"

老者闭目拈须，沉吟片刻，道："一井蛙跳而欲出，首跳距井口一尺八寸，再跳距井口二尺四寸，三跳距井口尚有二尺八寸。倘以首跳再跳相加，则余井深三尺八寸；倘以再跳三跳相加，则余井深二尺八寸，试问井深几何？"

"这有何难？"周云亭笑笑，未假思索，脱口而出，"井深八尺。"

满座愕然。

云亭道："此蛙作三跳，皆因筋疲力尽，故而一次不如一次。首跳为六尺二寸，再跳为五尺六寸，三跳为五尺二寸。以首跳、再跳相加，共跳了一丈一尺八寸高，比井深多三尺八寸；以再跳、三跳相加，则共跳了一丈零八寸，比井深多了二尺八寸。"

"神童！果真是神童啊！"众人回过神来，一迭声地夸赞。

周云亭："这题目太简单，世伯还另有妙题乎？"

那老者脸上有了赧颜，无言以对了。

众人又说了一会儿话，看看客人已到齐，周源记老板便吩咐开席了。觥筹交错，你来我往，自然又是热闹了一番。席散人去，却独有那成渠并两三街邻不肯离去，乘酒作兴，执意要移座周宅，又几圈麻雀牌尽尽余兴。周源记老板不禁面上有了难色。周宅中是从未开场设局过的，却是一则碍于情面，二则今日也是喜庆之日，自是不好扫了客人的兴，只得勉强破了例，吩咐儿子带了众街邻去，茶水好生伺候，自己便往铺面上去了。周源记绸缎庄自即日起九折优惠三天，以庆贺少爷进学之喜，所以铺面上生意很忙。

一拨人随同周云亭进了周宅，却是一进三重的大宅院。在头进花厅里摆开了八仙桌，众人约定了圈数，便碰和了起来。

所谓麻雀牌，便是后来的麻将。民国初年的麻雀牌是一种纸牌，窄长的纸片儿，形同树叶，故而又称"叶子"。"叶子"以昆山司马桥和苏州桃花坞生产的为最佳，所以又有"昆叶""苏叶"之说。"苏叶"以夹青春绵纸为之，使清油透过，牌面上除牌点、风、箭外，还绘有彩绘图案。如今天他们正在玩的这副"水浒叶子戏"，就绘了梁山一百单八好汉，彩绘生动，印制也极精美。

两圈过去，成渠还未开和，又背了一个满贯，自是输了不少，不禁有些焦躁，额上青筋暴突，嘴里不干不净地骂着，随手抽了一张牌就要往"海里"扔。

"这张牌不能扔！"身后蓦地响起一声大喊，惊了成渠一跳。回头看时，却是周云亭正站在身后。那少年想是已经偷觑了多时，正看得如痴如醉。成渠稍稍迟疑了一下，最终还是将那张牌留下了。果不其然，一会儿就听和了，接着自摸"门前清"，总算是开天见了日头。成渠嘘了一口气，道："世侄小小年纪，何时也学会了叉麻雀？"

少年谦然答道："却从未曾学过，便是见，今日也是首次。家父管束极严，向来无缘见识此物。刚才只不过是看了一两圈，便悟出了其中的一些门道，想来与西洋算学中的排列组合颇有相似之处。"

众人一个个都惊讶不已。成渠叹道:"神童!真是神了,神了!"

少年便款款一笑:"可否让晚辈小试一把?"

成渠欣然应允,便把位子让了出来。少年坐了上去,奇怪的是,他初次上场竟然无丝毫慌张畏怯,吃碰追抽,运筹娴熟,俨然此中老手。一圈过去,门前已有银洋数码,成渠先前输的,已悉数追回了。

四圈临终,天色见晚。铺面上打了烊,周源记老板回家来,一脚踏进花厅,见儿子坐局,勃然怒起!却又不便当时发作,只好隐忍着,铁青着脸挨到局散,送走了客人,回身来脸色一沉,手中的铁尺已重重地敲在几案上。那周云亭早已变了脸色,抖抖索索地跪在了父亲面前。

"孽种!竟敢忘了家训,坐局参赌!你是何时所学?从前又是如何瞒着我去局中厮混的?一一从实招来!"

云亭嗫嚅道:"从前……从未有此事。今日实乃初次,偶尔为之。"

周源记老板以为儿子说谎,愈益震怒,喝道:"胡说!看你方才局中形模,分明不是初次!还敢隐瞒作谎?"

"冤枉!真是冤枉啊!"云亭也急了,分辩道:"孩儿谨遵父训,耽于学业,未敢有丝毫的懈怠,何曾去局中厮混,习得此道?父亲尽可去街邻师长处查访!今日不过是观之有趣,方才小试了一试。孩儿自己也觉得奇怪,心中竟然有一见如故、似曾相识的感觉。"

听了这话,周源记老板呆呆地说不出话来,举起的铁尺颓然落地。末了,叹了口气,说:"原指望你奋发上进、勤苦用功,日后好衣锦还乡,光耀门庭,福庇地方,也不负青石街父老桑梓的一片厚望。似如此不肖,我活着还有何指望?"说完,两行老泪潸然而下。

云亭慌忙应道:"父亲,孩儿从此再也不敢了!"

这事便就此作罢。

过了几日，周云亭要去入学了。贺紫垣跟他结伴同行，两家合伙雇了一条船。一叶轻舟离开了青石街的河埠头，飘然而去，走梁子湖，过鄂州，在长江边换了轮渡，直抵对岸的黄州府。入了学，两个少年均极用功，天资又好，颇得校方赏识看重。那贺紫垣以文科偏长，满腹经纶，文章锦绣；而尤以书法为佳，正草隶篆，欧柳颜王，盖过满堂学子。周云亭则工、化、数、理门门皆优。紫垣和云亭两人同乡同榜，同庚同窗，学则同坐于一桌，寝则同寐于一床，自是好得形影不离，不分彼此。

光阴荏苒，转眼间四年过去了，到了民国九年的孟春——眼看就要毕业了，贺紫垣家中忽然来了一份加急电报，父亲病危，催他速归。

两人在江边码头洒泪而别。

二

说起这贺家，本是客籍，外来户。紫垣祖父的时候贺家由皖入鄂，在青石街上开了一爿錾碑石的小店，从此在青石街上落户了。

这贺家的根底家世，在青石街上一直是个谜。据街上老辈人传下来的说法，紫垣的祖父初来青石街时，有七八挑箱笼书奁跟随，脚夫个个挑得沉重。街上人便疑心内中定是金银细软之物，想来不是绅商大户就是殷实的书香人家。及至在街上落了业，时日一长，便看出这外来户其实日月也过得平常，不似那富豪阔绰人家的排场。紫垣祖父端端的一派读书人举止，斯斯文文，不苟言笑，颇有一番清风傲骨。那贺家碑石店做的生意是专为丧葬人家錾石立碑，也揽揽四乡里的牌坊、路碑、祠堂里的碑记等活。粗活自然是店里的伙计干。紫垣祖父只是在店里的伙计将石料整好，石面打磨平整后，方才研墨挥毫，写好碑文，由伙计去錾刻。他则去吟诗诵文、品茗作画，闲暇时教紫垣父亲习字泼墨。尤其是那书法，笔舞龙蛇，铁画银钩，让青石街人大开眼界、叹为观止，只知其妙，却不知妙在何处，断言绝非是一般俗家临帖所能为也。如此书法功底，便是一般人也能想到，贺家必是家学渊厚的书香世家。然书香世家何至于辗转他乡，迁徙异地？贺家人于此事上向来是缄口不语的，青石街人便不得而知个中因由了。

有一事传得颇奇。光绪十九年，青石街上绅商合议，集资重修河上那座石桥。那桥乾隆年间修过，历一百五十余年风风雨雨，已有几处裂损；桥栏杆石上錾刻的"万里通津"四个大隶，当年不知出自谁家手笔，此时也已被风雨剥蚀多处。那时紫垣祖父已故去，由紫垣父亲贺义斋执掌碑石小店。贺家既是錾刻石碑的，又是青石街上第一支如椽大笔，这重錾"万里通津"的事自然是非贺家莫属了。字是先錾好后再合到桥上去的。一石一字，每石皆三尺六寸见方，重五百余斤；字依前例，依然是隶书。桥修好了，那四块石刻与整座桥浑然一体，天衣无缝。尤其是那"万里通津"四字，比先前的更见苍劲挺拔、雄浑刚健。最让青石街人惊叹的是，明明是刚刚錾刻好合到桥上去的，却似经历了千古岁月，笔笔画画之间，凭空里透出许多古雅拙朴的情致来。青石街人自然还不晓得其中的另有奥妙。那时候青石街上这座桥是南北通衢大道，北走武昌府，南下湘赣。桥修好的第二年某日，从南边江西道上来了一位鹤发老者，人精瘦，一部白雪也似的飘飘长髯，走过桥，回头看见了桥上那四个字，禁不住一怔，愣住了。在桥边流连了许久，旋即便满街去打听这是谁写的字，谁刻的这石头。待到进了贺家碑石店，埋头打了一躬，再抬起头来，见眼前的这位店主不过是刚过而立之年的青壮后生时，不禁又是一怔，摇摇头，叹了口气。

"敢问老前辈，有何指教？"贺义斋毕恭毕敬地问。

老者道:"刚才过桥,见桥上所刻四字,分明深藏有当年南谷翁之雄风,便几疑南翁仍健在,故而贸然寻来。其实老朽早年在赣中便已闻南谷翁厄逝皖南,如何能来到这里?荒唐!荒唐!"说罢欲走,却又转身,打量着店主,道:"可否实言相告,你可是徽州南谷翁之后?"

贺义斋片刻无语,旋即打躬道:"晚辈实不明先生所言。"

那老者不再言语,走了。临走又去桥边,把那几个字揣摩了好一阵子,不禁仰天叹道:"天下第一印也!"

这话让青石街人便有些不明白了。从来印家,无不玩小小方寸于股掌之中,有谁会以这磐石为印?那老者好个老得癫狂!

闲话扯过。却说贺紫垣风尘仆仆、星夜兼程赶回家中,幸好老父还在,紫垣顿觉心中一宽。紫垣父亲是去南山采石时受的重伤。自紫垣祖父故去后,贺家碑石店的生意日见清淡,日月也一天天拮据起来,紫垣父亲便辞去了店中伙计,于采石、运料、整坯等一应粗活上均自己动手。望着父亲没有血色的瘦削的脸,想起父亲这一生的既劳心又劳力,紫垣心中酸楚,走进门来,"扑咚"一声就跪在了父亲的病床前,啜泣道:"孩儿不孝,唯恐……"

紫垣父亲勉强一笑,道:"你不回来,我是不会走的。起来,我有话对你说。"

紫垣垂手恭立在父亲床前。

"你可知,为父要对你说什么?"

"孩儿无法知晓。"

"为父要跟你说印。"

"说——印?"紫垣抬起头来,望着父亲。

"是的,说印。这印,就是我们贺家的家世根底。我也是在你祖父临终时,才听他老人家讲的。"

紫垣父亲靠在床头，缓缓地讲述起来。

前清道光年间，徽州城内有一家小小的雅店，名唤"铁笔轩"。顾名思义，这"铁笔轩"是专做笔墨场中生意的。皖南徽州，山川毓秀，风物嘉华，地灵人杰，文人荟萃，皖南诗、书、画、印皆自成一派。"铁笔轩"便是专卖这治印的石、玉、骨、木等印材和刻刀、印泥诸物的。何谓"铁笔"？金石篆刻另有个雅号，别称"铁书"也。

"铁笔轩"的店主姓贺，单名洵，别号南谷。南谷翁早年间也曾醉心功名，几番科场失意后，转而愤世嫉俗，倾心于山水之间，广结文人雅士，吟诗赋词、习字作画，悠然自乐。南谷翁诗书画皆精，尤以印为最绝，成为道、咸年间皖派印家中的佼佼者。

说起皖派，话可就要说远些了。

治印，本始于秦而盛于汉。更早些可以上溯到金文、甲骨文时期。但那是铭文，不为印。印者，玺也，有秦始皇治传国玉玺为证。玺为小篆，秦相李斯所创，成为历代印家必习；而琅琊石刻更是李斯篆书极品。故习印须从秦汉入手。明清以来，印家蜂起，国中治印大家多集中于江南，始有派别。钱塘人丁敬、蒋仁、奚冈、陈豫钟、陈鹤寿、赵之琛并黄易、钱松源等八人，时人号称"钱塘八大家"，是为浙派。皖派为歙人程邃所创，后有巴慰祖、胡唐、董小池、邓石如等，再稍后有包时臣、吴熙载、贺南谷诸人。两派自康乾以来遂成对峙之局。虽皆师从秦汉，然两派又各有不同：浙派得其方，皖派得其圆。浙派所短在于有刀无笔，锋芒过露，伤害了"印气"；然刀法苍古雄健，阳刚大气则为所长。况浙派不拘一格多有变化，中、边款识等技法皆为浙派所创。刀笔浑成，圆致精巧为皖派所长，然拘泥旧例，墨守成规，难脱窠臼则又为皖派所短。贺南谷力主向浙派学习，博采众家之长，认为拘泥守旧只会使印学走向衰竭。而于皖人的夜郎自大、敝帚自珍也常常予以针砭，这就使得皖派中一些人颇为不快，已多有微词。贺南谷之不为皖派所容，正由是始。

那年南谷翁去江浙拜访印友，不意遇上了名震一时的"西泠八大家"中当时唯一健在的蒋仁。蒋山堂约了一帮印友，陪南谷翁西湖泛舟，苏堤踏月，交流切磋，互论短长。南谷翁受益匪浅，心胸大豁，返回皖南后悉心揣摩数月，治了一印，请来皖派印家鉴赏。那印本是蓄意出格的，一反皖派旧例，加之已有前隙，故而惹得皖派印家大哗，认为不伦不类，杂烩乱拼，断无可取之处。仁者见仁智者见智，似这类事情本也不必过于认真的，然南谷翁生性争强好胜，恃才倨傲，便反唇相讥，言辞颇多尖刻之处，终至闹得面红耳赤，不欢而散，从此龃龉日深。更不料却因此招来杀身大祸。

说起这祸事，也有你祖父的不是，你祖父为此而羞愧一生。说此根由，必要说说印石。非天下之石皆可入印，独以青田、寿山、昌化三地之石著称于世，他山之石或过硬或过酥，皆为印家所不取。这寿山之石以田坑所产为最佳，白者如雪，黄者如霞，故又有田黄田白之说。而诸印石中尤以广东昌化所产的鸡血红最为上品，通体嫣红，细润之至，寸石寸金，极为珍稀。其时你祖父已成年，你曾祖父南谷翁便将"铁笔轩"交与你祖父经营。你祖父时年二十有余，阅世不深，常年奔走于浙、粤、沪、宁等地，为"铁笔轩"采办进货。某日在沪上遇一异人，不知得何邪术，自配一种丹红药汁，取石中稍疏者浸润其中，月余颜色便可入石。虽不能通体嫣红，然足以过刀深，与真品鸡血红并无大异，非印学之大家高手而不能辨也。你祖父为厚利所惑，以重金学得此作伪之法，回家后如法炮制，置于"铁笔轩"中售卖。此所作所为，南谷翁皆被蒙在鼓中。

忽一日，"铁笔轩"门前来了一帮市井无赖，寻衅滋事，吵闹叫骂，说"铁笔轩"心黑如炭，作伪牟利。那南谷翁一世清白，如何能容？便要扭官问罪。那帮无赖早已得了内线真情，便自店中取出"伪红"，当众击碎，伪局昭然若揭。南谷翁连连顿足，急唤儿子前来面质。你祖父心虚，满面羞红，唯唯诺诺，无言以对。众人便一呼而上，取下"铁笔轩"匾号，砸得粉碎。南谷翁羞辱难耐，一口痰涌上来，仰面朝天跌倒，不省人事。……

更有杀身大祸接踵而来。不几日，便有徽州府公堂皂役拥门而入，将南谷翁从病榻之上捕去，带入大堂，以"辱骂当今圣上"问成死罪，打入大牢，专待刑部批复。你道这是何故？这"伪红"怎么也和"辱骂当今圣上"扯不上啊！原来这徽歙印家中也有小肚鸡肠之辈，印争之气难平，便去徽州府公堂状告了南谷翁，证据便是南谷翁昔日曾治下的"日月同光"一印。这印中，"月"字是倒置的，以求章法变化，所以看上去便极似一条石级小路了。路者，道也。反过来念，"日月同光"就成了"同日道光"。辱君之罪，岂能宽容？刑部批复还未到，南谷翁便在狱中撞壁而亡，成为自有印学以来的中国第一印讼。

"铁笔轩"被砸，南谷翁横遭大祸，贺家在徽州是再也难以立足了。你祖父便举家携口，辗转流落，由皖而赣，由赣而鄂，才来到了这青石街上。

这一段长长的讲述终于讲完了。紫垣父亲猛烈地咳着，吐了几口红，好一阵才平息下来。父子两人对望着，久久无语。印中家世根底，印中世态人心，激起心中多少唏嘘感叹！

俄顷，紫垣父亲让紫垣将箱笼书奁尽数搬来，一一摆置床前。吩咐开了其中一只，却是满满一箱线装印谱和书法碑帖、拓片。印谱中有《飞鸿堂印谱》《缶庐印集》《砚林印谱》《小蓬莱阁印谱》等明清以来浙皖两大派印家印迹数十种。紫垣翻检其中，发现内中有一卷曾祖南谷翁留下的《南谷堂印谱》，一页页地翻下去，发现了让曾祖罹难的那方印，原也不过是一方普普通通的朱文篆书：

紫垣看了半天，闹不明白这何以就招来了杀身之祸。倘不是父亲亲口所言，他真是不能相信的。

另外几口箱笼怪不得沉重。打开来看时，尽是一箱箱的石头和各式刻刀并印泥、毛刷诸物。石中有数百枚是已治之印，其余皆是印材，未凿之石。虽不见鸡血红，却田黄田白青冻诸石皆有。

紫垣父亲道："南谷公一生治印千余，能存者不及二百，加上你祖父和我平生所习之印，已尽数在此。我不及先辈闲淡，一生为衣食生计奔走，于印学上不过少而为之，浅尝辄止，未能承先辈光彩，实是愧憾。不过人生当以衣食为首，日后你自能体会的。我也曾想让你早日习治印，却又恐误了你的学业。习印先习字，我让你从小苦练书法，意在于此。如今你的书法功底已在我当年之上，又有众多先贤印迹在此，印材亦丰，我走后，就靠你自己揣摩入门了。也不求于此道上出人头地，但求莫断了家学便好。这也是你祖父临终所言，你可记住了？"

紫垣泣道："孩儿记住了。只是……想问个明白，当年诬陷曾祖的，究系徽州府何人？"

紫垣父亲叹了口气，摇摇头，"我也不知。当年你祖父临终时，我也像你这样问过，只是不肯说，却道南谷公临死时在狱中曾留遗书，嘱咐你祖父万不可将此人告之后世，何须为一小印而世代结仇！南谷公死时方才顿悟，故遗嘱中也留下了如此大彻大悟之言：印者，玩物也，兴既不能安邦，衰亦不足以亡国，何须当真！后辈儿孙当切切谨记，勿以印为生，勿以印牟利。……"

紫垣听罢，已是清泪涟涟。

数日后，紫垣父亲便故去了。

三

周云亭再回到青石街上，是民国二十七年的秋天。他骑着一匹东洋大马，身着戎装，作为侵华日军的翻译官，跟在健川少佐身后。他还带回了他的日本妻子墩阪裕子。那日本女人是他在东京帝国大学时的同学。

青石街上的老人至今还能记起日本人来时的情景。那是个有着薄雾的深秋的清晨，残星如豆，一钩晓月。东洋兵是从北边往贺胜桥那个方向来的。两天前就听说武汉沦陷了，青石街人以为日本人是不会来的，明摆着的事，东洋人是要沿粤汉路南下打长沙，他们到咱们这小小的青石街来做甚？头天晚上，正巧土匪游击司令成渠带着他的几个贴身马弁也驻扎在镇上。黎明时分，成司令放在西街口的游动哨，蓦然发现薄雾中来了一队黄乎乎的人马，急忙鸣枪报警。成渠带着他的手下胡乱抵挡了一阵，放了一排枪，丢下两具尸首，便落荒而逃，跑回南山上他的司令部去了。枪声惊醒了镇上毫无准备的人们，只是已经迟了，日本人已经进了街，却并不见奸掳烧杀。街上有经验的人晓得，日本兵怕是要在青石街上驻扎下来了——过境的兵必骚扰，不骚扰的必定要常驻下来。那年月过兵过得多，镇上人渐渐地就摸着了这个门道。果然真的驻扎下来了，虹川中学——就是当年云亭和紫垣读书的那所模范小学堂，改成了日军的兵营。

周云亭在那日的下午敲开了周源记绸缎庄的店门。紫垣和店中伙计诚惶诚恐，垂首弯腰站成一排，大气都不敢出一口。

周云亭问："大家可好？"

没有人敢应声。

周云亭忽然哈哈大笑起来，道："紫垣兄，莫非你连我也不认得了？"

紫垣吓了一跳！这才抬起头来，白眼珠子瞪着，大张着嘴，如庙里的泥塑木雕一般定在那儿，一句话也说不出来。

周云亭随后去了周家老宅，自然把周罗氏也吓了一跳。十七年过去，那老处女苍白憔悴，人若黄花。

后来，周云亭把他的日本妻子带来，跟周罗氏见了一面。那日本女人深深地鞠了一躬，嘴里叽里咕噜地说着什么。周云亭——周翻译官在他自己的家里继续履行他的翻译职责，对周罗氏说："她说，往后请多关照。"

周罗氏傲然地没有对那女人还礼。

就是在那个晚上，周罗氏在青石街上销声匿迹了。没有人知道她是否还活着，也没有人知道她到底去了哪里。

周宅空了下来，第二天周云亭带着墩阪裕子搬进了祖宅。

紫垣得知这个消息，是在第二天红日西沉、店里打烊之后。那时他刚刚清理完周源记绸缎庄自他主事以来的所有陈年账目，正准备去向周云亭交割并顺带辞职。这消息使他如雷轰顶，欲哭无泪。进了周宅，他怒冲冲地把一大捆账簿狠狠地砸在周云亭面前："你自己清点吧，全在这儿了！我贺紫垣不干了！……"

十七年，厚厚的十七本账，清清白白。

云亭诧异道："紫垣兄，你这是怎么呢？我可没这意思，我还想——"

"呸！算我瞎了眼，没能看出你是什么东西！我贺紫垣给你看了十七年的家，当了十七年的看家狗，让你出去混了这么个好差事回来！"

周云亭脸上一阵红一阵白。

"罗小姐在哪里？你把她交出来！"贺紫垣凛然喝问。

云亭苦笑道："她在哪里，我怎么晓得？"

"是你害了她！是你们两个一起谋害了她！"贺紫垣怒指着周云亭和那个日本女人，他这时几乎断定他们已经对她下了毒手。"……罗小姐苦守十八年，为你撑持门面，你竟加害于她！你不是人，衣冠禽兽！"

周云亭不恼也不怒，等贺紫垣骂完了，才说："紫垣兄，我真的没有加害于她，是她自己执意要走。她昨晚已经离开了青石街，是我给她弄的通行证。"

"你胡说！"

"你要不信我也无法。她不肯说要到哪里去，现在何处我真的不晓得。"

紫垣心中一动，去了周罗氏房中。房中井然有序、依然如故，只是墙上少了那幅柳词半阕。周罗氏曾说过，这周家老宅中什么都不属于她，只有这张条幅才是属于她的。

后来紫垣也曾多方打听寻找，却始终不得周罗氏下落。

紫垣自此离开了周源记。云亭再三挽留，均被紫垣严词拒绝。紫垣重又开起了他的刀笔小店。

忽一日，云亭偕日军少佐健川志雄到紫垣店中造访。进门来，健川就朝坐在文案前的贺紫垣深深鞠了一躬，叽里咕噜地说了句日语。

云亭翻译道："健川少佐向你问好。说，见到贺先生很荣幸。"

紫垣冷笑道："有你引狼入室，我也深感荣幸。"

云亭很是尴尬。

"贺先生说我是狼吗？我不是狼，是你的客人。"原来这健川志雄能说汉语，是一口流利的带东北口音的汉语。

云亭在旁道："健川先生的父亲是日本有名的印学大家，精通中国的诗词、书法、绘画，而且也与令祖一样以印谋生，在京都奈良开了一家印石小店。健川先生本人亦精晓印学。那年我回家结庐守墓，听紫垣兄曾说过祖上家世，故而告知了健川先生。健川先生今日是慕名而来，想跟你聊聊印学。"

紫垣壮了胆，鄙夷地："区区岛国，弹丸之邦，何谈印学？"

这话噎得健川志雄脸孔涨红，腾地站起来，却不好发作，又缓缓地坐了下去。

"应该承认，大和民族崇尚汉文化。中国文化对日本的影响是深远的，宗教、建筑、文字、文学、书法、绘画等等，无不带有汉文化的印记。但我以为，敢于汲收外来文化绝不是一个民族的耻辱！文化也是相互促进发展的。就说印学吧，治印在唐代随书法、绘画传入日本，印学的源在中国，日本只是流，这谁也不能否认。说到中国的篆刻，最早该是甲骨文吧？研究甲骨文最有成就的学者我不说贺先生也晓得，是罗振玉先生。罗先生在日本治学八年，那部极负盛名的甲骨文研究专著《殷墟书契》，不是在中国却是在日本出版的，这又该作何解释？"

这巧妙的反讥使贺紫垣竟一时无言以对，这回轮到他来脸红了。心中暗想：还真不能小觑了这东洋丘八呢。

健川志雄稍顿顿，并不等紫垣作答，又侃侃而谈："说到罗先生，他是我的老师。我十八岁那年到中国大连，在罗先生的'墨缘堂'店里学徒，我从那时起开始研究中国的印学。我以为浙派和皖派有个通病，问题都是出在刀上。坦率地说，就是刻刀都过于锋利。"

这倒是惊人之论，闻所未闻的。

"哦？何以见得？"贺紫垣来了兴趣。说到印学，他已经毫无戒心了。

"中国有句古话，叫作'工欲善其事，必先利其器'，其实那也要看看是什么事。刻刀过于锋利，运刀必轻快而显浮掠，难现刀中腕力。浙派的锋芒过露和皖派的圆熟肤浅，大约皆出于此。我父亲治印，一生追求体现腕力，犹如书法中一般。研究了中国印学后我才明白，他何以要用钝刀治印了。"

贺紫垣讶然："钝刀治印？"

健川志雄笑笑："所谓钝刀，自然是相对中国刻刀而言的。这是我父亲的一卷印谱，请贺先生指教。"说罢，双手递上一本装订很精美的小册子。

紫垣细细看了，果然别开生面，迥然不同于中国任何一家的印风，大拙中似藏有千钧内力。紫垣心中不禁感叹："真是千个道士千个法啊！"忽然，他的目光落在了那些印色上。

健川志雄察觉到了，很得意地说："贺先生果然好眼力，注意到了这印泥。实不相瞒，这是我父亲他自己调制的。中国近世所产的印泥，我差不多都见过。西泠印社所产，色厚绒细，却略有渗油之弊；漳州丽华斋所产虽绒细油好，色却不厚；北平印社的泥是最好的，色紫厚重绒细，却又过紫了一点，色泽稍嫌黯淡。印学虽盛于中国，遗憾的是，泥中上品目前却出自日本。"

这话让贺紫垣心中好大的不舒服，却又不能不诚服。看人家那泥，厚重鲜红，红中透紫，红而不俗，艳而不媚，确是好泥。

"我也早知皖派中贺南谷大名。贺先生既为南谷翁之后，想必家中肯定藏有祖上并各印家之印章、印谱吧？"健川志雄忽然问。

绕来绕去，原来绕到这上头来了。紫垣心中冷笑，留了个心眼，说："祖上当年辗转迁徙，已尽数散失了。"

"贺先生是不愿意吧？既如此，我也不好强求。只是我还有一个请求，不知贺先生可否答应？"

紫垣冷冷道："你说吧。"

"我想得到一方贺先生亲手治的印。"

紫垣本想一口回绝的，可灵机一动，忽然冒出来个主意，说："可以，我下午交给你。"

健川志雄很高兴，连声说"谢谢"，起身告辞了，忽然又想起什么，回身问："听周先生说，中国的麻将最早是你刻出来的？"

紫垣讨厌将印学与赌桌上那玩意儿牵扯到一块儿，所以不置可否，不屑回答。此时，一直在旁插不上话的周云亭接口道："紫垣兄，你还记得那年我建议你去开家厂子的事吗？你不屑于此道，却让别人占了先，京、津、沪、杭、苏、宁、汉等地，现在都有生产麻将的作坊，用石，用玉，用骨，用竹，什么样的都有。其实那是你的专利，如今只有我能给你做证了。"

健川志雄道："麻将传入日本后，日本有些小学堂还把它列为数学辅助课。我父亲当年看见麻将后也曾断言：'此物必最先出自中国某印家之手。'果然，这话被他言中了。"

健川志雄和周云亭走了。贺紫垣万万没有料到，因为他们的来访，马上就要给自己招来杀身之祸。那时店门是大开着的，街上人来人往，贺紫垣和日军少佐及汉奸翻译官的这番长谈，早被成渠游击队的细作探得，报到山上去了。

贺紫垣却还蒙在鼓里。那天剩下的时间，紫垣埋着头专心致志地刻着要送给健川志雄的那方印章。日落时分，印终于刻好了，紫垣亲自送到虬川中学的日军兵营里去。

那是方白文的粗篆，岳武穆的"还我河山"。

健川志雄脸色阴沉，久久地看着钤在纸上的印文，半天没有吭声。末了，他双脚并拢，向贺紫垣深深鞠了一躬："谢谢！"

　　从日军兵营出来，贺紫垣不禁仰天大笑！捉弄了那日军少佐，他心里好不得意快活！

　　是夜月黑风高，时令已入冬，西北风尖利如啸。贺紫垣辗转难眠，心里越想越不对劲。那日军少佐大谈了一通印学，很显然，是冲着他家的印章、印谱来的；口里虽说是不好强求，但保不准某一日就会派几个东洋兵来强抢蛮夺，倒是不可不防。而且送去的那方印说不准也会惹出祸端来。紫垣这时便有些后悔，不该逞那一时之快了。这么想着，便抖抖索索地爬起床，去院子里刨洞，准备把那些东西埋藏起来。院子里很黑，紫垣又不敢点灯，才刨了几下，就听得背后有飕飕风响，猛回头，却见几条黑影已自墙头跃下。紫垣只觉得脑袋里嗡的一声响，全然不知人事了。……

　　青石街那天夜里煞是热闹。紫垣晕倒时，周源记绸缎庄里正燃起熊熊大火，叫喊声奔跑声响成一片。而周宅门前又响起爆豆般的枪声，好一阵才平息下来。想来是周宅里的卫兵不少，游击队不敢恋战才撤走了。由此周云亭才平安无事，免了贺紫垣的那一场死亡之旅。

　　（原载《当代作家》1992年第2期，《作品与争鸣》1993年第1期 选载，入选《中国新时期争鸣文学大系·中篇小说卷》）

第六单元

杰出校友刘元亮作品四篇

  刘元亮,男,大冶市殷祖镇凉亭村人,大冶二中八八届肄业。现为湖北殷祖古建园林工程有限公司业务经理。繁忙的工作之余,通过自学专业古建知识,设计了许多园林古建作品,获得"中国古建筑高级传统工艺师"证书;也经常挤出时间学习文学创作,出版了两部长篇小说《感动命运之歌》和《忠诚的农民工》,成为湖北省作家协会会员。梦想通过文笔来讴歌农民工的勤劳和智慧,通过影视来表现祖国优秀的园林古建传统艺术,呼吁国人关注中华民族璀璨的传统文化。

16. 娘，让我侍奉您一天

昨天，妻子出了远门，孩子去了学校。我便来到哥哥家，接母亲到我家小住一段时间。看到母亲步履蹒跚地进了家门，又佝偻着腰忙前忙后做饭洗菜，我心一酸，马上帮忙。晚上躺在床上，想起母亲这一辈子生育十个，夭折五个，含辛茹苦地把我们兄弟姊妹五个养大，真是不易。她老人家今年八十四岁高龄了。由于大嫂在城里打工不能常回，每天母亲还要帮助哥哥打理家务。可怜天下父母心！我想：娘，让我来侍奉您一天吧！

今天我早早起床，来到厨房准备做早饭，没想到刚刚开始，母亲也来到了厨房，疑惑地问："你怎么起得这样早啊？"

我笑着回答说："娘，今天我想做早饭。您去洗脸吧？"说着，我来到卫生间，扯下毛巾，把开水瓶的热水倒进脸盆里，准备端给母亲。

母亲见状，连忙走过来道："让我来，让我来。要你倒热水干吗？"

我说："娘，我去做早饭啦！您洗完脸，就去看一会儿电视，啊？"不等母亲回答，我来到客厅打开电视，调到中央电视台戏曲频道，然后回到厨房继续做早饭。母亲洗完脸，来到厨房坚持要做饭，被我劝说着扶到客厅坐下，然后返回厨房。

早饭是每人一碗鸡蛋面，一盘腌菜，蒸两个包子，就这样对付过去了。

上午我告诉对门的周老太，我母亲来了。于是她们相约同小区的罗老太，在周老太家一起打牌。每次母亲来我家时，我都要告诉周老太。她们是牌友。

中午吃什么呢？母亲牙口不好，只好煮比较稀一点的饭。这个好说，用电饭煲煮饭的时候多放点水就行。那做什么菜呢？母亲咬不动硬一点的菜，那么做一个红烧豆腐吧！还有，炖一个肉汤，把肉炖时间长一点，然后加一些蘑菇。这样，一个瘦肉蘑菇汤就做好了。一菜一汤正好两个人一顿吃完。我继承了母亲的传统，做饭做菜不要太多，免得剩下的饭菜留到下顿不好吃，倒掉又可惜。

母亲回来吃中饭的时候，看到桌上的饭菜非常高兴。她自责道："打牌打糊涂了，没想到你把饭做好了，本来我打算回来做饭的。"

我微笑道："娘，别这么说。我做饭不是一样吗？"

母亲开心地笑着说："我还能动，还能做饭。将来等我不能动了，可真要麻烦你啰！"

我笑着说："您放心，我一定好好地给您做饭。"说着，把饭碗递了过去。

母亲接过碗，看到一满碗米饭，拿着往厨房走，边走边说："我吃不了这么多，我拨一点下去。"我还来不及阻止，母亲已经揭开电饭煲盖，小心地把米饭往里面拨了一些，才回到餐桌，放下饭碗，拿起勺子，舀了一口汤，慢慢喝了下去，幸福地说："这汤真好喝！记得我生你那年，你父亲帮人抬棺材，偷偷地带回半碗肉汤，和这一样好喝。"

真不敢听父母辛酸的往事。我赶紧岔开话题，叫母亲吃菜，并告诉她，那两个牌友在等候她呢！母亲听说人家在等她，真的低头吃饭了。

吃完饭，母亲想去厨房洗碗，被我制止。我先送她去对门家找周老太，然而不在家；我又替她去找罗老太，人家要照护外孙子。母亲显得有些失望。我劝说道，您到楼下院子里和那些老太婆一起晒晒太阳、聊聊天吧！母亲同意着下了楼，我则赶回来收拾碗筷，刷锅洗碗。

临近晚饭的时候，母亲上楼回家。我忙打开电视还是让她看，自己则去厨房做饭。米饭还是和中午一样做，菜改为红烧茼蒿，汤是中午的剩汤加了两个滑开油炸的鸡蛋。

饭桌上，母亲吃得很香很甜的样子，边吃边笑着和我细说下午的见闻：哪家的孙子上了大学，哪家的儿子娶了媳妇，等等。我边吃边听，感觉这样的场景好温馨好幸福，真希望时间能够慢慢流淌。

吃完晚饭，我放了热水叫母亲洗脚。母亲心疼地说："你伢啊！（方言：孩子啊）这点小事我还是能做的。"等母亲洗完脚，我也洗完了锅碗，收拾好了厨房。两人来到客厅坐在沙发上边看电视边聊些家常事。

母亲刚开始还和我边聊边看，不久没见母亲吱声了。我侧过脸去，原来母亲坐在那里睡着了。怕她着凉，我轻声地呼唤母亲："娘，您到床上去睡吧？"

母亲惊醒，慌忙道："我不去，我想陪陪你。"

原来母亲听说我一人在家，才答应来我家；现在本来想睡，却强撑着。这一切都是怕我孤单。三年前父亲去世，我担心母亲孤单寂寞，一直想找各种理由陪陪她老人家。刚才母亲惊醒时的一句平常话，让我感动得泪流满面。

有母亲的日子，真好！

17. 同学录卷首语

公元二〇一一年十月四日，这是个令人难忘值得纪念的日子。

这一天，我们大冶二中八八届三（二）班毕业的全体同学，分别二十三年后重逢在大冶金湾国际大酒店。相见依然这般自然亲切，涛声依旧，彼此重温昨天的故事。

这一天，在社会这所大学历练得更加坚强、更加成熟的我们，回到了阔别二十三年的母校，和古稀之年的老师们欢聚一堂；畅游了美丽的校园，洒下一串串欢快的笑声。

怀着"回首向来萧瑟处，也无风雨也无晴"的心情，当看到一张张熟悉而又陌生的面庞，当听到一声声真挚而又温馨的问候，我的心中顿生无限的感慨：走过千山万水，历经沧海桑田，在这红尘俗世喧嚣浮华之中，我们还能拥有这样一份弥足珍贵的同学之情实乃人生一大幸事。

二十三年前：我们在老师们呕心沥血的教导下，老师那种恨铁不成钢的神情记忆犹新；我们在美丽的大冶二中刻苦学习之余，大家那种天真无邪相互逐嬉的情景恍如昨日。

记得一位官员说过：他这辈子参加过大大小小、长长短短、各种各样的会，唯有同学会让他轻松愉快。同学会是一首情意绵绵的诗，同学会是一曲余音袅袅的歌！如果前世五百次回眸才换来今生的擦肩而过，那么又绝是千年的回眸才使得我们拥有这本珍贵的纪念册。

同学，这人生中最普通的名词，却饱含着人世间最纯洁的友情。因此，同学情也就成为人生中一种不可或缺、最值得珍藏的一份感情，她至纯、至真，弥足珍贵。茫茫人海，匆匆过客，老同学能够在悲欢离合的人生旅途中再次相遇、相聚，是一种幸运，也是一种缘分。

我们是一群没有血缘的兄弟姐妹，读懂了年少时的轻狂率直，参悟着世界的人生哲理，也许相互之间能够成为一辈子的知己。愿这本凝聚了深厚情谊的纪念册成为我们这次重逢的见证！愿这本定格了欢聚时光的纪念册成为我们未来情谊的桥梁！

刘元亮
2011 年 10 月

18. 我与劲酒的一世情缘

劲酒，是我家乡的一种保健酒。它是传统药酒的分支，是普通白酒的延伸，由劲牌公司倾力酿造。四十多年来，我与劲酒结下了不解之缘。

记得小时候，很多个傍晚，我的父亲接过母亲端来的劲酒，坐到小桌前，一边小呷一边说笑，简陋的瓦房里弥漫着农家特有的欢乐，那场景至今记忆犹新。有一次，我望着这色如琥珀、晶莹透亮的劲酒，忍不住问父亲："父啊！为啥您喝起酒来那么高兴呢？"父亲微笑答道："这酒啊！喝了以后，一天的劳累全没了，第二天也更有劲啦！""真有那么神奇吗？""那当然！不然怎么叫'皇宫玉液'呢？古代皇帝也喝这种酒呢！"我听了似懂非懂。当我提出也想喝时，父亲不同意，说等我长大就可以喝了。从此以后我就盼望着快点长大，能够和父亲对饮几杯。

二十年前，我作为殷祖古建公司的业务经理，远赴千里之外的北方拓展市场。临行前，父亲递过两提劲酒并且叮嘱："想家的时候，喝上两口。"当时我不解其意，没想到后来这劲酒成为我生活中不可或缺的一种珍品。

劲酒如同一座桥梁连着我与客户。有一次华龙公司的仿古大门工程竞标。当最后剩下两家势均力敌时，甲方李总不经意地问我："你是湖北大冶的？"我回答"是的。""那可是个山清水秀、出产劲酒的好地方！""谢谢夸奖！"李总微笑道："看来这个工程选择你了。"我没想到李总对我家乡那么了解，更没想到李总这样决定。后来才知道看上去不到五十岁的李总其实年近六十，他有个特别的爱好就是每晚喝上几杯劲酒。劲酒，帮助我在事业上开疆拓土。

劲酒让我和工人们品尝到家乡的味道。每年春节过后，我会带上几十个农民工从家乡远赴千里之外的北方做工程，年底才能回家。乡愁是出门在外的人的通病，然而工程必须完成，每到思乡或者庆功的时候，我都会拿出大团圆劲酒和工人们分享。家乡的味道安抚着游子的心，丰盈了回家团圆的酣梦。劲酒，使我们体魄强健，也让我们记住乡愁。

劲酒帮助我减缓了对父母的牵挂。由于劲酒从"肾乃先天之本"这一传统中医理论出发组方配伍，融合现代生物技术，具有很好的保健功能，使喜好劲酒的父亲身体一直保持良好。我的母亲患有风湿关节炎，睡眠质量也不好。在父亲的劝说下，母亲也试着喝点劲酒，竟然告别了关节炎，睡眠也大大改善。劲酒，让我这个常年在外的游子，能够放心地投入到工作当中。

劲酒使我的家庭更幸福。有一次从山西回家，我和父亲坐在桌前对饮。当喝完第三杯时，母亲善意地劝告："劲酒虽好，可不要贪杯哟！"于是父亲微笑回答："就喝四杯，我们喝个四季发财。"然而，四杯下肚，我们父子感觉意犹未尽。犹豫之时，妻子端来两碗米饭微笑道："少喝一点为健康！"我们终于打住，笑着接过饭碗。劲酒的美味和家人的真心缔造着幸福。

近年，我又喜好上劲牌公司推出的新品，一种极具健康内涵的"毛小荞"——毛铺苦荞酒。它将高寒地区的珍稀苦荞麦和千年溶洞的甘泉水完美结合，以传统小曲酒的酿造工艺造就了荞香优雅、酒色淡黄、风味独特的高品质苦荞酒。无论是在塞外朋友的家中或客户的帐篷里，还是在家乡同学的聚会或亲人的餐宴上，我都喜欢和大家分享"毛小荞"的健康理念：忙碌的你，请把健康带回家！漫漫人生路，"毛小荞"也将使我的家人更健康，使我的事业更进步。

不忘家乡，难忘劲酒。

19. 白水台

白水台是我家乡一处美丽清静的小景区。她坐落于凉亭（地名）西柳家村后燕儿山腹部，面积八百六十余亩，森林覆盖率百分之八十六。这里高山耸峙气势磅礴，层峦叠嶂松林竹海；这里百年铁杉有黄山之秀，千年古道有华山之险；这里更有流经千年而不竭、银光闪烁如白练的清泉；这里还有香火袅绕、金碧辉煌的千年古刹白水莲峰寺。站在凉亭街远远望去，白水莲峰寺如同一颗金光灿灿的宝珠镶嵌在一片巨大的碧玉之中。

白水台有一小洞。洞里有很大一股清泉从石缝里汩汩而出，据说已两千余年了。沧海桑田，岁月更替，泉水依旧，日积月累，在洞口形成一座很大的吸水石平台。古时候，每当艳阳高照，泉水从平台上漫延开来，飘飘洒洒，银光闪烁。远望白水台，恰似一朵盛开洁白的莲花，故又称白水莲台。宋代道月禅师在此建造白水莲峰寺。相传菩萨有求必应，非常灵验，又叫白水灵台。

白水莲峰寺，始建于南宋绍兴年间，且由抗金英雄岳飞之友余道锐始创。据史料记载，道月禅师，俗名余道锐，原是岳飞同窗好友，因看不惯南宋朝廷腐败，皈依佛门，任浙江杭州灵隐寺住持。一日，道月禅师闻奸相秦桧用十二道金牌假传圣旨，企图召回岳飞，猜测秦桧会加害之。如果岳飞回到临安（今杭州）朝廷，一定会经过镇江。于是，道月禅师提前离开临安，来到镇江金山寺等候。禅师指点岳飞，此次回到朝廷，凶多吉少，不如遁入空门。岳飞执意尽忠，婉拒谢别。不久传来岳飞被害于风波亭的消息，道月禅师担心自己会受到牵连，故外出云游避险。一日，他路过燕儿山下,抬头仰望,青山翠竹之中,白水台如一朵圣洁的莲花,周围水雾袅绕,如梦似幻,好一处人间仙境!这不正是一个修行的好去处吗?当下道月禅师满心欢喜,着手开山凿石,建造寺庙。山下百姓被其感动,纷纷出工出力,捐钱捐物。历经数月,寺庙终于建成,名曰白水莲峰寺。道月禅师担心自己身份暴露,又见白水台的泉水源源不断,灌溉山下万亩良田,于是改名"源公"隐居下来,后人称之为"源公祖师"。

源公祖师佛理造诣深厚,深得信徒崇拜,闻名于方圆百里,这样白水台就成了一方佛门圣地。后来僧众增多,难以容下,源公祖师就翻过燕儿山一直往西,来到天台山又开山建寺。

有道是:白水台有千人之水却无千人之地,天台山有千人之地却无千人之水。两地各有所长,各有所短。源公祖师经常往来于白水台和天台山之间,奔波劳碌,建造寺庙,弘扬佛法,感动了天神。天神下凡,路过笔架山坳,遇见源公祖师,跪下便拜。于是,就有了今天我们看到的燕儿山上笔架山坳"仙人跪"的遗迹。源公祖师往来于天台山和白水台这一习俗,两地的僧侣传承至今。1980年,天台山的南东法师圆寂后,就葬在白水台的西南角。这样看来,白水台和天台山确实是紧密相连,而且白水台确实是一处风水宝地。

因为白水台风景优美,白水莲峰寺香火旺盛,所以千百年来到此游玩或者烧香拜佛的历史名人不少,还有来这里兴办教馆的大学士,都留下了赞美白水台的诗句。其中最有名的莫过于僧持青的七言律诗《白水灵台》:

涓涓白水绕灵台,阿耨池头活泼来。
洗净红尘清法界,庄严香阁立云隈。
四围只树琼楼现,一派恒河玉斧开。
谁向此中寻觉海,源归净土好滋培。

二十世纪八十年代初，受白水台的恩赐，这里许多村民将白水台的吸水石运往全国各地，给人做假山，尝遍酸甜苦辣，将大把的快乐和幸福赚了回来。毕竟白水台太小，吸水石有限，村民们总不至于要把这个带来好运的白水台全炸毁吧！也许是冥冥之中受白水台的灵气，村民们在做假山闯世界过程中，开阔了眼界，发挥聪明才智，把祖传的建房做家具本领使出来，给人做凉亭、盖楼阁、建庙宇，于是就组建了湖北殷祖古建园林工程有限公司。今天，方圆百里凡是从事园林古建的设计师和施工者，都应该感激白水台的恩赐。

十年前，一些从事园林古建的村民赚了钱，认为是白水莲峰寺的菩萨保佑，于是纷纷前往白水台烧香拜佛，捐款送物，抢做义工。一时间白水莲峰寺香火旺盛，远近闻名。接着在村民帮助下，一条能跑汽车的水泥路从余明甫仿古牌楼直达白水台。又接着村民们纷纷献计献策，共同努力，仔细设计，精心施工，把白水台进行了一次很大的翻新改造，耗资巨大。现在这里不但有曾经的大雄宝殿遗址、小石塔、南东法师坟墓、南海法师坟墓、白水石洞等文物遗址，而且还有新建的台阶、天王殿、大雄宝殿、祖师殿、讲经房、仿古长廊、宿舍楼、释孝亭、山门、四角凉亭、八角双层亭、放生池等建筑。

今天登上白水台，我们会发现这里的风景更美丽，功能更齐全：适合寻常百姓休闲健身，适合甜情蜜侣拍照留念，适合文人雅士吟诗作赋，更适合佛教居士参禅礼佛。当我们静静地徜徉在白水台内，欣赏着这里一花一草，一砖一瓦，耳畔传来诵经声和木鱼声，心里能够真切地感受到：

　　　　白水灵台蕴禅机，
　　　　千年古刹飘佛雨。

第七单元　杰出校友刘幼春作品三篇

刘幼春，湖北大冶市人，1959年10月16日出生。大学期间加入中国共产党，从事教育、新闻工作近30年。湖北省作家协会会员，武汉市作家协会诗歌创作委员会委员，黄石市作家协会副主席，大冶市作家协会常务副主席，"大冶市首届十大文化名人"。著有诗集《还在长大的爱》、随笔集《渴望永久》、诗文集《一个人的世界》等。

20. 永远走不出的校园

一位用行动在大地上写诗的人，我们要了解他，必须展读大地。我知道，一个懂得学习乐趣的人，只要把校园当作乐园，不论这校园是否高大，也不论这校园是否有院墙，能用心用行动去读书，便永远是幸福快乐的。

在大地上写诗的本领是在校园学到的，展读大地的能力也是在校园培养的。老师给了我们拐杖，我们可以云游四海，甚至安身立命；老师给了我们知识，我们便可以传承文化，甚至改造世界！

走过不惑之年的我，曾两度进入大冶二中这所百年学府。二十世纪七十年代，我在那里求学；八十年代，我在那里执教。对母校的感恩之情便是我成长路上的阳光和空气。不论经历多少磨难，走过多少坎途，我都充满自信地跋涉，是因为母校给了我力量。

故乡小镇里的这所知名学府，她用文化滋养一代又一代学子。她既有乡村的纯朴，又有都市的时尚；她既像湖中的荷花，又像海上的仙岛；她有丘陵的柔美，也有山川的雄壮；她细腻而有渗透力，如虬川之水长流不息；她深刻而有悟性，如松柏之魂四季常青。

人到中年，除了书，什么都可以不要。读书的人才有诗意，才能体会到学习的愉悦，才能将苦难变成前进的动力。从小学到大学，从乡村到城市，每每回首往事，便觉得读书是最有意思的。我总让这点"意思"陪伴我，温暖我。因而，我总能想到学校，想到老师，想到同学；总是走不出校园的目光。

其实，我并没有想走出校园。我还必须用行动在大地上写诗，让每一行诗蘸着我的心血，献给新世纪里母校的百年华诞。

21. 有一种声音

清晨，我靠在床上翻书。突然听到一种如潮水般轰轰然的声响，像是长江之水冲出虎跳峡，又像是黄河之水奔涌在老壶口。这声音惊心动魄，仿佛没有高音，也没有低音，她始终在一种状态，一个音阶上。只听到由远及近的轰鸣，撞击着我，漫过我的眼帘，漫过我的欲望，我觉得就像与人痛快地厮杀了一场，大汗淋漓之后，全身通泰！

其实，我后来也非常留心地听过这种声音，远远的，像是感情的宣泄，又像是怒涛的悲号。虽然不知几千名学生在同一时间读的什么，但所有的声音都是从"U"字形教学楼这个巨大的音箱里传出来的，这声音格外雄浑、深沉。耳旁犹如万马奔腾，无法不让人感动。

人，是应该经常听听这种声音的。沐浴过这种如潮的希望之声，你就会知道，人世间竟然有如此美妙青春的旋律，有如此深情执着的呐喊，有如此动听迷人的劲歌。这是青春的交响曲；这是催人奋进的丰收锣鼓。

象征着中华文明的长江黄河，源远流长。这长长的声音，就是起伏跌宕后的回旋，带着高原的风，反反复复地抚摸着我，流过我的心田；这长长的声音，就是舒缓后的激情喷发，携着潮润的雨雾，充盈了我的卧室，让生命享受快乐。

"U"字形的五层教学楼的确是一个巨大的音箱，每天早晨都能听到30分钟赞礼诗般的音乐从那里传来。我有整整十四年没有听到这种声音了，我有好久好久没有听到这种发自肺腑的歌唱了……

曾几何时，我在虚掷黄金般的光阴时，心在一天天地枯死，灵魂在一分分地干瘪，生命在一秒秒地老去。我也曾寻找过属于我的激情，我也曾寻找过属于我的赞歌啊！可是，太久太久了，我的心以致在麻木中错失过无数次的清醒，生命也在沉睡中淡褪了应有的色彩。在茫茫人海里，渐渐迷失了自己。

一年前的今天，我终于寻找到这里。

这里就是一片生命的绿洲，一个巨大的磁场，我将我疲惫的心安放在"U"字形教学楼里，我感受到了温暖，感受到了生命的复苏：琅琅的读书声，终于让我的灵魂得到安宁。哦，我的上帝！在这里，有如泮湖之水般激荡清澈的音乐，如玫瑰般灿烂美丽的青春，如翠竹般葱茏坚韧的生命……人生能拥有这一切，还需要什么！

我很知足。

因而我积蓄着自己的情感，试图能将这份感情巧妙地表达出来，但我却无能做到。那么，就让这篇短文，作为我来到这里的周岁纪念吧，我这样安慰自己。

纪念什么？安慰什么？

每天清晨，我听到学生如赞礼诗般的读书声由远及近地从"U"字形教学楼传来时，我纪念我的青春，安慰我的灵魂。我让自己沉醉其中，感受这份独特的惊心动魄，感受这首别致而熨帖的安魂曲。

这种声音将让我终生感动。

22. 黄果树瀑布

压迫的结果
让地下河 在山顶上
喷涌而出
痛苦的河啊
以自然的
艺术的
方式发泄
成就了人间的奇观

河水越走越远
牵挂越来越长
河面宽了又宽
心情平复了许多
人往高处走
水向低处流
重岚叠嶂锁不住
力量 来自内心的向往

第八单元

杰出校友胡翔作品三篇

胡翔，1964年出生于湖北大冶金牛东街，1981年毕业于大冶二中，1985年毕业于武汉大学中文系。中国作家协会会员，长江文艺杂志社常务副社长、编审，鲁迅文学院主编（社长）班结业。曾获湖北文学奖及优秀编辑奖30余次（篇），作品收录多种选本。兼任全国文学期刊联盟理事，长江作家协会副主席，湖北省诗歌创作委员会秘书长等社会职务。近年策划主编《长江文艺》"名山名水名城名楼名家名刊"系列文学专号，致力打造湖北地域文学文化典藏书刊。

23. 落英缤纷

镇上有桥三座，一为大桥，一为小桥，另外一座名汽车桥。大桥大者二十余米，横跨小镇东西两岸，东岸有东街、南街、北街，东街曾名东风街；西岸的街叫西街，曾称战斗街。小桥在西街与大桥东西一线的十字街口，小桥无桥，十字街口也无水，过去是否曾有过桥，没有考证。汽车桥在距大桥四百余米远的北边，往下游去，就是梁子湖了。

我家在东街，门牌号码为东风街42号。坐在木板屋门口的凳子上，看从南街过来的独轮木车咿呀碾过门前的石板街，猜想车上载的是棠梨或山楂；或者在黄昏的暮色里，伏在大桥的栏杆上，以崇拜的眼神注视桥下那些矫健的划水和跳水的姿势，现在想起来，可能是我童年的主要工作。那些浣衣的女人因戏水人情不自禁地将水花溅在她们身上而发出的责骂声，我就不大记得了，只有那些被水和衣服搓得油亮清冽的红砂浣衣石，似乎还是那么可触可感，嵌入脑际。

我们的那条清澈见底可见鱼虾摇头摆尾的小河有个很有点文化的名字——虬川，虬者，小龙也，弯曲貌。镇名金牛，河名虬川，多么吉祥有味，比起米老鼠唐老鸭来，不是更有些底蕴吗。

不捉迷藏（主要游戏是"抓特务"）不捉萤火虫的夏夜，就搬上小竹床乘凉去。与其说是乘凉，还不如说是赶热闹。赶热闹的去处有两个，一个是桥头上，另一个是我家后院外的农机厂简易篮球场。到桥头去的以老者居多，辛苦了一天的老人们洗完澡，换上干净的短裤背心，拎上竹椅扛上竹床，早早地在桥头的斜坡上占一个当风口的位置。大蒲扇渐渐越摇越多,我夹在蒲扇之间听他们有一句没一句的神侃。那些谈资涉及的内容真是古今中外,街头巷尾,吃喝拉撒无所不包,当然以当天的《参考消息》(那时该报是限制发行范围的)记载的国际新闻最能抓人。这神聊的夜话大都是以面红耳赤的"抬杠"的形式连缀起来的,聊着聊着有时便戛然而止——其中有一老者愤而拂袖而去。有一郭姓种菜卖菜的老人,长得极是挺拔,声如洪钟,只要他一发话,其他的声音便被盖住了。……习习凉风吹来,夜在摇摆的蒲扇中渐深了。"扑通"一声巨响,啊,迷迷糊糊地在桥栏杆上做仙人睡的人翻身掉到河里去了——捞起来一看,原是绰号"马齿苋"炸米花的那人,马齿苋是一种野菜,以此喻人,谓此人颠顸,说话做事漫不经心。我们童年的主要点心,爆米花炸蚕豆之类大都是他炮制的。那次落水后,马齿苋的背即成了虾背,这样倒方便他弯着身子,左手摇那卧在柴火上的米泡机,右手推拉连着炉火的风箱了。

  我家后院农机厂简易篮球场上纳凉的人,大都是住在附近的邻居。我也有时去凑热闹。记得有一夜,傅克炳和胡燕怀两人碰到一起,那时二位先生已是我们小镇上颇有文名的人了,克炳在鄂城一家钢厂炼钢,燕怀则在山乡中学教书。他们说些什么,我已想不起来了,只是他们严肃的表情和互不买账的样子还依稀记得。克炳是诗人,器宇轩昂,很容易激动,他是我们镇第一个在《长江文艺》发表诗歌的工人诗人;燕怀写小说亦写戏剧,朴实敦厚,话语藏锋,着急起来,一脸乌黑,月光照过来,煞是有趣。那时,他的小说也在《长江文艺》上刊登过。我躲在他们的竹床头,一脸懵懂与羡慕。据燕怀后来说,参加他们这样庄重的文学争论的,还有刘迎春先生。想起迎春兄,每每悲从中来,不敢不忍多想,他离开我们到天国去已有十年光阴了,这些年来,常常在梦中见到他,还是那么双目如电风流倜傥。他在《诗刊》上发的组诗名《粉笔》,他自己亦如粉笔一样,在生活的黑板上书写了40年,已化作白色灰雾归于虚无了!迎春兄后来离开小镇到《黄石日报》做副刊编辑,于黄石诗坛是幸事。他以其天生浪漫爱人的才情激活了一些文学寻梦者,想起那些买醉买哭歌啸青春的优游岁月,许多人至今喟叹不已。迎春兄的存在,让那些日子摇曳生辉。然而,诗人离开故土,于他自己则是不幸的,假若他还是那样,在小镇宁静的小学,手执教鞭做代课老师,或者在镇上文化馆弹弹扬琴,拉拉二胡,做做他心爱的诗歌,不去那些城市的酒店狂饮那些伤肝伤心的鸟酒,该有多好!然而,这样的假设是没有意义的,事实是,他在那年公历的最后一天走了,缪斯女神带他走了,第二天第三天,天地皆白,漫天飞雪。柯尊解伤心至极,唯有恨恨地红着眼圈叹息:黑皮子(迎春乳名),不听话!尊解平素言语不多,他的如玑如珠的话都在他正襟危坐写就的小说中说给大家听了,比如被上海《收获》收入丛书中的《望莲嫂》。面对迎春这位同乡老弟,尊解兄除了伤感、怜惜,还能说什么呢?

时光悠悠,我相信在每个人的记忆中,关于家乡关于过去,都有一叶不沉的漂泊于灵魂深处的夜航船,它是成长的浮标,美好情愫的策源地,我们张望未来的芳草萋萋的高坡。

伦敦的叫卖声一辈子萦绕于毛姆的耳畔,我明白了,这是为什么。这些天来,关于小镇的记忆,总是在那些既遥远又亲近的声音中展开——

啪——啪——啪——清脆的甩打棉布的声音自河边红砂石上幽幽传来,黎明的曙色随着这有节奏的声音越来越亮了,好梦也被它拍醒。每日早起的健壮的叶老五又开始豆腐坊滤豆浆的棉布的清洗工作,这每天湿漉漉的甩打需要多大的力气啊。走了不少地方,吃过不少的千张,还是觉得家乡的千张(我们称之为皮子)是世界上最薄最好吃的,皮子坨烧肉,皮子焖鳜鱼,办酒席时必不可少的那一碗端出来颤巍巍地冒着香气堆着的皮子丝，看看，也教人流口水。据说，镇上的师傅出外以同样的方法做千张，硬是出不了本土的那个味儿，无奈，那河加工千张时必用的水不能随他们外出。啪——啪——健硕的叶老五（对不起，我一直不知其名讳）如今安在？

而正午时分的瞎子走过家门口留下的二胡或京胡声却有些闹人，如泣如诉的琴声是在招徕算命、算八字的人们，老街的正午满街阳光，只有街两边的屋檐下有遮阴之处，琴声止住了，不知谁家喊盲者进屋卜算命运去了。有顷，弦声又起，远去，是《孟姜女哭长城》的曲调。丁——丁——换糯米糖的来了，我手持牙膏皮飞快地跑出门，换上一小块白里透黄的硬硬的糯米糖。吃糯米糖要有好牙齿，咬一口，抿在口中细细地品咂，牙缝里残留的糖膏则以舌尖慢慢地舔干净，满口香甜之气将一天的心情也感染了。我喜欢听糯米糖货郎小铁锤敲击小钎子发出的甜甜脆脆的声音从小街飘过。

站在大桥靠南的栏杆沿，就可望见百余米开外河北岸沙滩上一架一架的纱线，如队列整齐的士兵肃立斜阳下。忽然，这些队列开始颤动抖动起来，嗖——嗖——如呼哨一般的声响也从纱线丛中一阵紧一阵地传出，犹如战士的呐喊。一个身材不高的纺纱人娴熟地用搓板搓着系在纱线末端的小铁球，一个一个的铁球飞速地旋转着，闪耀着白色的光芒，有如精灵，发出嗖——嗖——的歌唱。这种歌唱伴着河水的流淌声，穿过河边夕照下的垂柳，越过岸上的黑布瓦屋顶，一直传到天边。纺纱人像指挥三军的将军，不苟言笑，默默地站在沙滩的舞台上，演奏着自己的劳动交响曲。他是我的同族长辈，人称"打线矮子"。他不知道自己是一位多么了不起的生活音乐演奏家和指挥家。

有说书先生胡大梓上街（由乡下至镇上称为上街）的夜晚，是快乐的夜晚。大梓的书说得好，他似乎时时刻刻与他书中的人物、时间活在一起，平素很少听他与人搭讪。他家住在距小镇不过五六里的胡家楼下，可是他却只会走一条上街的路，几十年如此，换一条分岔的路，他就不会回家了，活脱脱的"书痴"一个。听说他早年在汉口戏班子唱汉剧小生，也是名角儿，遭人嫉妒，倒了嗓子，回到故里过起说书生涯。乡里一般的说书人是盲人，可大梓的眼睛是无疾的，开场之前，目不斜视，似睡非睡，可是一登场，即顾盼有神。"咚咚咚"，随着小鼓敲起，"噼噼啪啪"，响板也随鼓点仰合起来，听书的人越来越多了，书场是文化馆的阅览室。"几年啦未把那红尘走，如今的世道是变了模样……"大梓的书引子唱起来了，那抑扬顿挫略带沙涩凄惶的演唱渐渐将人们带入忘记了白天忘记了身边忘记了劳碌辛苦的另一个时代另一个世界，或唐之薛仁贵征东，或宋之岳飞抗金……后来我在大学时期，因不能忘怀这段听书的经历，写了一篇《我与大梓伯的一段书》的小说。是的，那咚咚的鼓点，绘声绘色的讲说，那些书场的欢笑声和唏嘘声，将平凡的日子演绎得多么不平凡啊！

  我们古老的小镇听不到教堂的诵诗声，也不闻寺庙的晨钟暮鼓，我们日日听到的感受到的便是这些远离宗教却同样渗入血肉渗入灵魂的世俗生活的声响，几十年后，这些声音并没有随时间老去，却反而变得清晰且神圣起来——在我们这个众声喧哗，甚至声音也被数字化了的今天，这是为什么呢？

  那些老宅子天井下池边青石上的苔藓，对门邻居吴家木楼梁上的燕子泥巢掉下的泥屑，还有西街老药材铺子飘出的草药醇香，那从我家斜对门传出的歌谣般的弹棉花的弦声以及从榨坊飘出弥漫了一街的芝麻香味，还有我的父亲的菜刀厂里熊熊的炉火和淬火时呲呲的声响……它们如梦如风向我袭来，挟着挥之不去的怀乡幽情。我知道，每个人的故乡都是他一辈子也品读不完的大书，更遑论一篇因情绪浸染笔墨越来越漫漶的小文呢。我知道，我有些愧对我们的地方名宿查代文先生，他日前与几位乡友专程来汉，是约我们这些离开大冶的所谓文化人为大冶建市十周年写点庆贺文章的，可是我却信马由缰地写了这些随意怀旧文字，而小镇的今天，则未涉笔丝毫。是的，关于今天，我能说什么呢？那条通往梁子湖通向长江的小河已被污染了（听说本届镇政府正在大力治理），西山漫山的桃林不见了，曾经拥有不少的藏书和文学期刊的文化馆改作了录像放映厅，而给我们带来欢乐、梦想的电影院，则破败不堪，好像很少很少放电影了。……只有我们通向县城的公路翻修拉直了，穿过桥东的南街和镇南边的夏家湾，一直向西，一路坦途。前年有一次回家，坐在车上，望着窗外，竟不知身在何处——那次，我是专程到位于小镇西南七八里处的鄂王城遗址去的，少时虽听说家乡有鄂王城，但从未去过，更不知此地是殷商时期鄂氏族的活动中心，是在铜绿山采炼铜矿、创造了青铜文明的鄂国都城。鄂国后为楚所灭，自称楚王的熊渠，以问鼎中原的霸气一次封其三个儿子为王，二子挚红为鄂王，都城为鄂（今鄂王城遗址），熊渠拥有了鄂王城，拥有了举世无双的铜绿山青铜冶炼场，为日后楚国的强盛奠定了雄厚的物质基础。岁月沧桑，如今我在家乡鄂王城遗址上看到的，只是满目杂树荒草，唯有一两处依稀可见当时黄土夯筑的古城墙残垣夯层，它们裸露在三千年后的现代文明的阳光下，似乎在无声地告白着什么。

24. "欲读你 你便写完了"

——纪念诗人刘迎春

一

20年前的《长江文艺》3月号,我编发了你的《祭顾城》一诗,"欲读你 / 你便写完了"是这首诗的开头一段。今天要写纪念你的文章,我翻开《长江文艺60年诗歌选》,在134页找到此诗。抄录如下:

祭顾城

欲读你
你便写完了

童话诗人不过如此
只是抄袭普希金
将手枪改写成
斧头和麻绳
三样玩具 一个故事
关于属于女人的故事

小小一段雨巷
撑破几多油纸伞

摔跛几多拜伦
都一个个扶着
感叹号的拐棍
轻轻的我走了
正如我轻轻的来

既然置身孤岛
就应该享受孤独
寻求光明的黑眼睛
首先应该发现自己

一只飞碟
与一只鸡交配
怎么可能产生
真正的"婴儿"
验一验唐老鸭的
禽类血型吧
诗人 这辈子
只有我们的诗
才是我们真正
忠实尽孝的孩子

不过我正在猜疑
你的下一辈子

今天，我又用我们金牛方言，用你的腔调，一个人在办公室案前诵读了一遍。十二月的阳光，从窗外静谧地照进来。20年前的诗句也镀上了此刻的亮光。这首诗写给另一个早逝得特别的诗人的挽歌，也不幸而人诗合一地归于天堂，值得欣慰的是歌者杳然，诗句尚存，诚如无儿无女的你所言"诗人 这辈子 / 只有我们的诗 / 才是我们真正 / 忠实尽孝的孩子"。

二

　　30年前的夏天，20世纪80年代的一个普通夏天，我们在你蜗居的黄石港老报社一楼，打着蒲扇，编选《大学生诗歌及其他》诗集。那本诗歌小册子，今天怎么也找不着了，那是我们仅有的一次文学合作，我是诗集主编，你是特约编审。我们那么专注认真地审读稿件，冒着酷暑看设计封面，编排目录，且常常为一首诗争论的样子，现在想起来，真真有隔世之感。

　　小屋外过道的蜂窝煤炉上煨着一罐子排骨藕汤，煤气味和着浓郁的汤味飘进小屋。再炒上一碟花生米，扭开高粱酒瓶盖，将两个小酒盅盛满。又一次酒与诗的碰撞渐渐开锣了。如果是中午开饮，可能就要陶醉到半夜，如果是黄昏端杯，或许就不知东方之既白了。

　　谈的诗全忘了，唱的歌也记不起歌词……那时依稀记得你在黄石师范学院（今湖北师范学院）中文系干部班学习，你集中时间接触了朱东润先生编选的古代文学读本。我们的共同话题常常是建安风骨之后的魏晋风度。你戏谑自称为竹林七贤之当下刘伶……

　　你是80年代黄石诗坛的文化符号，你是从我们故乡虬川小河边，来到黄石港江头，从鄂王城故地一路吟唱到西塞山上的80年代文学剪影。

　　那个时候，你酒喝得很好，诗亦佳美，人更是风流俊雅，你的略显深凹的眼眶里荡漾的是两汪幽深的桃花潭水，抿嘴微舒的笑靥，伴随深情的歌唱灿烂，鸭舌帽是你喜欢的行头，那年我俩换过衣服，你的黑呢大衣换了我的皮风衣，各取所好，有时你忽然讲究起来，白衬衣上打起了领带，络腮胡子也剃得干干净净，嗬，翩翩风华，绝不输当年林徽因身边的徐志摩先生。没记错的话，黄石文坛名宿李声高先生在你第一次结婚时，有联语："月里嫦娥花里凤，诗家才子酒家仙"。这是你那个年代幸福生活的写照。

今天追思你，同时也是追思一个激情浪漫的年代。

三

之后，你就成为"行为主义"诗人了。本应留下一首首好诗的，却留下一个个空酒瓶站在萧瑟的四壁墙根下；本该是谈笑文朋诗友之间的，却熙来攘往形形色色人等。我知道，你为爱情所苦，为生计所困，为才名所累，你挣扎于诗意与世俗之间，纠结于孤独与喧哗两头，洒脱与偏执和你同在，大气并狭小孪生于一体……之后，你与世界的最亲密的联系方式，是一个人与酒的发生方式，是的，是人与酒的战争，一个人与水火的战事。原本清澈的眼睛，微醺之后，挂上迷离的阴翳，世界便朦胧起来，燃上纸烟，放眼望去，袅袅之中，满目都是抒情的载体，这时的你与酒，是和平的朋友；当一曲《一无所有》从你的胸膛奔突出来，酒便化成了一团火在你内心燃烧，你比崔健还要崔健地唱出自己，那时，我也情不自禁地长歌《归去来兮》，歌声止落处，剧饮一杯，寂静之时，诗意弥漫，此时，酒与人俱安，那个理想主义时代的余音悻悻然遁去；而酩酊大醉之时，我知道，你在逃避，逃避什么呢，爱情的失意？兄弟的苦厄？你一次又一次地被酒神俘虏，后来，你就成了醉乡的流囚，直至不归。

想起迎春兄，每每悲从中来，不敢不忍多想，他离我们到天国去已有十年光阴了，这些年来，常常在梦中见到他，还是那么双目如电风流倜傥。他在《诗刊》上发的组诗名《粉笔》，他自己亦如粉笔一样，在生活的黑板上书写了40年，已化作白色灰雾归于虚无了！迎春兄后来离开小镇到《黄石日报》做副刊编辑，于黄石诗坛是幸事。他以其天生浪漫爱人的才情激活了一些文学寻梦者，想起那些买醉买哭歌啸青春的优游岁月，许多人至今喟叹不已。迎春兄的存在，让那些日子摇曳生辉。然而，诗人离开故土，于他自己则是不幸的，假若他还是那样，在小镇宁静的小学，手执教鞭做代课老师，或者在镇上文化馆弹弹扬琴，拉拉二胡，做做他心爱的诗歌，不去那些城市的酒店狂饮那些伤肝伤心的鸟酒，该有多好！然而，这样的假设是没有意义的，事实上，他在那年新历的最后一天走了，缪斯女神带他走了，第二天第三天，天地皆白，漫天飞雪。

你知道吗，上面的一段话是摘自我发在 2005 年第 1 期《长江文艺》上的《落英缤纷》一文，距今也已有十年了。

杜甫有诗，"人生有情泪沾臆，江水江花岂终极"，诚哉斯言！

四

20 年前初冬的一天，极少出远门的你突然从黄石到武汉，来到东湖边我家，那夜，我俩喝了一大陶罐三斤装的绍兴花雕，谈了一大堆云山雾海的话，翌日，你走了。这是最后一别。

这些年来，其实你好像从来没有离别我们远去。你的兄弟新春的言谈举止酷似你，每次与他在一起的时候，就幻觉又与你同在，新春的歌，唱的和你一样有神韵，好听，你常常从歌声中款款走来，来到我们身边。

茫茫两界，情何以堪？！

2014 年 12 月 8 日

25. 江南好，风景旧曾谙

——走近良渚

一

"江南好，风景旧曾谙。日出江花红胜火，春来江水绿如蓝。能不忆江南。"1180年前的白居易，在离开梦魂萦绕的江南12年之后，在黄河边的香山一口气写下了三首"忆江南"，7年后，这位从南到北的诗人抵达了自己的生命彼岸。"东南形胜，三吴都会，钱塘自古繁华。烟柳画桥，风帘翠幕，参差十万人家……市列珠玑，户盈罗绮，竞豪奢……"960年前的柳永一阕《望海潮》，更是将太湖钱塘江畔"自古繁华"之地描绘得宛如人间天堂，惹得世人心旌摇荡。

其实，这"风景旧曾谙"的江南，早在5300年前，还是在这块土地上就展现了她最初的倩影。当我随《中国作家》良渚行作家采风团一行，在2019年初冬，走进良渚博物院，走近良渚遗址群，站在良渚古城墙上，在山前长堤手抚湿润的堤坝泥土时……我便强烈感受到阵阵杳渺的历史罡风吹来，从5300年前的天目山方向吹来，从4300年前的钱塘江和大海的方向吹来，吹拂在良渚的山容水貌旷野之间，吹拂在我这个从长江中游江汉之滨，一路憧憬来到长江下游来到良渚古国踏访的朝圣者的胸膛。

二

这里是江南的母亲。

5300年前的大海与这片土地的碰撞完成了气候和谐的结合，藜蒿、芒草在肥沃的湿地上茂盛地生长，虫鱼鸟兽在山川湖汉间奔腾飞翔，一群群披荆斩棘的人如万千山间溪流，汇聚在这片丰腴的荒野了。从崇山峻岭向河谷进发、向平原进发，走进沼泽、河流湖荡，一个崭新的文明，江南的母亲，在三面环山一面向海的地方孕育、诞生。

他们告别洞穴巢居茹毛饮血的洪荒岁月，在这里筑土堆墩、垒泥造屋，在水网阡陌间，一个个台墩式村落升腾起蓝色炊烟，这些聚落有如天幕上的星群散布——江南水乡的风景从此有了真切的雏形、草图。临水而居、傍水生活的模式已然启动，这一启动，就是整整一千年。石镰、石犁、石刀、石锛、石钺，这些新石器，还有数万斤4300年前的焦黑谷粒，而今存列在良渚博物院内；还有形态各异的鼎、豆、罐、壶、盆、鬶、盉、觚……散发着黑色的幽光，浮现细刻纹理和灵动符号，也静静摆放在这里，这些从青黑色淤泥层深处出土的故物，展示的正是良渚先民丰盈日常的饭稻羹鱼的江南稻作文化生活图景。

一千年，堆积的土墩、土台在时间和先民的智慧伟力改造中，悄悄地层层累积地发生变化。土台渐渐呈现半岛形状，夹河筑城在进行，外河内壕已形成格局，都邑在崛起，古杭州少女般渐渐长成……四条干河连同其他河道将城市合理连通起来，今天我们看到的古城墙边缘凹凸状的地方，正是当年河埠、码头所在，沿岸的木桩、竹篱笆似乎还在努力护卫着都邑河岸，那柄挥舞了一千年间的木桨静寂地横卧在我们的目光中……光阴未能将它们湮灭——排列拼贴起来，东方第一座史前水城，第一座生动勃勃的中华第一城，俨然呈现在眼前。

临风站在莫角山高台上，就站在了古国的神王之所，首都古地。环顾四野、宫城、皇城、外郭三重结构的"三重城"就真实地排布其中了。那些排列有序的房屋基址和石头墙基、裸露的石礎和木桩以及用茅荻包裹竹条捆扎的草包泥筑城遗存，竟如史册，一页页在我们眼前翻动。东眺贯穿古城南北的钟家港古河道，水岸人家场景仿佛复活。……只只独木舟在碧波中游弋，排排竹筏悠悠漂过，顺流而下还有从天目山方向砍伐而来的槲栎、蕈树、麻栎树大树干，树干上牛鼻形的抓手时隐时现，那些渔人甩出的鱼线上系着鱼骨钩闪动水珠光亮，而河流两岸鳞次栉比的房屋、坊间传来的制陶转盘拉坯声，石英砂、竹子、麻线切割、钻制、打磨玉器的声音混合木盆髹漆气味，在桃花、李花、杏花、枇杷林间弥漫，直至苕溪隐没处的稻田湖湾中间，那里也是钓叟莲娃、菱歌泛夜景象，真真是"市列珠玑，户盈罗绮"，风物旧曾谙啊……初冬的杭嘉湖平原的风清冽凉爽，站在莫角山高台西望，大片大片芦苇在蓝天下摇曳，一丛一丛绒绒的白色芦苇花怒放着，像良渚古国玉琮王神徽上面的羽冠在颤动。

三

登上良渚瑶山祭坛的时候，思绪也就飘浮在"天问"之路上了。凤凰山、馒头山、天目山支脉环列祭坛四方，长方形覆斗状土台闪烁沙性红土色彩，土台西北角和南坡露出白色石块，祭坛西部灰土沟以上即为中心土台……位于山顶的祭坛视界开阔，日月星辰四面八方山水云天尽在俯仰之间，伫立坛上，脑中忽然闪现良渚博物院玉璧上那只优雅的鸟立高台刻符，山间飞过的一只无名鸟的啾唧似是5000年前那只神鸟鸣唱的袅袅余音，凝视良渚神鸟刻符，叩问此形象怎么与古埃及第一王朝国王杰特的名字符号惊人的相似呢？莫不是良渚古国与古埃及这对同一时间维度上的飞禽也时相结伴同飞互为问答，传递交流天启的信息？肃立祭坛，似乎可以感觉到那个一千年间礼拜祭坛的良渚人的气息，那些巫师、贵族或是良渚族人，当他们庄重地站立此台的时候，恍如一只只从云间飞临高台的鸟，他们仰望天穹，俯叩大地，高举双手如鸟翼展开；他们喃喃祷告和着神鸟鸣唱，那张开的双臂又幻化作神徽图像上扶着两只巨眼的大拇指向上翘起的双手，那些玉琮竖槽上、玉钺上所镌刻的半人半兽神灵图形，那浮雕的羽冠和兽面周围阴刻的神人手臂以及下肢隐隐可见的微雕……在这一刻完成了时空穿越，闪动着远古神秘的神性光芒，扑面而来，王的气象，神王之国井然有序的气象，生灵与自然与天地万物浑然一体和美共生的气象氤氲而生……

4300年前，或许是大禹治水之前的又一场滔天洪水冲垮了良渚古国的大坝长堤，水乡泽国中的良渚人告别了休养生息了千年故土，这群自然之子在独立高台的神鸟的带领下，在神徽上那双穿透宇宙万物的巨眼的昭示下，开启了又一个一千年、二千年、三千年、四千年的奇幻之旅，一路走去，走过4300年，走到今天，走到你我中间……留下江南，留下既熟悉又遥远的风景和我们还在营造的精神家园。

推荐自主阅读作品

"推荐自主阅读作品"模块选择和节选的是三位杰出校友的中长篇作品,其中包括梁由之先生的代表作《大汉开国谋士群·张良》节选,柯尊解先生的代表作《望莲嫂》节选,胡燕怀先生的代表作《汉冶萍三部曲·大国烟云》节选。二中杰出校友的中长篇著作还有很多,受《龙川文选》(第一卷)篇幅限制,在这一卷中只能少量选用。通过阅读"推荐自主阅读作品",有助于读者更好地理解《龙川文选》的文化内涵和外延。

26. 黄老学说与汉初政治

梁由之

经历秦朝苛政和楚汉战争后，社会面貌和人民的心理都发生了显著变化，急需休养生息。汉初约七十年间，儒、法显学失势，一向备受冷落的道家忽然如鱼得水大行其道，其主要流派——黄老学说，更成为中国历史上第一个公认的盛世——"文景之治"时期的国家官方哲学。老子的清静无为思想得到大力提倡，成为当时文化学术界的主流，并对现实政治和经济产生了直接而巨大的影响。武帝"罢黜百家，独尊儒术"后，黄老学说逐渐式微。但道家思想依然薪尽火传，流布不息，当然其间也发生了不小乃至质的变异。

著名学者、司马迁之父司马谈在《论六家要旨》中引述《易大传》"天下一致而百虑，同归而殊途"的观念，对当时"此务为治者也，直所从言之异路，有省不省耳"的阴阳、儒、墨、名、法、道德这六大流行学派的"要旨"逐一做了评述。他全面比较分析了六家学说的优劣短长，都有所肯定，也有所批评，他个人的思想倾向则极其鲜明。

六家之中，司马谈重点比照了儒、道两家。在他看来，儒家的长处只是"序君臣父子之礼，列夫妇长幼之别"而已，却"博而寡要，劳而少功"；而且儒家"以为人主天下之仪表也，主倡而臣和，主先而臣随，如此则主劳而臣逸"，结果必然是"形神骚动，欲与天地长久，非所闻也"，认为儒家迂远而阔于事情。佯褒实贬的意味是明显而浓厚的。

六家之中，司马谈对道家情有独钟，认为其"因阴阳之大顺，采儒墨之善，撮名法之要"，融汇了诸家之长而无其短。至于效果，

"与时迁移，应物变化，立俗施事，无所不宜，指约而易操，事少而功多"，与儒家的"博而寡要，劳而少功"恰成对照。

司马谈说：

> 道家无为，又曰无不为。其实易行，其辞难知。其术以虚无为本，以因循为用。无成势，无常形，故能究万物之情。不为物先，不为物后，故能为万物主。有法无法，因时为业；有度无度，因物与合。故曰"圣人不朽，时变是守"。虚者道之常也，因者君之纲也。群臣并至，使各自明也。其实中其声者谓之端，实不中其声者谓之窾。窾言不听，奸乃不生。贤不肖自分，白黑乃形。在所欲用耳，何事不成？乃合大道，混混冥冥，光耀天下，复反无名。凡人所生者，神也；所托者，形也。神大用则竭，形大劳则敝，形神离则死。死者不可复生，离者不可复反，故圣人重之。由是观之，神者生之本也，形者生之具也。不先定其神，而曰："我有以治天下"，何由哉？

司马谈的说法是有根据的。他所说的道家，不是传统意义上的老庄道家，而是指战国后期到秦汉之际道家与名家、法家等融合后形成的新流派。《史记·孟子荀卿列传》说，齐国"稷下学者"慎到、田骈、接子、环渊等人"皆习黄老道德之术，因发明序其指意"。《史记·老子韩非列传》记载，著名法家申不害之说"本于黄老而主刑名"；法家集大成者韩非则"喜刑名法术之学，而其归本于黄老"。司马迁以史学宗师的卓绝眼力，一针见血地看出了道、法两家迥然不同的外貌下内在本质的一致性。王国维刻意讥评太史公不该将老子与韩非同传，实属智者千虑一失的皮相之见，并无道理。

当代学者金春峰进而指出，黄老刑名（法）是一个思想体系。

他说：

汉初黄老思想，主张清静无为，对秦代的严刑酷诛来说，似乎确是一百八十度的大转变。但是，它的实质仍然是严酷而毫不放松控制与镇压的"法治"。它纠正与改变的是秦代对法治的滥用，而其法治的精神与立场，则是没有改变的。黄老思想，正如帛书《黄帝四经》所表明的，本身就是一种法家思想。它对政治、人生、社会、社会秩序，不诉诸道德说教和宗法情谊，不祈求于理性的自觉，而完全求助于漠然无情的暴力和物质手段的奖罚，认为唯有法律、法令、吏治、强力，才是巩固统治、建立社会秩序的可靠手段。汉初统治者在清静无为的宽容面貌下，所严守不失的，正是黄老或法家思想的这个基本精神与立场。因此，"汉承秦制"，不只是指具体的政治经济制度、社会结构、施政大纲，也包括秦代奉行的法家指导思想。

这种说法虽然比较偏执，但透过表象看到了问题的本质，值得重视。

其实鲁迅早就说过：

刘邦除秦苛暴，"与父老约，法三章而耳"。
而后来仍有族诛，仍禁挟书，还是秦法。
法三章者，话一句耳。

鲁迅进而指出：

老子尝为周室守书，博见文典，又阅世变，所识甚多，班固谓"道家者流盖出于史官，历记成败存亡祸福古今之道，然后知秉要知本，清虚以自守，卑弱以自持"者盖以此。然老子之言亦不纯一，戒多言而时有愤辞，尚无为而仍欲治天下。其无为者，以欲"无不为"也。

黄老一派学者拉大旗作虎皮，抬出传说中的黄帝与老子相配，以抬高本派地位，故称"黄老学派"。其主流思想，则被称为"黄老学说"。

黄帝又称轩辕氏，是中国历史传说中的帝王。他原是古代部落首领，与同母异父兄弟炎帝不睦，长期征战不息。其中以与炎帝后裔蚩尤在涿鹿一战，尤为惨烈。蚩尤请风伯、雨师相助，黄帝有应龙、天女魃等帮手，战况几度反复。其间蚩尤做大雾，黄帝靠玄女教导战法，又令风后做指南车辨别方向，终于战胜蚩尤，取得决定性胜利。从此黄帝被华夏各族首领一致拥戴为部落联盟领袖。

据说，黄帝不仅武功烜赫，文治也成就卓著。举凡文字、音律、医学、算术、冕旒、衣裳、釜甑、舟车等，都为他和臣下所创制。黄帝还钻燧取火，教民熟食；又蒸谷为饭，穿阱猎禽。黄帝的妻子嫘祖发明了蚕丝，诸臣也多有创造发明。后世尊黄帝为中华民族的始祖。这是一个被高度神圣化、符号化、象征化了的传说中的史前英雄人物。《周易·系辞下》说："黄帝、尧、舜：垂衣裳而天下治"，又将他作为垂拱而治的榜样。

老子姓李名耳，字聃，春秋时期楚国苦县（今河南鹿邑东）厉乡曲仁里人，大思想家、道家学派创始人，和孔子同时而稍早，又称老聃。与博尔赫斯一样，老子做过周朝"守藏室之史"（国家图书馆馆长）。孔子西游至周都洛阳，曾向他问礼。老子开导孔子说："一个优秀的商人，深藏财货，而外表看起来是一无所有；一个有修养的君子，品质超群，而外表看起来像是迟钝愚蠢。你务必去掉骄矜之气和贪欲之心，那些对你没什么好处。我所能告诉你的，仅此而已。"

自己干坐清水衙门的冷板凳,多年没有升迁,仕途渺茫;又看到周室每况愈下,日渐衰落,大环境也不甚美妙,老子心灰意冷,决定抽身退步溜之乎。出关的时候,恰巧碰到了一向敬仰他的守关头目尹喜。尹喜苦苦请求说:"先生就要归隐了,以后难得一见。你平时不肯动笔,这次无论如何,有劳你勉强为我写一本书吧。"同时吩咐手下好酒好肉侍候。老子实在推辞不过,只得恭敬不如从命,暂作勾留写下一本书来,内容以谈"道""德"为主,共约五千言,计八十一章,分上、下两篇。这就是道家的开山著作《老子》,又称《道德经》。老子写好书后立马走人,从此宛如在人间蒸发,没有谁知道他的下落。

老子提出"道"的观念,认为"道生一,一生二,二生三,三生万物","道"是宇宙万物的本原,否定天的最高权威。主张"不行而知",反对追求知识。对儒、墨两派的道德观不以为然,认为真正的道德是不追求道德。强调"柔胜刚,弱胜强";"天下之至柔,驰骋天下之至坚。江河所以为百谷王者,以其善下之";"人之生也柔弱,其死也坚强。草木之生也柔脆,其死也枯槁";"大方无隅,大音稀声。大象无形,大巧若拙";"吾有三宝,一曰慈,一曰俭,一曰不敢为天下先",提倡柔软虚静,减少私欲,慈悲节俭,知足不争。老子心目中理想政治是无为而治,理想社会是小国寡民,"邻国相望,鸡犬之声相闻,使民至老死不相往来"。《老子》一书包含朴素的辩证法因素,提出"反者道之动""祸兮福之所倚,福兮祸之所伏",一切事物都有正反两面,对立面互相转化。《老子》是中国历史上屈指可数的最重要的具有原创性的几本经典著作之一,对中国思想史和政治史都有着巨大而持久的影响力。

黄老学说为何独领风骚于汉初?张荫麟对此有一段鞭辟入里痛快淋漓的论述:

汉初在武帝前的六七十年是道家思想的全盛时期，帝国的政治和经济都受它深刻的影响。

为什么道家会在这时有这么大的势力呢？道家学说的开始广布是在战国末年。接着从秦始皇到汉武帝的一个时期的历史恰好是道家学说最好的注脚，好像是特为马上证实道家的教训而设的。老子说："法令滋章，盗贼多有。"秦朝就是法令滋章而结果盗贼多有。老子说："民不畏死，奈何以死惧之？"秦朝就是以死惧民而弄得民不畏死。老子说："飘风不终朝，骤雨不终日。"秦始皇和楚项羽就都以飘风骤雨的武功震撼一世，而他们所造成的势力都不终朝日。老子说："为者败之，执者失之。"秦始皇就是最"有为"的，而转眼间秦朝败亡；项羽就是一个"战胜而不予人功，得地而不予人利"的坚执者，终于连头颅也失掉。老子说："柔弱胜刚强。"刘邦就是以柔弱胜项羽至刚至强。老子说："自胜者强。"刘邦的强处就在能"自胜"。他本来是一个"酒色财气"的人，但入了咸阳之后，因群臣的劝谏，竟能"财帛无所取，妇女无所幸"，并且对项羽低首下心。老子说："将欲歙之，必固张之；将欲弱之，必固强之；将欲夺之，必固与之。"刘邦所以成帝业的阴谋，大抵类此。他始则装聋作聩，听项羽为所欲为；继则侧击旁敲，力避和项羽正面冲突；终于一举把项羽歼灭。他始则弃关中给项羽的部将，并且于入汉中后，烧毁栈道，示无还心；继则弃关东给韩信、英布，以树项羽的死敌；而终于能席卷天下。像这样的事例，这里还不能尽举。道家的学说在战国末年既已流行，始皇的焚书，并不能把简短精警的五千言从学人的记忆中毁去。他们当战事平息，痛定思痛之际，把这五千言细加回味，怎么不警觉它是一部天发的神谶。况且当时朝野上下都是锋镝余生，劳极思息；道家"清静无为"的政策正是合口的味，而且是对症的药。我们若注意，当第一次欧洲大战后，与道家学说素无历史因缘而且只能从译本中得到朦胧认识的德国青年，尚且会对老子产生狂热的崇拜，一时《道德经》的译本有十余种（连解释的书共有四五十种）之多；便知汉初黄老思想之成为支配的势力是事有必至的了。

大汉开国后，"萧何次律令，韩信申军法，张苍为章程，叔孙通定礼仪。则文学彬彬稍进，《诗》《书》往往间出矣。自曹参荐盖公言黄老，而贾生晁错明申商，公孙弘以儒显，百年之间，天下遗文古事靡不毕集太史公"。

汉初君臣，如高祖、惠帝、吕后，张良、萧何、曹参、陈平等，都是黄老学说的信奉者，并将之直接运用于政治和社会，达成天下大治。陆贾则是儒道并尊。

一般认为，在汉初，第一个从理论上提出系统运用黄老学说指导政治的人，是谋士陆贾；第一个从实践上自觉运用黄老思想指导政治的人，则是宿将曹参。这当然是不错的。不过，追根究底，作为大汉开国皇帝刘邦的宾师，即所谓"帝者师"，张良其实才是黄老之术不动声色的始祖。其种种心术手段，相信读者诸君已经有所领教。张荫麟如上列举的刘邦的诸种做法，正是他听计于张良的例证，给人的感觉，刘邦有时简直就像是一个傀儡，张良则如同在幕后扯线牵动傀儡的人。司马迁说："运筹帷幄之中，制胜于无形，子房计谋其事，无知名，无勇功，图难于易，为大于细。"宋人杨时的说法，刚好可做其注脚："老子之学最忍。他闲时似个虚无单弱的人，到紧要处发出来，令人支吾不住，如张子房也。子房如峣关之战，与秦将连和了，忽乘其懈击之；鸿沟之约，与项羽讲解了，忽回军杀之：这便是柔弱之发处。可畏！可畏！"

英国学者鲁惟一写道：

在无为的思想和皇权的行使之间存在着明显的关系。避免有意识地采取行动或做出决定，这部分是由于对人的价值和个人判断力的新的认识；类似的思想应用于对君主适当的地位和权力的看法方面。按照理想的模式，君主应在行政或决策方面力戒起个人作用；他不应有意识地打算行使自己的权力，而是应该满足于安然自得，袖手旁观，让自己的臣属去治理国家。他以自己的存在和无言的沉默来治天下，就像无形的道控制着自然界的一切活动那样。

　　文帝、景帝和窦太后也都尊崇黄老学说。《史记·儒林列传》说："孝文帝本好刑名之言。及至孝景，不任儒者。而窦太后又好黄老之术，故诸博士具官待问，未有进者。"《史记·外戚列传》说："窦太后好黄帝老子言，帝及太子、诸窦，不得不读黄帝、老子言，尊其术。"

　　窦太后则是汉初黄老学说承先启后的关键性人物。她和她的婆母薄太后的故事，都富于传奇色彩，饶有意趣，颇值一说。

　　史称"汉承秦制"，这大抵是事实。当然，时代不同了，环境和条件都发生了巨大的变化，为了适应社会的发展和需要，汉初各项制度，对秦制有因有革，从而具有自己的特色。

　　秦统一六国后，推行单一的郡县制，朝廷大权独揽。汉初则郡县制与封国制并行，实行的是一种混合式政体，大汉王朝由朝廷、地方郡县和各诸侯王国三大部分组成。

　　皇帝作为高高在上的"至尊"，是权力的核心掌握者和最终裁决者。朝廷的中央行政机构，设有丞相、太尉、御史大夫，分司行政、军事、监察大权，称为"三公"。"三公"之下，设有"九卿"，包括太常、郎中令、卫尉、太仆、廷尉、典客、宗正、治粟内史和少府，分管各项具体政务。三公九卿共同构成政府首脑机构，发挥国家职能的中枢作用，负责国家机器的日常运转，并向皇帝负责。

　　丞相是最高行政长官，是皇帝最重要的辅佐，是大政方针的主要决策者和执行者，专设有由其自行掌控的庞大办事机构"丞相府"，总理百僚，位高权重。汉初丞相，多由位居列侯的开国重臣出任，如萧何、曹参、王陵、陈平、周勃、灌婴等人，都先后担任过这一要职。首任丞相萧何协助吕后谋杀韩信后，再度加封，丞相更名为相国，以示尊崇；继任者曹参去世后，相国恢复为丞相原名。丞相有时一人，有时则有两人，分置左右。汉制以右为尊，右丞相事权稍高于左丞相，是实际上的首相。

太尉是最高军事长官，但这更多只是一种名义上的荣衔而已。因为太尉没有自己独立的官署，属吏寥寥，也没有调兵的权力。出统军队，必须有皇帝颁发的符节，才能有效行使职权。汉初，太尉这一职务时置时废，大抵因事设人。卢绾、周勃、灌婴等名将都当过太尉。

御史大夫官秩相当于九卿，实际权力则大得多。举凡监察文武百官，弹劾不法；管理重要档案，制诏转达；以及核算、审计等重要政务，都在其职掌范围之内。御史大夫是皇帝的近侍，协助丞相处理朝政，实际地位差不多是副相。灌婴、赵尧、周昌等汉初名臣先后担任过这一职务，前文提到过的相国曹参之子曹窋，积极要求进步，很快也由中大夫升任至御史大夫。后来有两任御史大夫，景帝时的晁错和武帝时的桑弘羊，建树和名气都更大，只可惜他们生不逢时，殊途同归，下场不妙。

太常职掌宗庙礼仪，后来也兼管博士、太学。帮助刘邦取名、制定朝仪的"圣之时者"叔孙通，就是大汉首任太常。

郎中令职掌侍卫皇帝，多由亲贵子弟出任，与皇帝亲密接触的机会很多，获得升迁的机会当然也水涨船高，是当时仕进的终南捷径。武帝以后改称光禄勋。本书主人公之一陈平曾长期担任郎中令。

卫尉职掌宫廷守卫，负责宫门警卫，统率皇家禁卫军。名将郦商（本书另一主人公郦食其的弟弟）曾任卫尉。

太仆职掌舆马，包括皇帝銮驾仪仗、宫廷车马、朝廷马政等。最有名的太仆当然是在功臣榜中排名第八、长期得到高祖和吕后格外信任与尊重的开国名将夏侯婴。

廷尉职掌刑狱，是最高司法长官。汉初最有名的廷尉当数张释之。

典客职掌诸侯王及各少数民族事务，负责其入朝觐见时的接待、礼仪等。武帝以后改称大鸿胪。

治粟内史职掌全国财政，负责钱谷盐铁赋税和国家的财政收支、各地贡物调度等。武帝以后改称大司农。

少府职掌皇家财政，负责征收计提山海池泽等专项赋税和皇室手工业制造，专供皇室花销。少府机构庞大，属官众多——只有这样，才能更好地完成任务，满足皇室的需要。曾经连败义军、投降项羽后获封雍王，又被刘邦"还定三秦"时逼得自杀的秦朝名将章邯，就是少府出身，秦汉之际做过少府的官员没什么人比他名气更大。

三公九卿之外，主要的中央政府官员，还有主管京师治安与防务的中尉、主管列侯事务的主爵中尉、主管少数民族事务的典属国、主管宫室修缮的将作少府等。京师的地方长官为内史，但官秩相当于列卿，稍高于一般郡守，首善之区嘛。

汉初地方行政机构的设置，跟秦朝一样，施行郡县制。郡设郡守，管辖全郡一应军民事务，如劝民农桑、稽征赋税、典郡兵事、治安司法、选举孝廉、属县吏治等。景帝时，郡守更名为太守。郡又设有郡尉，协助郡守掌管本郡军务。景帝时，郡尉改称为都尉。

郡下设县。县设县令，不满万户的小县设县长，管辖一县民政。又设县丞、县尉，分别协助县令（县长）管理民政、司法及治安、兵役等事务。乡设三老、啬夫、游徼，属于地方基层自治机构，不在公务员编制之列。

为与汉初新的政治制度相适应，大汉王朝建立了新的军制，军队分为中央军与地方军两种。中央军驻屯京师，一称南军，一称北军。南军由朝廷直辖的各郡征调来的精壮兵士组成，人数在两千人左右，是皇室的卫队，并负责皇帝外出时的警备；南军分散驻守，没有固定的营垒，在北军之南，故称南军，由卫尉统率。北军多由京畿三辅地区选调的材官（步兵）和骑士（骑兵）组成，人数达数万之多，是京都长安的卫戍部队；其营垒在未央宫之北，故称北军，由中尉统率。

地方军称为郡国之兵，组成者为各郡县和诸侯王国的应役男子，每人必须服满两年兵役，由郡守、郡尉或诸侯国中尉统率。地方军根据各地区不同地理特点分为材官、骑士、楼船（水兵）三大兵种，朝廷有事时可以随时征调。

汉初，全国约有五十四个郡，每个郡通常辖制十几个县。但中央政府能够直接管辖的，只有云中、河东、南阳、汉中、巴、蜀、陇西、上党等十五个郡，其他三十九个郡，都裂土分封为诸侯王国。就是在直属中央的十五个郡中，还包含有很多公主和列侯的食邑。也就是说，郡县制只在少数地区得以施行，全国大多数地区，实行的是诸侯王国制，即封国制。

刘邦坐稳江山后，"惩戒亡秦孤立之败"，一方面着手找碴剪除异姓诸王，一方面开始大封刘氏子弟，作为汉廷羽翼。用不了几年，除了地偏人稀安分守己的长沙王外，其余诸位异姓王先后灰飞烟灭。与之相对应的是，刘氏诸王则遍地开花，七年时间立了九个，不少都是乳臭未干的黄口小儿。

在汉初政体中，"多者百余城，少者乃三四十县"，可以坐享本国赋税和徭役的诸侯王国权力很大，"宫室百官，同制京师"，无异于一个个国中之国。王国政府中，除了丞相由朝廷指派外，其余一切都由国王说了算。尾大不掉的局面势无可免地形成，成为皇帝的心病。

汉廷终于发现，削弱并驾驭诸侯王国的诀窍，在于"众建而少其力"。数代君臣费尽移山心力，使用各种手法（包括残酷的战争手段），终于逐步弱化了诸侯王国的力量，化解了它们对朝廷潜在的威胁，强化了中央集权。《汉书·诸侯王表》说："文帝采贾生之议分齐、赵，景帝，用晁错之计削吴、楚，武帝施主父偃之策下推恩令，使诸侯王得分户邑以封子弟。自此以来，齐分为七，赵分为六，梁分为五，淮南分为三。皇子始立者，大国不过十余城。长沙、燕、代，虽有旧名，皆无南北边矣。"

然而，新的问题随之出现，两个更大的麻烦纷至沓来：宦官与外戚。这两个封建制度的毒瘤和痼疾，给中国历史带来了无尽的灾难，历代王朝一直没能从制度的层面予以根本性解决。这是后话，且略过不表。

汉初数十年间，政府尊用黄老学说，与民休息，奖励生育，轻徭薄赋，宽刑简政。结果人口猛增，农业生产很快得到恢复和发展，经济繁荣，社会和谐。汉廷废除关卡和桥梁的过路费，又开放山泽，听人采掘垦殖，给工商业带来一个空前的发展机会。战国后期至西汉前期，又正是牛耕逐渐推广的年代，耕牛的普遍使用代替了很多人力，使农村中出现大量剩余劳动力，其中一部分流向都市，这进一步促进了工商业的兴旺发达。

一要生存，二要温饱，三要发展。世界潮流，浩浩荡荡，顺之则昌，逆之则亡，没有什么不能改变的清规戒律，与时俱进才是硬道理。

武帝时期，政权高度集中，内患完全解除，经过几十年的发展积累，国家财富已相当可观，民力充裕，民气踔厉风发，国家蒸蒸日上欣欣向荣，正是大有作为的好时光。

岁月无敌，时过境迁，在全新的情势下，黄老学说的消歇沉寂，已经成为历史的必然。

黄老学说博大精深，治国方面的效用已见上述。其实，无论修身还是用世，它也都是上佳的器具。

清朝咸丰年间，曾国藩以在籍侍郎身份，奉旨帮办团练，以对抗太平军，湘军横空出世。但开始几年并不顺利，经常失败，到处碰壁。咸丰七年（1857），曾国藩丁父忧回家守制。其间，一些亲友对他以往一味蛮干的做法给予了批评和劝导，他自己思前想后，也对前几年的经验教训进行了全面深刻的反思。除悟出领兵不兼督抚则处处受制外，还对自身修养作风、为人处世方面的种种不足认真做了一番点检。他搁置儒学，聚精会神精研黄老之术，极有心得，自感十分受用。一年多后复出时，曾国藩的行事作风发生了巨大的变化，由刚猛激烈转为柔婉沉静，以致胡林翼批评他"渐趋圆熟之风，无复刚方之气"。但意气用事并无用处，事实才是最好的说明：曾国藩从此左右逢源，得心应手。

曾国藩居家学习黄老学说时，曾写下一段心得。录此共享，并借以结束本章：

静中细思，古今亿百年无有穷期，人生其间，数十寒暑，仅须臾耳，当思一搏。大地数万里，不可纪极，人于其中寝处游息，昼仅一室，夜仅一榻耳，当思珍惜。古人书籍，近人著述，浩如烟海；人生目光之所能及者，不过九牛一毛耳，当思多览。事变万端，美名百途，人生才力之所能及者，不过太仓之粒耳，当思奋争。然知天之长，而吾所历者短，则忧患横逆之来，当少忍以待其定；知地之大，而吾所居者小，则遇荣利争夺之境，当退让以守其雌。

（节选自《大汉开国谋士群》，辽宁人民出版社2008年版）

27. 望莲嫂

柯尊解

以望莲嫂为首的四个俊俏、能干的山村妇女，结伴到秋阳镇开了一家"好再来野味小吃店"。它像一颗行将爆炸的原子弹，震动了这个古老的小镇，更使二十多家小餐馆的店主们坐卧不宁。他们串通一气，千方百计要挤走她们。镇长何凤鸣出于一种十分丑恶的阴私心理，凭借权势，也妄图将她们赶走。望莲嫂借了党的政策的胆，寸土不让，针锋相对，几经波折，受尽屈辱，后来在县委和乡党委的支持下取得了胜利。

柯尊解创作的中篇小说《望莲嫂》1985年刊载于由巴金等创办的著名文学期刊《收获》第二期，引起了湖北文坛的震动，柯尊解成为新时期湖北青年作家在《收获》发表中篇小说的第一人。四川文艺出版社出版了《望莲嫂》单行本。《望莲嫂》当时在全国也有很大影响，成为许多文学研究机构研究转型期文学中农村女性的范本。

一

端午节清早，太阳出山了，雾还没散尽，白蒙蒙地笼着对面山上黄艳艳的小麦地和一片绿茵茵的豌豆地。

冯婶不在家里蒸包子，却颠着小脚一拐一拐地边朝对面山地跑，边喊："望莲嫂——"

"呃——"望莲嫂从豌豆地头弓起腰，把手里的豆荚丢进篮，忙朝村路上张望。

这是个三十出头的俊媳妇，看去文文静静，不像庄稼地里的，倒像个小学老师。穿件蓝底子白细米花褂子，头上扎条淡黄的印花新毛巾，活像一大朵花儿。

就因为振金讨了这么个俊媳妇，倒叫才七户人家的陈家泉塘在全公社出了名。

为啥呢？望莲嫂不光模样儿俊是全公社的头块牌子，心灵手巧也盖过了全公社。她特会做吃的，就是一碗萝卜菜，她炒出来味道也格外不同些。有一年县里到山沟大队来开个现场会，坐小车的就来了二十几位。那餐饭就是请望莲嫂掌的勺。人家吃了，个个咂嘴舔唇，事过好多年还在念叨哩！

要论心眼儿，那更是没说的，村上的姑娘媳妇出个门，挪个脚，总要跟望莲嫂结伙搭伴，家里人才放心。

"啥事哩？冯婶！"望莲嫂挽起两篮豌豆荚，迎着冯婶问。

"你快回吧，我那两个婆娘崽不叫我过节，在屋里闹哩！"冯婶气吁吁地说。"借你的佛面替我压压邪吧。"

冯婶本是个福气人，两个儿子两个姑娘，都成劳力了，不愁吃不愁穿的，宽心着哩，可近年把两个女儿心变大了，老跟她闹别扭。

"又是闹着要去县城做零工吧？"望莲嫂笑着问。

冯婶拍着手叹着气说："是哩！是叫胡家桥那伙鬼妮子煽动心的！那伙鬼妮子在县里做零工，每人戴块表回来过端午，她两姊妹就眼热啦。我才说她们两句，就跟我上火啦，立马就要离家去县城哩！她哥嫂也不管，还怂恿妹子，像个人吗？唉，这个家呀！"

望莲嫂笑笑说："冯婶，你怕钱咬手吗？叫她们去见个世面，也挣身衣裳回哩！"

"那哪成！"冯婶急了，说，"大姑娘家外头闯，我怕；除非你带着她们。"

"你谅我不去？"望莲嫂笑得山响。

冯婶没笑，挺认真地说："不是那话哩，有你带着我才放心哩！"

说着话儿进了冯婶家。秋萍、秋芳两姊妹都噘着嘴，拎着包袱，一个站在门槛上，一个站在灶头边。

"这是要去哪儿呀？"望莲嫂笑嘻嘻地说。

秋萍嘴一撇，赌气说："哪儿也不让去，待在家里，就那几亩死土地，才够半年活儿，几个大劳力闲着，杀肉哇！"

"有福不会享！"冯婶因有望莲嫂在，气也壮了，骂着，"叫你快活点，是坏事儿么？像那几年，寒冬腊月叫你开港做水库去，磨脱你一层皮才舒坦？骡子骨头生得贱！"

"那你索性赐点福呀，给我几十百把块的，叫我上城里逛逛！"秋芳站在灶边，虎声虎气地顶着她娘。

望莲嫂往屋里推着秋萍说："得啦，瞒不过嫂子，你两个呀，是想进城找对象吧！"

秋萍被气笑了，抢上来揪住望莲嫂："撕了你这张烂嘴！"

秋芳暗里抓了个热包子，趁着望莲嫂跟姐姐打闹的空儿，冷不防凑上去，骂声："嗝气！封了这张臭嘴！"一包子塞进了望莲嫂口里。

姑嫂三个笑着闹了一阵，气也闹散了，望莲嫂便一手拉住一个，说："算啦，过节哩，别找气生啦！要去城里做零工，也得拣个日子，今日呀，先陪嫂子去逛趟秋阳镇，不定我能带你们去做工哩！"

秋萍、秋芳也不过是跟娘赌气，真要走就等不到望莲嫂来劝了。这会儿听说望莲嫂邀她们去逛秋阳镇，便都忙着动身去收拾。

望莲嫂这才挽起篮子，刚要出冯家的门，丈夫振金慌里慌张地跑来，隔着老远就喊："你快去看看吧，他德英婶家里又闹起来了哩！"

望莲嫂一惊:"今儿是怎么啦?又是莲船又是会,又是婆婆八十岁,拣上过节日子好,都来凑热闹是怎么的!"她拉起秋萍、秋芳就往德英家跑。

德英是振金的兄弟二傻子振银的堂客,这是个不幸的女人,才二十五岁,长得像仙女一般,也不知她娘怀她时吃了啥仙果子,任你日晒雨淋风吹霜打,她总是白白净净、细皮嫩肉的样儿。

在山沟里,女人长得太标致了,那是招是揽非、逗灾惹祸的根苗。可不,就在那一年在秋阳中学读书时,跟着文艺宣传队到水库工地演戏,被工地管宣传的雷干事骗了。事情闹出来,人家挪个窝,还是区里的干部,德英可就由人变为鬼了。五里三乡落了骂名,走到哪里臭到哪里,一直找不到婆家。花朵儿般灵秀的一个姑娘,人前做不得人,抬不起头,白天出门怕人,夜里出门怕鬼,见谁都低头落目躲着走,谁见了都能指指戳戳。

后来,望莲嫂就想把她说给小叔二傻子振银。振银也算得是望莲嫂带大的。她过门时,二傻子才九岁。她像个娘一样护着小叔子。他是缺智少心眼的人呵,做嫂的不疼,谁疼呢?望莲嫂早就盼着给兄弟成个家,可他傻,又怕坑了人家姑娘,得当面一五一十说明白。哪知德英听了,竟一把鼻涕一把泪地说:"嫂嫂,只求人家不嫌我呵。他傻,就更不会为那宗丢脸的事作践我了!"

这是大实话。事儿就这么办了。德英一过门,望莲嫂便与丈夫商量好,给兄弟盖了幢新瓦屋,让小两口儿分开另过。

二傻子接了个仙女,还真成天乐呵呵,说不出对德英有多好。德英虽说还是成天不言不语,可脸上长了肉,有了笑容,打心底里感激哥嫂,用心服侍丈夫,只求今生平平安安也就心满意足了。

可她的命也真苦,结婚头一胎生了个女儿,第二年又生一胎,竟是两个女儿,这一下,她的厄运就又到了。振银虽傻,可十个黄花女不抵一个痫痫儿哩,他骂妻子:"娘的,尽生寡鸡蛋!"他再不把德英当人,三日一骂,五日一打。

可怜德英本是叫人作践怕了的,心下想,眼下好歹是受丈夫的气,总比被外人作践好忍受。便总是忍气吞声,以泪洗面。

望莲嫂也指望德英能给兄弟生个儿子,可见着振银作践德英,又有些恼,实在看不过去了,便常常骂骂二傻子,劝劝德英。这位二傻子服嫂不服兄,发了浑劲儿,只有望莲嫂才制得住,所以闹起来,振金便去喊堂客。

今日这场祸,说起来更气人,原是大队妇联主任来动员德英避孕。德英心里想,趁着过节是个机会,便端了包子给丈夫吃,一边怯生生说:"妇联主任前日来,叫我避孕哩!"

二傻子眼一翻:"避你娘的鬼!尽生寡鸡蛋,还有脸!"话出手到,抓起包子甩到德英脸上。等望莲嫂领着秋萍、秋芳赶到,振银早闻风而逃了。德英被他扯得蓬头散发,坐在灶门口哭。望莲嫂又气又恨,走过去拉起德英骂:"死人,你没手哇?只晓得哭丧!"她抹掉德英脸上的包子渣,气哼哼问:"孩子呢?"

德英哭着说:"玉荣带去了。"

望莲嫂咬咬牙,说:"那好,你就莫管了。过节呢,莫哭,跟我上秋阳镇散散心去!"

二

秋阳镇是个好地方,扼着进出屏峰山的路口子。

往北出镇有三条公路,连着湖北省的大冶、鄂城、武昌三县,离县城最近的也有百多里。往南出镇是八十里屏峰山,属湖北的咸宁、通山两县管辖,再往前便是湖南、江西的大山了。

五县走三省的商客,总在这里汇集歇脚过夜,每日进出万数人。这小镇就形成了古朴而又时髦，偏僻而又繁华的特色，早年，它就有"小汉口"的美称了。

从前，小镇只有一条两里多长的石板街，那石块如今还平平稳稳地铺着。方方正正的青岗石，经了无数风雨剥蚀，脚板摩擦，全像大理石一样光滑锃亮。

美丽的秋阳河穿过来，把石板街截成两段，河面一座青石拱桥又把小街连成一线，过桥往西两三百丈，有个小广场，叫古井台。小广场正中竖起一座古老高大的石牌坊，上面刻着四个篆字：秋阳古井。传说镇上最早的一户是韩湘子的后代，以卖茶为业。后来又有个人想到这儿卖茶，韩湘子那后代图个伴，就应允了。韩湘子却生了气：独家生意不晓得做，败家子！他就一剑戳出这口井来，砸了两家茶摊子的生意。故事真假如何，不必考究，这古井牌坊却成了小镇人教训后代的历史文物。

小镇的建筑很有特色，至今也没一座红砖小洋楼，全是布砖纹瓦的小木楼，一家一户共山搭脊，门对门蹲在石板街两边。一家一个门面，门前一律横挑着两人合抱的大横梁，梁柱上雕龙刻凤，镂花剔朵，很讲究。

镇上的人也很有特色，两千多户没一个正儿八经做工种地的，敲白铁、修电筒钢笔的便算是产业工人了，其余全都是生意人。靠着一把十九桥的算盘，一杆十六两（现在改十两制了）的秤过日子，做的多是现买现卖的生意。每家有一处摆摊子的世袭领地。乡下人、外地人挑货进街，他们便一次全买下，叫"上货"，然后放到摊子上卖。外人是没地方摆摊子的，你不能当街摆摊子，也不能挑在肩上卖，只能"上"给他们。"生意不抢行，买卖做不长"，这句话已成为小镇居民生活的信条了。

祖业相传到如今，少不了出些生意精。"秋阳镇的秤，斤半十八两，半斤六两足"（指十六两制），哪怕生意做到亲舅子那儿也这样，这是老话。而今的人多不这样了。可总也有难改的，猴子摸屁股，惯了手脚，不那么做，反而感到对不住人，心里痒痒得难受。

从前古井台往北没街。目下呼啦一下子形成了一条百把丈的大街，虽没名字，可全镇顶数这儿热闹。电影院、文化馆、汽车站全在这儿。镇上的个体户也全往这儿挤，满街净是卖吃食的，这家馆子出来，隔道墙又是一家馆子。卖的东西也差不多，最作兴卖麻花油条糯米酒。对外人，街邻们心齐得像兄弟，可亲兄弟明算账，谁没吃饭的心？一个粑粑，你多了我就少了。所以，街邻之间为争地盘抢生意扯皮，吵架骂娘，那也是家常便饭。

秋阳镇的人是看不起乡下人的。可他们的食禄，却一刻也离不开那些乡下人。就连烧的柴吃的菜，也全靠那些乡巴佬一担一担地往街上挑。这也给了乡下人一个赚钱的机会。

望莲嫂是个有心计的人。别人只赶着种早豌豆，她却要丈夫种了两厢地的迟豌豆。凡事赶个稀奇才有便宜占，早有早的好处，迟有迟的好处。这豌豆，三四月里才叫吃新鲜，眼下五月了，别人早没有了，我有新鲜的，那是奇货，比三四月间不知珍贵多少呢！

进街人多，挤不通，望莲嫂自己挑了一担走前，叫秋芳挑一担走第三，中间点着德英，秋萍眼尖心活，叫她断后。

"德英抓着我的褂子，别挤丢了你，秋萍后头看着，别叫街浪儿们偷了咱的豆！"乡下人称镇上人是街浪儿，而且认定他们是些贪小便宜的货。她一把抓住包了铁尖的小冲担，一路高声叫喊："戳了背哟，让开路哩！"横冲直撞，如入无人之境。

这四篮新鲜豌豆，果然逗得一街人心痒眼馋。

"喂，豆卖不？"人家赶着问。望莲嫂听得清楚，装着没听见。秋芳忙答："卖呀！"

"啥样价？"立即一群人追上来。

"快走呵！"望莲嫂扭头丢来一句，自顾往前挤。秋芳不吱声了，猜着望莲嫂心里又有了鬼道道。

货好不愁卖。先要探清楚水路哩。望莲嫂一进东街眼就没闲着，左睃右瞄，一直到了桥西，也没见着有卖豌豆的。一路又尽只听得问的。她心里默记着。好哩，街浪儿有钱我有豆，他闲得牙痒，图吃新鲜，姑奶奶今日可要敲几个，也算你们孝敬了我。三四月的新豆荚是二角，那阵子赶早的豆荚多，眼下独这四篮，卖他二角五不算多。

满街人穿的褂子，不是带网眼的，就是透着肉的好布，只怕冲担尖戳坏了衣服，见着望莲嫂撞过来，虽是骂骂咧咧，却不敢不赶着往两边躲，乖乖地给望莲嫂让开一条路。望莲嫂心里话："骂吧，给姑奶奶让路就算你孝顺了。"她也不跟人对骂，没工夫，要赶路哩。一路只朝前面冲。人们望着这个泼辣女人，气也不是，笑也不是。德英扯着望莲嫂的后衣不敢抬头，秋萍、秋芳见着望莲嫂只顾朝前闯，街两边的人只往边上闪，倒忍不住咻咻笑个不止。

望莲嫂领着德英、秋萍、秋芳姊妹没一刻工夫就挤到了古井台，绕着牌坊朝北一拐，瞅着文化馆门口一家麻花店侧边有块空地，便朝那里挤去。

开店的夫妻俩，也真是好货配好货。男的姓殷，一脸肉刺，左眼一个大疤子。女的姓马，一脸黑麻子，牛高马大，蓬乱的头发顺眼角粘到嘴角。

望莲嫂把篮子放到空地上，那男人老远就嚷开了："嘿，挑开！挑开！"

"怎么啦？"望莲嫂吃惊地问。

"怎么啦？你那篮子放的不是地方！"

"没当道，不会碍师傅生意的。"

"那空地是我们占下的！"马氏伸出头来，吼叫着。

望莲嫂心下有些火了。心里想：你占的，那这地方就不是你家的，不怕你！

"是你家的么？"她故意问。

殷疤子更不耐烦了："不是我家的，更不是你家的呀！"

"那就得啦，我借地方放放篮子！"

"你讲理不？"

"谁不讲理啦哩？"

"总归有个先来后到吧！我是天天在这里做生意的，你一来就占啦？"

"你天天占得，我摆一会儿就不行啦？"

殷疤子被呛哽了，黑麻子马氏正要冲出来耍狠，早有几十人围上来要买豆荚了。殷疤子夫妇也就没奈何了。

望莲嫂卖出了三四秤，刚要伸伸腰擦把汗，蹲着等称豆的一个人便拉着秤盘子催："快称哟！"望莲嫂听着声音好熟，猛一怔，低头一看，嗬？真是他！化了骨头烧成灰也认得的！她猛地一提秤盘子，把豆倒进篮，两眼瞪得溜溜圆，冒着火嚷："不卖！"

那人也气冲冲站起来，正要赌狠，猛一见是望嫂莲，"嗬"了一声，扭头就走。

镇上人认得，这位是工商行政管理所的倪冬安所长，只不知他为啥事怕这个乡下女人。

倪冬安跟老婆何凤鸣一起上街，本是买菜的。秋阳镇的居民都有这习惯，见着一堆人围着抢的，就是一坨臭狗屎，也成了甜粑粑，总要抢着买一点。倪冬安退出来，他老婆却不识相，以为自己是镇长，在这街上怕谁？便挤进去要看看是什么人。一见是望莲嫂，更是焚起一堆无名火，心里话，你还臭硬哩，要在十年前我不罚你流脓流血，算你本事高！她嘲弄地一咧嘴说："怎么啦？倪冬安的钱不是钱？你横竖是卖的货，难道还要挑拣买主？"

话里带渣子也不看对象，望莲嫂能怕她？她也一声冷笑："嘴巴干净点，"她把个巴字拉得特别响，特别长。何凤鸣那副尊容，从两边嘴角开始，整个腮帮子被两块大疤子扯着。诗配画，围着的人一听先就笑了。望莲嫂乘胜追击，又补一句："我这豆是给人吃的！"

"你骂谁？"何凤鸣恼羞成怒，抢上前要动手。秋萍、秋芳嗖地抄起冲担扑上前："咋啦？想打架？"吓得德英只恨少生一只手，拉不住三个，急得直叫唤："姑奶奶，你们就莫火上浇油啦！"

这时候又挤进来个驼背老头，扯住何凤鸣："何镇长，算啦。大人不见小人过。"何凤鸣认得是白铁老姜。他转而笑吟吟对望莲嫂说："大嫂也算啦，做生意么，和气生财。怎么样？这豆二角六全上给我吧。"

望莲嫂也不想打架，念着老汉打圆场，一斤豆又多给一分钱，省了自己磨工夫，便尽数卖给了白铁老姜。

望莲嫂收了钱还没挪脚，白铁老姜就近借杆秤便喊："鲜豌豆呀，三角六一斤哩！"

望莲嫂气傻了眼，抢上前一把抓住他的秤问："你黑了心么？转手高一角！"

白铁老姜不屑地笑笑："小娘子莫非眼红了？转手贩卖，我合理合法，你不服，告我去！喏，刚才遭你骂的那位倪同志还没走，他是工商所的。你不会写状子，我还可以代笔的！"

何凤鸣见着报复的时机到了，凑上去不阴不阳地说："政策允许的，哪个有狗胆告你？来，我买五斤！"转身又叫："冬安，拿钱来！有钱想买么样货，就买么样货！"

气得望莲嫂眼泪直在眶里打转转。

三

　　心里窝了气，再也无心逛街了，望莲嫂一行四个，气闷闷出了南街口，一直走了两里路到了南门堤，四个人全都鼓着腮帮子噘着嘴。德英见大伙全不作声，心里很不自在，她怕嫂嫂心里老想着倪冬安、何凤鸣那对恶夫妇，又会勾起伤心事，便总想找句话来打岔，可又老想不出句合适的话来。又走了好几里，到了女儿桥，四个人闷头进了桥上凉亭坐下。望莲嫂一屁股坐瘪了草帽顶，拧着眉毛直愣愣盯着桥下的水草。秋萍、秋芳斜靠着凉亭木栏杆，呼哧呼哧摇着草帽扇风。

　　"街浪儿，神他娘个屁！"秋芳恨恨地骂。

　　"一个月几十块钱，还不抵我一天一担柴哩，哼！"秋萍也恨恨地骂。

　　德英心下想：死婆娘崽，这阵子骂倪冬安、何凤鸣，那不是撩着嫂嫂伤心么！她偷着瞄了望莲嫂一眼，见望莲嫂眉心跳了一下，急忙岔开一句："娘个肠，那驼背佬真刁！"

　　"刁个屁！"秋萍倒想到了另一层，"赚钱谁不会？我要住镇上，也会贩买贩卖！"

　　秋芳不服气了："住镇上咋样？大娘养的？我们也搬镇上去住！"

　　"那呀，"德英是存心说笑，"嘻嘻，除非你在镇上找个女婿。"

　　"膈馊气！"秋芳没恼也没笑。秋萍见望莲嫂眼睛一亮，又直直地望着秋芳，想了想，喃喃地说："我看行。我们也去开个馆，莲姨掌勺，德英姐卖票，我跟秋芳跑堂！"

　　"就是么！莲嫂做吃的，味道准比街浪儿们强些！"

　　"别的咱不说，单只这态度，咱们就可以比他们好！"

　　"唉，别自个儿宽心啦，住哪儿呵？没见那疤子么？占他一会儿空地都翻眼睛哩!"

"走!"望莲嫂突然说。那三个一愣,便一齐莫名其妙地跟脚出了凉亭。

望莲嫂一路小跑,进了村各自分手回家。

晚上很好的月亮。五月初,山里的气候正是不冷不热。秋萍家的麦子铺在禾场上,夜里便在麦垛间扯起块薄膜,搭了个棚子,姊妹两个钻进去,仰面躺倒,默默地望着天上的月亮,心里老想着白天在秋阳镇怄的气。

山村里的夜,静悄悄的,黑黝黝的山影和农舍,静静地蹲在淡淡的月光里,虫儿倒在叫,小河的水也在流,可并不像小说里写的,像唱歌,像弹琴。

沙,沙,沙,有么东西踩得麦草响。

秋萍听见了,拐了秋芳一下,"秋芳,听。"

秋芳也听见了,不耐烦地:"是猪!"她顺手往外扔了个石头,"嘘——嘘——"

"死婆娘崽,你才是猪哩!"德英轻声骂了一句,一头钻进了棚子。

两姊妹一齐坐起来。德英说:"我刚刚去看过了望莲嫂。"

"她咋样啦?"秋芳问。

德英闷闷地说:"睡啦!"

"睡啦?这么早!"秋萍吃惊地说。

"娘的肠,都是叫那街浪儿气的!"秋芳愤愤地嚷……

躺在帐子里,振金听望莲嫂说要到秋阳镇去开馆子,便不阴不阳地说:"不是开馆吧?"

"放屁!"望莲嫂拍了丈夫一下,"不开馆为么事?你说呀?"

振金不躲不让,仍只不阴不阳地说:"看你,话没说完就打人!"

"你还有么好话说？"

"我是说，你是为了气气倪冬安、何凤鸣才去的！对啵？"

望莲嫂拧着振金的手松开了，说："那也不全是。"

"不全是？哎哟，好恶的蚊子！"振金说。望莲嫂赶忙翘起身，隔着丈夫伸手到帐子外拉亮了电灯，满帐子里找蚊子。振金躺着不动，说："要不是为这，那你就莫去秋阳镇。哎哟，好恶的蚊子！"

望莲嫂忙凑近来找，原来振金太睡向外了，手膀子抵着了尼龙帐子，蚊虫就隔了帐子叮他。望莲嫂把他往里一扒，说："死人，往里滚一点呀！"她够着扎好帐子门，见振金的手膀子咬出一串疤，便从枕头下摸出风油精，一边给他擦着，一边缓缓地说道："秋阳河里漂着金子，你也不许我去捡么？"

"捡金子，你也别上秋阳镇去捡！"振金乖乖地听凭妻子抹风油精，心里也是辣辣的。

望莲嫂停了手，冲丈夫一笑："咋样？就为镇上有个倪冬安么？豌豆、小麦全是咱种的，卖给人家赚咱的钱，那钱就天生该他们赚的？你呀，哼，反说我，你心里才老放不下个倪冬安哩。那好嘛，从明日起，我就大门不出，二门不迈，躲家里给你守闺门！"

……

"滚远些……嘿，孩子醒啦哩……"

……

第二天吃早饭的时候，望莲嫂找到德英家，赶巧秋萍、秋芳也在，望莲嫂端着饭碗，斜靠着门框问："咋日在女儿桥说的那话，你们是真心还是假心？"

"么样？"三个女子惊喜地围上来。

"夜里，到我屋里来商个量！"望莲嫂说。

四

这个"量"商得很顺利。望莲嫂是个风风火火的急性子,要做点么事,她也不先挂嘴上,可要是说出了口,那她就是累断手脚碰破头也是非办成了不歇手的。秋萍、秋芳这姊妹俩呢,人都说除开少点儿心眼之外,整个儿就是望莲嫂蜕的壳儿。这三个人凑到一处,自然一说百好,冯婶见有望莲嫂领着,也就放了心。只有德英怕丈夫不答应,有点儿吞吞吐吐。望莲嫂正是冲二傻子才死活要拉着德英出去,免得在家里受气。她自然还不懂经济独立对于妇女解放的重要意义,她只说:"谁也不少谁半个手指头,自个养活自个,看谁还敢给你气受!"因此她也不管德英允不允,包打天下包设龙筵,对着德英嚷:"孩子先求冯婶带着,跟我去,赚了钱一月给冯婶二十三十的,赚不了钱先欠她个情。你也不用怕振银,不为整治整治他,我还不拉上你呢。叫他尝尝味儿,他要真敢上街去闹,正好,乡政府在镇上,有地方讲理,讲不通理,离婚!"德英自然高兴,二傻子见嫂子口气硬实,只得不管。

开馆子不比卖豌豆荚,得有个固定的窝。事儿全是赶巧,七弯八拐地打听,德英从前的班主任熊子华老师,现如今就正当着文化馆的馆长。第二天,望莲嫂带着德英去拜见了熊老师。德英原是他的得意门徒,后又为她的不幸感叹不已。现今党的经济政策允许,他愿助这一臂之力,答应把殷疤子占下的那块空地给望莲嫂。这也叫冤家路窄。熊馆长原是看到那块空地叫殷疤子强占了去倒脏东西,整日引来苍蝇蚊虫无数,搞得文化馆门口成了最不文明之地,倒不如给了德英他们开馆子。振金和秋萍的两个哥哥前来搭了个芦苇棚子,熊老先生找了些硬板硬纸盒,指挥着将芦苇棚子内外夹了一层,糊上白纸,他又动手给画了些画,写了些字。还挥毫写了块漂亮的匾,名儿是从外地学来的,"好再来小吃店",望莲嫂说再加两个字,"野味",这名儿一挂出来,在秋阳镇可就算是新鲜得不得了啦!

店里卖些啥呢?望莲嫂也早想好了路数。说出来是八个字,两句文:山里出的,街上没的。秋萍、秋芳的两个哥哥,振金、振银两兄弟全都会打猎,要荤菜,不用家禽家畜,自有山中飞禽走兽。要素菜,那更是五花八门,无奇不有,却不用一样园子里种出来的,全村七户都乐意赞助。比如,水竹笋,咸椿尖,野花椒,野苋菜,蔓菁草,芒萁骨,细米蒿,野百合,野韭菜,野山苞,不少还是草药,兼着能治病哩。另有一些野菌子,只怕至今还没个学名儿。比如有一种草坡上长的菌儿,山里人叫它"蒂那菇",小的像铜钱大,大的有茶盅口那么大,墨绿色,米粒儿那么厚,四季都生长,嫩得就像有阵子大家都养的红茶菌一般。落雨打雷之后,便铺满了山坡,熟炒凉拌都很好吃,街市之上你到哪里去买得到?更加望莲嫂一双巧手,一样东西能做出百十种花样来。单说一样,你就是跑遍五湖四海怕也吃不到。她将那糯米浸了蒸熟,然后掺和十多种野蒿子,用手碓舂打,再用事先刻好各种龙凤图案的木印子印成粑,或咸或甜,或煎或蒸,那香气甜味,你纵有一百条舌头,也尝不尽呵!

秋阳镇南来北往的客商,平日上海、广州、南京、北京的尽跑大码头,名菜高厨见得多啦,不以为奇,唯有望莲嫂这小店的山珍野味不曾尝过。小店开张这天,菜牌子一挂,这些走南闯北的食官进店一吃,倍觉新鲜。于是交口称赞。一出店门,就为小店做了义务广告员。

只有一件事,很叫望莲嫂为难。搭棚子的时候,熊子华馆长就叮嘱过德英,叫她转告望莲嫂,"好再来野味小吃店"在开张营业之前,一定要到工商行政管理所登记,还要到卫生防疫站登个记,领一张营业许可证和卫生许可证。这是手续,不办不行的。自然，政府既然立了这规矩，那是该守的。只是领营业许可证偏要去找倪冬安，望莲嫂担心他会借个由头磨人钻烟筒子。也是她一时小心眼，自作聪明，她与秋萍、秋芳、德英商量："管他娘个肠，先开张再说。他不来找咱麻烦，我们就这么混着干，真要来找麻烦时，咱再说。"她这一招实在不怎么样，算是自己给自己下了根绊马索。

"好再来野味小吃店"开市大吉，顾客挤破屋。四个女子从早饭后一直忙到深夜十二点都关不了门。等到关了门，四个女子骨头架子都累散了，可她们心里都很兴奋。德英端出一簸子钱来，四个女子喜得有些神魂颠倒地围拢来清点。

"哎，整块的放一堆，角子归一堆呀。"

"晓得，晓得！"

"零分钱咋办呀？"

"没工夫数，先扒到一边去吧！"

四个人盘点了半天，还有一堆零分钱没清出来，秋芳先慌了，她等大钱清好，便喜得手舞足蹈地叫起来：

"咿呔，娘哟，两百七十七块啦哩！"

"嘿，只差三块就凑整数啦！"德英喜得满脸通红，轻轻地说。秋萍将簸子里的零分钱朝桌子上一泼，说："这里还有哩，何止三块呢！"一堆硬分币四散乱滚，慌得德英忙张开双臂在桌子面上打了一道箍。望莲嫂见了，笑眯眯说："疯子婆，这算个啥整数呢？三百块才算整数哩！"

秋芳说："三百算啥事哟。今日才半中午开张的，明日再早点，准能捞三百块！"

"那，"德英扒着算盘珠儿说，"每人每天就是七十五块哩！"她的眼里，闪着从未有过的奇异而兴奋的光彩，有些忘情地靠紧了望莲嫂的膀子。

秋萍提醒说:"本还没除开哩。"

望莲嫂一手挽着秋萍,一手搭在德英的肩上,紧紧地搂着。眼前的一大堆钱,的确使她兴奋。她从来也没想到自己还能挣这么多钱,如今,她完全沉浸在一种神奇的享受之中。她也很紧张。她被眼前自己太大的劳动成果吓呆了,震惊了。她沉思了一会儿,喃喃地说:"这么多,这么多,那哪行呢?"她看到姐妹们嘴都笑到耳朵背去了,她也憋不住笑。可她是个头儿,她又担心,这样下去行不?

"你是怎么啦?"德英见嫂子的脸色变阴沉了,不安地问。

望莲嫂缓缓松开了秋萍、德英,默默地盯着钱,深沉地说:"花的本钱也不多哩,赚得太多了,太多了!"她想了想又说:"咱们明日得压点儿价哩。"

像是抽掉了火塘的柴,沸腾的米锅立时平静下去了。四个女子一时都皱起了眉头。

"压价好么?"秋萍说,"还不如每份多给些呢。"

"给多了,人家吃不完,随手乱倒!"秋芳说。

"可压价,"德英说,"那,价码一乱,人家会说咱不是明码实价,要扯皮的哩!"

望莲嫂犯了难,她觉得姐妹们说得都有理。犹豫了半天才说:"明日分菜,还是在勺子上下点儿劲吧。德英也留点儿神,有买双份,劝他少买份,吃不完的,买半份儿也行。我再叫振金捎点儿荷叶来,有那买多了吃不完的,让他用荷叶包了回去。"

"行啦哩!"秋芳说,"只要吞得下,给他们再多些也行呀!"她说着,便打起了呵欠。这一下可不得了啦,其余三个立时就全传染上了,一个不了一个地接着打起来,一个个直打得鼻涕眼泪一齐来。

"呵哈——死婆娘崽,"望莲嫂打着呵欠骂秋芳,"无故骂人,小心口生疮。"

　　太晚了，夜深了。这四个山里的女子，头一回离家到秋阳镇上来做生意，她们的每一根神经都是紧张的，兴奋的。忙活时没觉着累，一歇下，谁不想趴下来好好躺一阵？望莲嫂心疼地说："睡一会儿吧。"自己便抢先动手，把两张桌子拼拢，抖开了席子。秋萍、秋芳到底是姑娘，心里无牵无挂，头一挨上枕头，便呼呼入睡了。望莲嫂倒下不久，也昏昏然要入睡，却见德英还坐着，便迷糊糊地催她道："德英，你也睡吧。"

　　"嗯。"德英应着，却伸手去取下了挂在棚顶上的马灯，捻大了灯芯，棚子里更亮堂了。

　　这个被无情的生活扭曲了性格的女人，她的心，长期被抑郁和自卑折磨着。但这抑郁与自卑，同时也培养着深沉。说真的，此刻，她也真想舒舒坦坦地偎着嫂子，偎着秋萍、秋芳姊妹睡一会儿。挤在姐妹们当中躺着，说着闲话儿，她可以享受到对学生生活的回忆，那种美妙的幸福。但她又不能睡，看到了那一堆钱，在姐妹们当中，有谁能有她那样兴奋，那样紧张呢？

　　造物给了她一副娇弱柔美的身姿，这对许多青年女子来说，该是多么贵重的资本呵！可生活对她偏那么不公道。娇弱柔美竟成了她受不完的折磨的祸苗，赎不尽的罪愆的根源。她没有体力，不会做农活，她没有别的山里女人那种提得起放得下的持家本领。她平日只能靠丈夫养活，像只娇媚的画眉，被生活关在笼子里。眼下，走进秋阳镇的第一天，在挣得这一堆钱里头，她自豪地感到，有自己的一份劳动。她在兴奋的同时感到震惊，在兴奋与震惊之中，又莫名其妙地产生了一种惊惶，她担心眼前的事实，会像梦醒了一样，在她一眨眼的工夫里头失去了！

　　德英取下马灯，放到自己身边，盘腿坐在桌头，端过钱簸子放在自己的双腿间，一双手紧紧地护着那只钱簸子。这一日，嫂嫂掌勺，秋萍、秋芳妹妹跑堂，她们做的全是力气活儿，自己哩，却只坐着卖票收钱。比起来，她们就太累了呵，让她们睡吧。可钱呢？总得有个人守着呵，今日太晚了，银行关了门，这么多钱带在身边，太不保险呵。对啦，明天到银行去存钱，可不能忘了提醒嫂嫂，咱这小店也得上税，明日一定要到税务所去一趟。

　　她这么想着，不由自主地把那些打了捆的票子码起来，围住那一堆零分币；过了一会儿，她又不安起来，觉得这样放更不妥，又重新扒开零分币，筑成一个圈，护住整捆的票子。

　　小镇街上的深夜，比山村里更静，连鸡鸣狗叫的声音也没有。身旁三个沉睡的姐妹，挽胳膊压腿，发出轻微的鼾声和梦呓。德英来来回回地把钱码了好几次。她呆呆地凝神望着这些钱，心头突然袭上来一层孤寂与恐惧。孩子睡了吗？小乖乖半夜要拉一回尿的，忘了对冯婶说哩，可别尿床呵。老大洗澡不敢下水的呵，唉……她爸怎样了呢？收了工，家里冷火消烟的，没人做饭烧水，没人浆衣裳，他难哩。唉，谁叫你无故作践我哩。唉唉，他人不明白，心眼不坏呵，又不会照顾自己，日子长了不行呵。唉唉，你个死鬼，要肯随我到这里来多好！肯么？哎呀，还是别来，千万别来呀！

　　她打了个寒噤，似乎看见振银真的来了，气冲冲地赶来的。一进店门就瞪眼、骂人，当着满店顾客扔了她的钱簸子，揪住她的头发往外拖，要拖她去离婚。

　　像腿上爬满了蚂蟥，像身上爬满了松毛虫，德英的心，立时战栗起来。

　　陡然间，她听到棚子外有窸窸窣窣的声音。她害怕了，仄起耳朵仔细听，呵！有人扒芦席墙！她吓得毛发倒竖，惊慌失措地大叫起来："谁？！"

　　静夜里这一声惊叫，把三个熟睡的女子全惊醒了。她们一齐弹起来，咋咋呼呼地叫喊着冲出了店门。

一条黑影倏地一闪,进了一条黑洞洞的小巷子,望莲嫂她们四个山里女子不敢去追,也不敢再睡了……

五

"好再来野味小吃店"这座普普通通的小小芦席棚子在文化馆门前一出现,立时就引起了整个秋阳镇的极度动荡和不安。

首先是一班哥儿们,他们被这家小店四个女子的漂亮脸蛋勾了魂。开张头一天,他们便像一群绿头苍蝇一样,嗡嗡嗡地飞进店里来,没头没脑地乱撞,先是围着德英嬉皮笑脸地问这问那,闹了一阵子,便一大群约着,挂着鞭炮直放进店来,说是表示祝贺,硬握着四个女子的手,死皮赖脸地不肯放。惹恼了秋芳姑娘,她翻脸一掌推倒了一个。他们便又三个一群,五个一伙,占住了桌子吆三喝四,闹了许久。还亏得熊馆长跑了来,连唬带劝的,才把那伙人哄了出去。

一班老居民心里更是不安。

这几年,政策开放了,石板小街上隔几天鞭炮一响,就会冒出一个几户居民合办的小铺子来,大家起先新鲜一阵,过了那一阵也就没事儿一样,各做各的生意,互不往来。唯有这几个山里女子办的芦席棚子小店,似乎给小镇居民带来了无法估计的威胁,它俨然一颗行将爆炸的原子弹,时刻都威胁着小镇居民的生命财产安全。

尤其是古井台旁近的二十几家小餐馆的店主们,更是惶惶然不可终日了。乡下芦席棚子小店一开张,眼见得顾客一群一群涌过去,他们的店里虽说并不比往日生意清淡,但他们的心却像被油煎熬。娘的,那些鬼东西哪里是肚子饿?全他娘的是色中饿鬼,见着那四个乡下女人漂亮,借着由头去调情!这些店主在心里这样骂,他们发着狠,剜肉剔骨也要把顾客拉回来!这不是大话,他们自有这样的本事！

这一天，他们都没心思做生意了，三三两两你来我往，都朝殷疤子的店里跑。对这件事，店主们都想看看殷疤子的脸色，听听殷疤子的口气。这是因为，第一，殷疤子在他们这伙人当中最有办法，他那心窟窿，比他老婆脸上的麻子坑还多，而他老婆脸上的麻子坑，填进一升豌豆，也不会滚下一粒来的。第二点哩，"好再来野味小吃店"离他殷疤子的店最近，要说威胁，殷疤子摊着大头哩。探探他殷疤子是个啥态度，没有错。

"我呵，哼哼，没态度！"殷疤子一边听着街邻们愤愤地议论吵嚷，一边漫不经心地搓他的麻花条子，两手麻利地扯起那麻花条子，"砰砰砰"地在案板上拍着，不动声色地说："如今讲自由啦，想干啥事就干啥事，卖人肉也没人管你！"

"嘻嘻嘻……"那些怀恨的店主们得到了心理上的满足，便放荡地大笑起来。

但这满足只是暂时的，没过一刻工夫，就又都愤愤不平起来。

有人骂开了："娘的，她们不在乡下种田，倒跑到镇上来跟我们抢生意，这不是蝗虫吃过了界么？"

"再自由，总不能自由到让他们乡下人上街来夺我们的碗边食呵！"

"就是嘛。老话说得有哟，一方土只养那一方人哩！"

"殷疤子，你他娘的倒在几个山里女人手上，就真那么服气？"

殷疤子并不恼，笑笑。仍不哼声儿。

"殷疤子，你是叫那几个乡下女人迷着了吧！"

"嘻嘻，你是想吃点'野味'啰？"

"我说，殷疤子，小心马大嫂砸了醋钵子，拿了马桶罩你那乌龟头！"

"他敢！他要去找那几个骚货，老娘就招野男人进屋！"马氏半真半假地说，立即就引起了一阵乱嚷。

"招我吧，马大嫂，我正没老婆。"

"招我，我姓牛，你姓马，这叫牛马配。"

"这叫放你娘的屁！"秋阳镇的话音"配"与"屁"是不分的，马氏这一句谐音，效果很好。

"嘻嘻……哈哈……嘿嘿……"

殷疤子半天没插嘴，等到众人笑累了，他才眉毛朝下撇了撇，下巴往上翘了翘，笑了笑，神气地说："咳，我殷疤子再大胆，也不敢去动官妓呀！"

"官妓？"一句话又勾起了众人的兴趣，一齐凑近来，央着殷疤子："快说说，快说说啥官妓？"

这些无聊的店主，平素对那些传说秘闻比对我们国家的足球队在国际比赛中成绩怎么样更为关心，而事关"好再来野味小吃店"，他们就更加关注了。一个个围拢来，睁大了眼珠子，撮起了嘴壳子，竖起了耳轮子，连那又酥又甜的香麻花也忘了嚼，急不可耐地催着殷疤子快说根源。

殷疤子这时候是存心卖关子，稳坐钓鱼台，不动声色，任人怎么催，怎么求，他也总只有那句话：

"我也是听别人这么说的，细末的事儿，全不晓得。"

"你听谁说的呢？"

"这就不能说了。各位宽心等几天，双猪同槽抢屎喷，咱们这小小的秋阳镇上，从今往后有戏看了，一出《抢郎配》，外加一出《广华山》！"

众人听得咂舌头，舔嘴唇。

殷疤子越是说得那么玄乎乎的，众人的心里就越是痒痒的，觉得这事儿，目下比任何事都更有打探清楚的价值，因而也就越发急着要殷疤子说出来，众人越是要求殷疤子说，他就越不肯说了。

这里众人正自苦苦哀求殷疤子，店门口又走进一人来，此人五十上下年纪，一张方脸盘，浓眉大眼，直鼻方腮，堪称相貌堂堂。只可惜前挺胸，后驼背，颈脖子全都缩进胸腔里去了，那张下巴便直挂着锁骨，显得比一般人都矮了半截。旧社会时因为寻花问柳，左边耳朵被人割掉了。

此人便是前面出现过的白铁老姜，如今开了家白铁铺，从没讨过老婆成过家，靠敲些煤油炉子白铁壶过日子。他也是小镇居民的领袖人物，而且，因为他略通文墨，下得一手好棋画得一手好画，威望远在殷疤子之上。

众人见了白铁老姜，便丢开殷疤子，纷纷起身相迎。

"姜师傅来啦！"

"姜师傅到这边坐吧。"

白铁老姜说道："不必客气。"早一屁股坐到电扇下，拈起一根麻花，一边嚼一边说："人马这样齐整，议论些啥事呢？"他说着，下巴往"好再来野味小吃店"歪了歪，说："是那边的事么？"

"姜师傅，你可不能闲在一边呀！"

"旧社会叫打码头，抢行，新社会叫竞争，一样的事儿一样的理，你们这几位都是行家啰，闭起眼来也输不了的。"他装模作样地用麻花在手心上不紧不慢地敲着说："老殷呵，夜里到井台酒楼上去杀一盘，怎么样？"

白铁老姜说完，起身出店，这里众人便也纷纷散去。殷疤子心中有数，吃了晚饭对马氏交代声，便直往古井台的酒楼上去会老朋友白铁老姜。

这两位在古井台边酒楼上摆开了棋局，一直杀到深夜一点多。两人见周围无人，鬼鬼祟祟半个多时辰，殷疤子这才笑眯眯地一路哼着《小寡妇上坟》回到家里。他进门轻轻地喊了老婆几句，却不见动静，心里挺纳闷儿，便朝帐子摸去，以为老婆八成睡死了，他打算上去将她掖醒。哪知刚走近床,那灯便"吧嗒"一声自动亮了,只见马氏一盘腿打坐在竹凉床上,黑麻子更黑了,瞪着殷疤子,劈头盖脑甩过来一句:

"几时散伙的?"

"刚散呀!"殷疤子讨好地笑着凑近去。

"哼!"马氏一声冷笑,"叶家那寡妇婆也去了吧?"

殷疤子脸上掠过一丝慌乱,老婆说的是面食店的叶清霜,他便拐着弯儿说:"那是白铁老姜找她有事,她只坐了一会儿。"

"你到寡妇婆屋里去了?"

"瞧你,瞎嚷啥哟!"

"我瞎嚷?白铁老姜跟她有年头了,你去挖墙脚,当心白铁老姜割你的耳朵!"

"哎呀,都啥时候啦,你就别老惦着那老账,学白铁老姜说的话,现如今咱们都要抱成团对付那四个乡下女人!往后,你可别再跟叶清霜闹啦哩,有那醋劲儿,你们两个相帮着,上那边芦席棚子里闹去!"

殷疤子这段话诚挚恳切,晓以大义,马氏果然变了颜色,问:"你白日里说的那伙女人的事,真的么?"

真的还是假的呢,殷疤子难置可否。这位殷疤子也真姓得不错,他实在不像个阳间人,鬼得很。自从那日振金来搭棚子,他就四处打探,后来终于从白铁老姜那里探得望莲嫂与倪冬安原是姑表,自小定亲。后来,倪冬安与当时的公社妇联主任何凤鸣勾上了,就与望莲嫂解除了婚约。

他打探到的,也不过如此而已。不过,说惯了假话的人,即便对自己的堂客说话也是要掺假的,不然,他就会觉得自己吃了亏,折了本。这会儿关了门,他便现编现纂,对堂客说:"你晓得那个叫望莲的女人,是怎样搞到营业许可证的?"

马氏拍着老蒲扇，痴痴地望着老公。

殷疤子自问自答："拿人肉跟倪冬安换的！"

"嘻嘻，那难怪！"

"那女人小时跟倪冬安定亲，姓倪的一表人才，风流公子，光在麦麻地沟里，就有过十几回哩！"

"哎哟，手指头咬在那女人嘴里了！"

"就是哩。如今摊上何凤鸣那么个丑货，姓倪的甘心哇？"

"呵！"马氏恍然大悟，"他就把野味带到镇上来啦！"也真是一床被子不盖两样人，马氏由此及彼，立时就有了对付望莲嫂的法子，喜形于色地说："那只要给何书记漏个风，不愁赶不走她们！"

"那还用你说？"殷疤子从身上掏出一张叠成四方块的纸说，"明日，你跟叶清霜就同大伙一道去找何凤鸣，记住你要说的话……"

殷疤子交代过老婆，又抖开那张纸。是张漫画，中间睡着赤条条的一男一女，胸贴胸地搂着，嘴对嘴衔一张营业许可证。殷疤子指着画说："老姜现画的，我立刻就去贴，你帮我望风。"夫妇俩收拾了一下，出了门，贼一样摸到芦席棚子边，一个望风一个贴，刚糊上去，冷不防德英一声惊叫，吓得殷疤子撒腿就窜进了黑巷子。

也是该着望莲嫂她们要出这场祸事。这四个女子平素都是极细心的，今夜一来是受了惊骇，只见着那个人影朝巷子里跑了，她们人地不熟，便不敢去追，二来呢，也没料及天下竟有这等黑心肝丧德之人，四个人只说那贼没偷到东西去，便急着挤进屋去，又忙着动手烧火沏茶了。

六

第二天一清早，那张不堪入目的漫画，弄炸了"好再来野味小吃店"。画前围着的人,越来越多,人们吵吵嚷嚷,骂声不绝:"缺德,这太缺德了!"

"哪家没姑娘大姐。这种人,真他娘的不是东西!"

"阴心害人,该剐!"

"揭下来,送到派出所去,把这人查出来惩治!"

秋萍、秋芳姊妹两个早气得发了疯,一双眼球血红血红。猛然翻身冲进厨房,呼呼一人抽出一把雪亮的菜刀,反身就往外冲。德英本来伏在桌子上,哭断了肝肠。这个可怜的女人,心里总是卑怯的,她认定那张画里的女人,指的就是她。妯娌姑嫂四人当中,只有自己的名声不好。都怪自己夹在里头,叫坏人钻了空子。这全是自己坑了"好再来野味小吃店"。自己对不住嫂嫂和秋萍、秋芳,无论如何,自己再也不能在这儿待了,不能害了姐妹们!

一想到要离开这儿,要离开望莲嫂,就有万把尖刀扎着德英的心。这个可怜的懦弱的女人,这多年来一直自己看不起自己。可这几天,她随着望莲嫂一起到这镇上来经办"好再来野味小吃店",又似乎隐隐约约地在生活中找到了自己的地位,找到了自己的价值。她正怀着极大的希望和兴奋走向新生活。现在,一张可耻的漫画,仿佛卷起了一股恶风,突然吹灭了她心中刚刚燃亮的那盏明灯,又使这个自卑自叹的可怜女人沉落在恐怖和惊悸的黑夜中,她不敢向前,也不敢向后,她从来也没有像今天这样深刻地体味到屈辱的苦味!

她没有言语,言语不足以表达她此时复杂的情感。她只有泪水。伤心、懊恼、仇恨全融在这滚滚的热泪里。她正哭得伤心,猛听得身后有菜刀的撞击声,她惊恐地扭过头,看见秋萍、秋芳披头散发,怒睁的眼珠子充着血丝,闪出两道杀人的凶光,发了疯似的,要朝那些看漫画的人冲去。德英吓死了,泼了命扑上去,死死扭住秋萍、秋芳,声嘶力竭地呼喊:"嫂嫂,嫂嫂——"

望莲嫂无力地倚着门框，像个木头人，两只无神的眼睛，直瞪瞪地盯着街上的人。德英那撕裂心肺肝肠的呼救声，她完全没有听见，或者听见了，却无心理会。德英绝望了，被秋萍、秋芳摔到地上，她就一手死死抱住秋萍的脚，另一手又死死抱住秋芳的脚，跪在地上苦苦哀求："姑奶奶，千万不能闯祸呵！"

疯狂的愤怒，使秋萍、秋芳产生了一股疯狂的力量，拖着躺在地上的德英往前冲，一直冲到门口，德英急了，双脚急忙死死钩住旁边的一张桌子。

"你给我滚开！"秋萍朝她怒吼！

"我剁了你！"秋芳双眼快要瞪破了，恶狠狠地一刀劈下来。德英本能地吓得缩回了手。

秋萍、秋芳咬着牙，瞪着眼，一声不哼，举着菜刀直扑那漫画。那些围着漫画的人全被吓呆了，一声惊恐的怪叫，纷纷向两边躲闪。秋萍、秋芳扑到漫画前，举起菜刀，朝那漫画"砰砰砰"一气猛剁。

两把菜刀飞起飞落，寒光闪闪，姑娘咬碎牙齿，是在剁心中的仇敌！

猛地，望莲嫂也疯狂地扑了过来，伸出两只铁钳子似的手，狠狠地抓住了秋萍、秋芳姊妹俩手里的菜刀，瞪着她们，狂暴地怒吼："住手，留着它！"

所有的人都惊呆了。

秋萍、秋芳不顾一切地挣扎着，但她们终于挣不脱望莲嫂那双坚强有力的手。姊妹俩扭过头来，也是恶狠狠地盯着望莲嫂，双眸里射出愤怒的光芒。这两双愤怒的目光，与望莲嫂那双坚定的目光对视了片刻，终于低落了，移开了。

"哐当"一声，两把菜刀落地，秋萍、秋芳俩姊妹再也支持不住。

"莲嫂——"一声凄楚的呼叫，秋萍、秋芳姊妹俩，双双扑到望莲嫂的肩上，失声痛哭起来。

　　德英跪在门口望着嫂嫂哭，秋萍、秋芳姊妹伏在嫂嫂身上哭。望莲嫂的肩上、心头压着千斤重担，她咬紧牙关挺着，努力控制住自己的感情，不让自己的嘴唇颤抖，不许自己哭出声来，但泪水却冲决了她感情的长堤，猛然间唰唰地往下流。

　　"好再来野味小吃店"的门口，这会儿早已聚集了二三百人，把古井台这段街填了个严严实实，快要挤垮那座旧牌坊了。人们咒骂，劝慰，不平，叹息，怒吼，一片愤怒，一片混乱。

　　蓦地，望莲嫂唰地一袖子抹干了泪水，愤怒地冲自己的伙伴喝道："别哭丧啦，都起来，烧火，沏茶！"

　　秋萍、秋芳、德英三个被这一声忽喝惊呆了，一齐止住不敢哭了。她们呆呆地随着望莲嫂走进了店门。

　　那几百号人也重被那一声断喝惊蒙了，尽都呆头呆脑地像木偶似的，随着望莲嫂朝店门涌来。没有人带头，也没有谁相邀，几百号人全像心里拴了根线，那线的另一头就牵在望莲嫂的手里。

　　望莲嫂径直走进"好再来野味小吃店"的灶房，从墙上取下那件新做的雪白的围裙，从容地抖了抖，系到腰上。然后，一手抄起勺子正要往锅里舀油，一回头，她看见店内店外几百号人全瞪大了眼睛，惊奇地望着自己，猛然间，有一股无形的力量流遍全身。

　　她心中一阵激动，举着勺子没有去舀油，只是拂了拂围裙，拿着勺子，噔噔噔几步走出来，站在店堂中间，庄重地冲众人一笑，手中的勺子一摆，不慌不忙地提高了嗓门说："各位同志们！"这是她多年来，参加各种会议，从干部那里学来的一句称呼，她并不知道这称呼并不那么合语法，她只觉得比叫"大伯们大叔们""大嫂姐妹们"更能表达她此时亲切、尊敬的感情。她朝所有的人诚恳地望了一眼，几百双眼都朝着她，那目光里满是真诚的同情和安慰。她报大家感激的一笑,接着,她动情地叫道:"各位同志们,多谢大家。有要在小店吃点啥东西的,不嫌弃,就请找个地方坐下,立刻就给你做来。秋萍,秋芳,"她转身招呼一声,"招待客人!"

许多人挤着坐下了,没挤到位子的,也规规矩矩地站着,没有一个人出声,没有一个人晃动,全都全神贯注地注视着望莲嫂,人们像是一群虔诚的宗教信徒,在参加一个庄重而圣洁的宗教仪式。

人的变化,在很多时候是爆发性的,是一刹那间的事!望莲嫂这人,的确是泼辣的,但那种泼辣,往往只拘在灶台小屋之内,姐妹妯娌之间,这个山里的农家妇女,在正儿八经的会议上,在大庭广众之中抛头露面,一大篇一大篇地慷慨陈词,她是怯场的。

但此刻,在一刹那间,她的性格发生了突变,她的心中有一股子恶气在撞击着,她要向全社会呼叫,控诉——这,也许就是人们常说的"不平则鸣"?!

她镇静地在众目睽睽之下向前迈出两步,平静地微微一笑,用极其平缓的语气开口说:"我是个妇道人家,又是山里人,没见过世面,不会讲话。今儿有几句本不该讲的话,讲出来,还求各位同志们担待着点。"她抿了抿稍稍有些蓬乱的头发,又望了人们一眼,算是赔了个礼,接着说:"如今哩,本是借了党的政策的胆,我这姑嫂妯娌四个,才敢到这镇上来凑这份热闹。想这镇上的爷儿们(她到底回归了她的本色,把"各位同志们"改为了"爷儿们"),也不会欺生,何况对我这四个女人呢?学人说的那话,家屋里少个瓢缺个碗的,那是常有的事,可哪家还能没个姑娘姊妹呢?作践人家屋里的女子,哪不想想自个儿呀?"

"是呀,是呀!"人们像醒了似的,应和着"那不成了畜生了吗?"

望莲嫂接下来说:"咱山里人性儿憨,礼数少,要说有对不住各位爷儿们的事儿,各位爷儿们挑明了教导我们,咱感激。可咱也丑话说在前,"她那语调陡然变急促了,"咱山里人憨,对人是实心坨子,可要说对付野兽畜生,斗胆说句大话,只怕比大码头的人还强!"她说着抬手一指屋外,"那张混账画儿咱不叫撕,就是要叫世人看看,那到底是丑了咱呢,还是丑了那瞎了眼、黑了心的野杂种畜生!"

她咬牙切齿地骂起来。这时候,太阳出来了,门口射进来一束灿烂的光辉,像聚光灯似的罩着望莲嫂,她那健美的脸庞上泛起红扑扑的光,双目瞪得溜溜圆,放射出两道坚毅的光芒:"想要挤我们走,他娘算少怀了他两月,他还不成器!这大镇子,一日进进出出万数人,这钱,咱也赚得!咱既是来了,那就是板上钉钉,铁榔头休想敲得动咱!不是咱这女人泼恶逞能,咱凭政策!"

她的声音成了怒吼,像雷鸣般传了出去,人们疯狂地鼓起掌来,先是屋里的人鼓掌,掌声传出来,把古井台塞得满满的人,镇上人,乡下人,外地人都疯狂地鼓起掌来。

这爆发的掌声,烘托着望莲嫂的话语,孕育着一种摧枯拉朽的力量,在空间冲撞。坚实古朴的古井牌坊在这掌声中颤抖着。

这气氛,使望莲嫂更加振奋了,她接着说:"谢谢大家捧场!今日咱半卖半送,好在东西是自家出的,贵点贱点,咱横竖也只亏一身汗。今日爷儿们要吃点啥,只管说,不用排队买票,先吃后给钱。秋萍、秋芳,你们来端菜,德英你干你的,先去税务所缴税,剩的钱存在银行里去!"

话音一落,望莲嫂仄身进了灶房,不大工夫,便有一股奇异的香味飘出来,众人惊羡不已,一边兴奋地交谈着,一边在一张张桌子边排起了长长的队。

望莲嫂站在锅台前,灶里的硬柴火正旺,火苗蹿出了灶门,铁锅烧得通红。她舀了一瓢油倒进去,锅里立时就突地蹿起了一团火……

七

　　几天之前，为了"好再来野味小吃店"的营业许可证问题，何凤鸣与秋阳乡乡长李金吾大吵了一场，然后，怒冲冲乘班车上了县城。

　　何凤鸣交代倪冬安，没有镇党委的文字批示，不能给望莲嫂签发许可证。倪冬安心里很不自在。可心里的话又不敢当着何凤鸣的面说出来，得罪表妹望莲，他不忍，得罪老婆何凤鸣，他不敢。他成了可怜的小媳妇，起早了，丈夫要打，起晚了，公婆要骂。他苦恼地思寻一条解脱的计策，却又苦苦想不出来。万般无奈了，他只得硬着头皮去问计于他的老师熊子华馆长。老先生对自己昔日的这位得意高足，是又疼又恨。要不是历史的误会，这孩子也许是个很有才华的大学毕业生了，可如今，他却落得这番景况，够苦的了。可他做人又太没骨头了！以往，熊老先生是不大理倪冬安的，可这会儿，他却又动了恻隐之心，说："你为什么不去找李乡长呢？"

　　倪冬安照老师的盼咐，找了李乡长。这一天，李乡长来找何凤鸣，为了保护倪冬安，他只得说情况是望莲嫂反映的。

　　"她倒有通天的本事哇！"何凤鸣冷笑道，"还晓得到你那里告我的状！"

　　李乡长看出这女人态度不对头，心里很恼火，可想到自己是才提起来的乡长，而何凤鸣到底是老干部了，得尊重她些。何凤鸣也正是仗着这一点。她想，三个月前，你李金吾不过是我手下的一个中学教师，一火箭坐上来，如今倒了个，轮到你管我了，行呵，到你那里告我的状，你就来处理吧！她不动声色地稳坐在藤椅上，拨慢了台扇的转速，让风悠悠地吹着。

　　李金吾忍气吞声，很有分寸地说："何镇长，李望莲她们的申请，是合理的呀。"

"不错,"何凤鸣说,"中央精神规定,农民可以进城做生意。"她拈起桌子上的一支笔玩弄着,"可中央并没有规定,农民要进秋阳镇来做生意!"

狡辩!她拙劣地钻字眼,把秋阳镇独立出来,又狡猾地把"可以进城"改成"要进城",意思就大不一样了。也许,她不是有意的,她还没那样的水平,她只是下意识地、本能地用歪理来达到自己的意图,这一招不是更可怕吗?

李金吾心中一阵厌恶。他想:这种下意识地、本能地歪理横扯的人,目前,在我们农村基层的干部队伍里还少么?李金吾耐住性子开导:"何镇长,秋阳镇也在中央文件指示范围之内呵!"

"李乡长,你这话我懂!"何凤鸣先动了气,提高了嗓门说,"我这秋阳镇,庙本来就小,和尚尼姑加道士,挤得都没插足的地方了,稀稀清水粥本来就不够分,她们是有饭吃的主,也跑来抢一勺子,镇上吃商品粮的无业居民怎么办?不是我故意出难题,我是镇长,也是镇党委副书记,我有我一本难念的经。我不能不为全镇居民的衣食操心。你乡长是新干部,思想解放路子多,你要能给我解决无业居民的问题,我保证服从你的命令,我要说话不算话,我不是人养的!"

这种粗野的撒泼实在叫人无法容忍。李金吾的太阳穴急剧地突突猛跳。他啪的一声站了起来,真想痛斥何凤鸣。她的话里分明充满着对自己的威胁,对中央精神的强烈不满,对机构改革的冷嘲热讽。但她又把这一切全都置在一个红玻璃罩里!她恶毒地把中央政策与城镇居民的物质利益对立起来,然后,再把自己打扮成一个为民请命的角色,似乎她是为了小镇居民的生存,不得已才抵制中央政策,这不光是狡猾的对抗,而且是恶毒的挑拨!以秋阳镇活动市场之大,哪里就容不下一爿小店呢?李金吾明知,何凤鸣只是出于一种十分丑恶的阴私心理,才容不得望莲嫂——多么可恶呵,这种人竟也是我们共产党的干部,她把这个小镇当成了她的领地!——他真想一句话捅破这层纸!

但,他不能这样做。这种人的丑恶的阴私往往通过与社会的丑恶势力的勾结,再用革命的辞藻和手段掩盖起来,李金吾一时还没有力量打破它。如果他一时冲动,揭穿何凤鸣的阴私心理,那么,后果将更加无法收拾。他既然不能说出真话来,只得顺着对方的谎言做文章!

"可是,秋阳镇并不是你所说的那样,往来的外地客商,日以数万计,饮食住宿服务行业生意很好,镇上居民并不存在就业问题嘛!"

"你能保证?"何凤鸣说,"李望莲一带头,四乡农民涌进来,日后就不会出现镇上居民的就业问题吗?"她的话,咄咄逼人。

李金吾忍无可忍了,严厉地说:"至于十几年、几十年以后怎么样,小镇会不会变成大镇,那没法估计,你也难说,四乡农民就一定都会往秋阳镇上涌。如果真是那样,我也敢说,那就说明这个地方的确容得下那么多人,那也就不是谁阻挡得了的,否则,人们也会在新的环境里寻找新的生存门路!"

理论探讨,必须对手也懂理论。何凤鸣根本不把李金吾的高论放在眼里,她见李金吾发了火,一点也不示弱,呼地站起身,啪一声按了电扇摇头开关,风向便固定了,只向她吹送凉风。她大声说:"李乡长,我水平低,听不大懂你的话。你是乡长,你当然要从全乡的工作考虑,我也得保护我的小镇!"

"请问,到底是乡管镇,还是镇管乡?"李金吾失了理智,他愤怒地质问。

"你管我!"何凤鸣道,"这没问题。可是如果你对下面干部职权范围内的事,也横加干涉,那还要我这个镇长干什么?"

李金吾气得再说不出话来,过了好半天,才说:"那好吧。我建议，我们乡镇两家党委和政府开个联席会议，让大家来讨论这个问题！"说完就愤然而去。

何凤鸣不想开这样的会。她估计李金吾败回乡政府之后，必然要向县里汇报。她清楚，县里对这号事的意见也不是没分歧的。她得到县里去找人。于是当天便赶进了县城。

但她并没有达到预期的目的。

她最敬重的那个老上级也劝她给望莲嫂签发许可证。但她并不是空手而归，她从那老上级口里听到了她需要的口气。然而，从县里回来，也说不清是为什么，她到底还是有些胆怯。可她是个刚强的女人，事关自己的切肤之痛，她不能就此认输。她还有一张王牌没打出去。她可以赌最后一局——利用镇上的居民向乡政府施加压力。这一着棋，进可以攻，退可以守，她是主动的。

她在车上把一切都计划好了，回到家里，没见着倪冬安。她洗了一把脸，正准备出去，白铁老姜领着米面摊的邹永祥，水饺店的胡德启等一行五人来了。她把他们让进客厅刚坐下，跟脚又进来了面馆寡妇叶清霜，麻花店麻马氏。过了一会儿，又来一伙。就这样三个一群，五个一伙，零零散散地来了三十六家小店主。他们都装着是无意碰到一起的。何凤鸣心里明白，这伙人原是约好了的。她也不点破，心里一阵高兴，暗想，我正要找你们哩，你们也不用跟我躲躲闪闪的。眼下这场斗争，我少不得你们，你们也少不得我！

"有事吗？"等到大家都坐好了，她故意问道。

邹永祥抢先发言："何镇长，有四个乡下妇女，在古井台那儿开了个小餐馆哩！"

"她们开张啦？"何凤鸣吃惊地问。

白铁老姜看准了何凤鸣的神色："昨天就开张啦哩！"

这消息确实使何凤鸣吃惊不小。难道倪冬安给她们签了营业许可证？一想到这一点，她就有些难过，她最怕的是，倪冬安在心里暗向着李望莲。为什么偏偏在自己离开秋阳镇的时刻发给她们营业许可证呢？会不会是丈夫故意这样做？

何凤鸣想掩饰一下自己的情绪，急忙起身朝厨房里走去。有心人白铁老姜看得真切，连忙向叶清霜、马氏递了个眼色。两个女人立即故意咬起耳朵来。何凤鸣躲在厨房里，只隐隐约约听见那两个女人说到什么"好再来野味小吃店的漫画"，"倪所长跟那女人……"

何凤鸣心中的堤防，被这几句断续的话掀起的巨澜哗啦一下冲塌了。她再也忍不住了，要走出来问个究竟，却又听见白铁老姜在阻止那两个女人。

"不要瞎说啦，弄不好要出人命的！"

何凤鸣放慢了脚步，她在思考，该不该在这种场合把话捅出去？

她目光呆滞地缓步回到了客厅，默默地坐下来，客厅里出现了一阵令人烦躁的沉寂。

胡德启性儿急，说："何镇长，人家来抢我们的碗边食，你不能不管呵！"

何凤鸣努力使自己平静下来："我怎么会不管呢？为这事我都与李乡长吵翻了，他批评我搞本位主义哩！"

"反过来批评您呀？"

"这也太不公正了！"

三十六个人乱纷纷、气愤愤地叫嚷起来。何凤鸣说："如今生米成了熟饭，我又有啥法子呢？俗话说，解铃还须系铃人，你们最好能找李乡长反映一下，你们自己也可以从多方面去努力嘛！"

这是一种再明显不过的暗示，白铁老姜心里更踏实了。但说到去找李乡长，他头一个犯了难。这位新乡长性儿怎样不摸底，新官上任三把火，有戏无戏，头场莫去。人家并没有抢我的行，万一这位李乡长问我个故意聚众闹事，如何得了？邹永祥见白铁老姜缩了头，没了主心骨，便忙说自己也去不得。这两个人一说不去，跟着就有一二十位借由头不去了。气得何凤鸣直在心里骂：扶不起的烂泥墙，只想到利用我，我利用利用你们，就全他娘拉了稀！这局面恼了胡德启，他呼地站起来，点着那些人的鼻子尖："你们不去，老子去！剁下脑壳碗大个疤。娘的鬼，平日里一条街上住着，你咬我，我咬你，咬得头破血流也不让，遇上这公众的事儿，你们就全他娘的缩乌龟头，都他娘的白喝了几十年秋阳古井的水！"

何凤鸣笑笑说："李乡长也不是三头六臂青面獠牙，吃不了人！"

八

"啪"，何凤鸣从街上看过漫画回来，一进卧室就发泄地打开电扇，提起拉丝玻璃杯，咕、咕、咕，一口气喝了三杯凉开水，身上的汗立时拼命往外冒。

倪冬安给她留下张字条儿，说是下乡去了。他是晓得她今日回来的，竟然不在家里等一下，像是有意躲开她。她心中猛然升起一股酸楚，她真想痛哭一场。她痛苦地环视着这个摆设入时的房间，心里更觉得空荡荡的，很不是个滋味。

一整套流线型的家具，漆成金黄色，映衬着乳白色的四壁，屋内显得富丽堂皇。房间是够大的，也不知出于怎样的心理，她把电冰箱、洗衣机、缝纫机、嘉陵摩托车也全摆在这间漂亮的卧室里。

她的卧室是不贴画的，她看不起那些庸俗的布置方法，她尤其看不惯那些胡里花俏的女人头像，那有什么教育意义呢？现在简直就买不到一张名贵的画，因而只在床头柜上方挂了一幅挂历，但并不掀开它，因为封面上印有"湖北日报社赠"几个烫金字，她舍不得埋没了这几个字。她也有一张很漂亮的书架子，玻璃柜窗内还遮着天蓝色绸帘子。但那是不常开的，里头装的是报纸、学习文件，《红旗》《党员生活》，全是组织上发给的。因为丈夫爱看文艺书，她便花了不少钱给丈夫订了《人民文学》《人民画报》《解放军文艺》《解放军画报》。至于别的文艺期刊，她是不屑一顾的。中央一级的保险，地方出的东西，谁晓得对不对，乱七八糟的，别把人的思想看坏了。

这屋里，她最满意的是那十盆花。每只花盆都是花了大价钱购置的精品，每盆花都用一只小巧玲珑的茶几托着。养的花虽然极一般，但这陈设却给她带来了无限的荣耀！凡是进出过她这间卧室的人，无论职位高低，无论来自哪里，都对这十只花盆茶几叹羡不已。

这是她费了多少苦心经营起来的一个家呀！她不能失去它，她要不顾一切地来保护它！

倪冬安留下的那张字条儿，就压在她的写字台上。她愤怒地冲过去，一把抓起那张可恨的字条儿，揉成一团，猛地划着了一根火柴，一束小火苗，就捏在她手里燃烧着……

写字台的桌子面，漆得像玻璃板一样，能照得见人。火柴闪光，何凤鸣从桌面上看到了不愿意看到的自己的脸，她更伤心了。

取笑人家的破相，那是不道德的，人，哪个敢说这样的大话：一辈子不得破相，不长疤长瘤呢？

何凤鸣的长相原先并不差，那脸形是可以跟望莲嫂媲美的！

都怪那一年搞"四不清"运动（她一直是这样称呼四清运动的）。那年，她还是个十五六岁的姑娘，工作队培养她当积极分子。有一夜，准备开大会斗争"四不清"干部，她去准备汽油灯。汽油装在一个紧口小坛子里，不多了，天又打了夜影子，屋里看不见，她划根火柴想照照坛子里还有多少油。可万没想到，火柴一伸过去，那坛口就噌地冒出一股烈火，把她的脸烧了个稀巴烂——从此，她才晓得汽油为啥叫汽油！原来它有能着火的气！

她被送到区医院，偏那些该死的医生又不负责，让烧伤的地方全都化了脓，到如今，她就落了一脸疤痕！

美丽的面容被毁了，这是多大的痛苦呵！但不幸的事故，有时却可以带来终生的幸运。她作为对敌斗争的英勇战士登了报纸（她从此便也晓得了报上的文章是怎么回事），脸上的疤痕是她立功的奖状，她因此而当了公社妇联主任，成了吃商品粮的正式干部。她的哥哥也托福，由一个将被开除的民办教师，一下子成了模范教师，转正当了校长，后来又成了县委组织部主管干事（现在还是，连李金吾也归他管着哩）。她的入党介绍人，当年的四清工作团团长，如今还是县里的重要领导，一直视她为掌上才女！

后来，她的年龄一天天大了，婚姻成了她的一块心病。公社里有两个干部，老婆离得远，曾经掀过她的帐子，钻过她的被子。可当她提出要与人家结婚时，人家就赶快躲开了她。这些坏种是渴了吃黄瓜，饿了吃山楂，不过应应急罢咧，没真心呵！

她接受了生活给予她的惩罚，她从此再不随便与那些男人混了。她在用心侦察，她要选准捕捉目标，抓一个可靠的俘虏！她在公社工作，她很熟悉一些干部是怎样利用招工这个武器俘虏一些女青年的，她也有这个权力，为什么不用？为什么不可以俘虏一个男子呢？

老天不负苦心人，她终于抓到了倪冬安。这个漂亮的小白脸，急于脱离农村，何凤鸣几乎没费劲就拥有了他！

结婚之后，为了摆脱望莲嫂对倪冬安的牵肠，她申请调任秋阳镇，苦心经营，总算两口子业成家立。说实话，对倪冬安，她实在称得上是模范妻子，她要用妻子的温存贤良来补偿自己长相上的不足。

可她万万没想到，倪冬安竟这样没良心，又把望莲嫂勾到镇上来了。谁的眼里揉得进玻璃碴子呢？吃醋，绝不只是女人呵！

何凤鸣努力克制自己的感情，让自己在屋里渐渐冷静了些，将那张被自己揉成一团的字条儿重新抖开来，拂平了，叠好，装进了抽屉里，这才慢慢地走出卧室，来到镇公所，正好办公室里只有向秘书。

"那个'好再来野味小吃店'到底是怎么回事？"她极力保持平静地问向秘书。

向秘书翻着笔记本说："我正要向你汇报这事儿哩。"

何凤鸣心里说：你倒会卖乖，我不问，你也不正要向我汇报。其实，这回向秘书说的是大实话。镇党委的头头们，开会的开会去了，学习的学习去了，出差的出差了，单留他一个小秘书看家，出了这种新鲜事，他敢不汇报么？

"那是山沟大队陈家泉塘四个妇女开的。"向秘书小心地措辞，结果话还是被何凤鸣打断了："这我晓得。我只想知道，她们是农村户口，怎么可以到镇上来开店哩？要照她们那么搞，将来怎么得了？所有的乡下人都往镇上涌，镇上居民到哪里去找饭吃！唔？"她觉得自己这段话最精彩，又搬了出来。

"是呀，是呀。"向秘书莫名其妙地笑笑说，"我也是这么想。"他认真地考虑措辞，要提醒何镇长，乡下人进城开店，中央文件是允许的，可又不能逆着了何镇长。便说："虽说中央最近的文件规定允许这么做，可当着您何镇长不是外人，我也敢暴露思想，这条政策我还没吃透哩！"他是宁愿得罪远隔万水千山的党中央，也不敢得罪近在咫尺的镇长大人的。他很满意自己的这篇措辞，没想到何凤鸣说出一句话来，倒把他噎了个倒抽气。

"不要犯自由主义。党员嘛，要有党性，怎么能这样对待中央政策呢？"何凤鸣很严肃地批评着，"只是我们这儿有些特殊，具体情况具体对待,我们应当耐心说服她们到外地去开店,兔子不吃窝边草嘛,不能随便给她们发营业许可证!"

妈的,好听的都叫你唱啦!向秘书心中骂着,可表面上还得装出虚心接受批评的表情,说:"我们并没有给她们发许可证。我问过倪冬安同志,他说'好再来野味小吃店'根本就没有向工商行政管理所申请营业许可证,这责任就应当由她们负了!"

向秘书的这番话,使何凤鸣十分高兴。她想到倪冬安并没有私自给望莲嫂签证,说明他对她还是忠诚的。何凤鸣因此得到了安慰。但她也决不能容望莲嫂留下,那女人留在镇上,天长日久,总是条祸根哪!既然她李望莲还没有拿到营业许可证,那么,要赶她就有办法了!

"这么说,她们是无证营业啰?"何凤鸣意味深长地问。

"是呀,是呀!"

"那怎么行呢?为啥不管?"

"领导同志都不在家呀!"

"那你也可以出面管管嘛!"

"我想,我想,你今日会回的哩!"

"好了,别说啦,"何凤鸣手一挥说,"你去把她们的负责人找来。"

"好,好。"向秘书答应着,一溜烟跑出办公室。

九

那张漫画,对望莲嫂她们四个山里女子的打击是沉重的。

赌着气,"好再来野味小吃店"硬撑着,营业了半日,过了三点钟,顾客见少了,望莲嫂也实在支持不住了。她感到浑身软沓沓的,脑壳一阵阵昏沉,一阵阵像锥子钻地疼。

"秋萍，瞅准了空子，关门吧。"她趁着秋萍进来端菜的时候，轻轻地交代。秋萍点了点头便出去了。

没过半点钟，正赶上店里没顾客了，秋萍赶忙要关门，偏巧又有三辆汽车在"好再来野味小吃店"门口停下，车上下来三个司机，笔直朝店里走来。秋萍怕他们进店，赶忙关门。

"哎呀，莫关门，"三个司机中一个四五十岁的半老头扳住店门，说，"小同志，是这样。我们是外地路过的司机，马上还要赶路，听说你们店不错，就赶着来了，麻烦你们。"

"没东西卖了。"秋萍一边说，一边强行关门，"我们要休息了。"

"你们不是私人店么？"有个年轻司机挤上来问秋芳。

秋芳这姑娘脾气虽是暴躁，可要是在平日，她绝不会跟这几个司机吵起来，因为望莲嫂有言在先，谁要跟顾客吵嘴，也不管为啥事，她决不饶谁。可今日，一来是姑娘心中有气，说话的火气就格外大些，二来那年轻司机的话也没说好。正戳着了姑娘的痛处。秋芳心里话，这镇上的王八蛋欺负我们是私人开店，怎么着，你们外地人也来凑一伙？想到"欺负"二字，秋芳无名火不打一处来，脸立时就变了样儿，拧着脖子嚷："怎么啦？私人店就关不得门啦哩？该着低声下气？该着听人欺负？"

一串连珠炮，把那年轻司机轰了个倒闭气。那小伙子也是个不服输的，便也学着秋芳的样子，拧起脖嚷："我们是来买东西吃的，不是来买气受的。"

秋芳一句不让："我们是开馆子的，也不是出气筒子！"

"我有钱不愁买不到好吃的！"

年轻司机是句本心话，秋芳却听成是存心骂她的，更来了气，脸涨得紫乌紫乌的了，咬牙切齿，那话是一个字一个字地从牙缝往外挤："我的潲水都能喂猪！"

"你！"三个司机气得扭头就走。背后却丢下句骂人的话："这种恶婆娘开馆，哼，张飞开店，鬼不上门！"他们哪里知道这小店曾发生过的事情。

"你嗝馊气！"气得秋芳拔腿就要冲出店去追那几个司机。

"秋芳！"望莲嫂气得一跺脚，一步抢上前，一把拽住秋芳，"你给我回来！"

力气、力气，人在气头之上，那力就大得很。望莲嫂正在气头上，狠狠拽住秋芳，往后一拖，秋芳没提防，脚后跟又在门槛上绊了一下，望莲嫂手一松，她站立不住，一屁股没蹲下，就重重地摔到地上了。

秋萍、德英吓得"哎呀"一声惊叫，赶过去要扶，却没扶住。

望莲嫂也吓呆了。这是怎么啦哩？拿自己的姊妹出气？动手打秋芳啦？这是怎么啦？她一时竟不知如何是好，呆呆地站着半天没动。

秋芳被那重重一摔，差一点摔晕了过去。她完全没想到平日里疼她爱她的望莲嫂会对她下这么重的手。她一时傻了眼，直愣愣地盯着望莲嫂。突然，她像猛地醒了似的，感到伤心，感到委屈，捂住脸"呜呜呜"地放声大哭起来。

德英、秋萍大气儿不出，二气儿不吐，哭丧着脸忙赶过来拉秋芳。秋芳受了气，死赖在地上，你右边拉，她往左边扭，你左边拉，她往右边扭，任你怎样拉，怎样拽，她坐在地上不起来，捂住脸呜呜地越哭越伤心，哭得人心里发怵、发冷。

德英、秋萍急了，一左一右拽住秋芳的膀子死命往上拉。

"死婆娘崽，别闹啦！"德英央求着。

"起来呀，死妹子！"秋萍骂着。

人一使劲，总算把她拉起来了一点，可一松手，咚，她又坐下去了，这么拉拉扯扯，搞了两个来回，秋萍、德英也提起气来了。好呀姑奶奶，你不起来，不听人劝，索性，我们也坐下吧。"咚咚"

这二位腿一软，也一齐坐到板凳上，呜呜地陪着哭。

好哩，哭吧，索性大家一齐放开来，痛痛快快哭一场！望莲嫂没有去拉，没有去劝，她也就近坐下来，趴到桌子上痛哭起来。

她到底也是个女人，虽然她是山里女人，早晨她就想哭，可那辰刻她没有哭，那是不能哭呵！那时，她努力控制自己的感情，现在，关了店门，在她身上的女性脆弱，便像打摆子一样突发了，她哭得比哪一个都伤心。

秋萍、秋芳，虽说没出嫁，可也都是二十岁的大姑娘了，德英更不消说，有了两个孩子，都该有大人气质了。可事儿也出鬼，上了秋阳镇，她们就全把自己当成了不懂事的孩子，把望莲嫂当成娘。望莲嫂没哭的时候，她们一个比一个哭得带劲，这会儿听见望莲嫂放声一哭，她们三位倒一齐吓得不敢哭了，一个个痴痴呆呆，傻乎乎地带着泪痕瞄着望莲嫂，一时刻竟不知如何是好了。

倒还算秋芳强一点，她想，望莲嫂是自己气哭的，还得自己去劝慰。她忙从地下爬起来，走过去立在望莲嫂身边，可又不好意思开口，只是怯怯地推望莲嫂的膀子，推了半天，望莲嫂只抬过一次头，气恨地拂开她的手。

望莲嫂伏在桌子上，一边哭一边说："把客人骂跑了，还赖人！"

"谁赖人啦？我是心里想哭！还不许哭么？"

"谁心里好受？谁不想哭？你哭够了，也让我哭哭！"望莲嫂说。

秋芳见自己劝不转望莲嫂，心里本来有点儿懊悔，要是这时候大家都不作声，再过一会儿也许就会云消雾散的，偏偏在这种时候，秋萍又朝妹妹开了一炮：

"哼，成事不足，败事有余，都是你！"

"你！"秋芳正难受，心里窝的气没地方出，这一下就找着主儿啦，冲她姐吼，"好哇，晓得你们都讨嫌我。说实话，这份受气的事，我还不愿干哩，有力气，我到哪里赚不到几个钱！你们嫌我，我走！"说着，气嘟嘟地竟真的收拾起东西来了。

德英晓得这位姑奶奶脾气大，赌着气的时候，她能咬断自己的舌头的，这阵子，望莲嫂、秋萍又都不肯去劝，只有自己了。她连忙过去，连拉带劝："姑奶奶，你今儿是怎么啦？吃生米啦哩？谁劝你跟谁吵！"

"谁像你？肉头！"秋芳戗道，"我怕啥？我凭啥受人气？"

秋芳气头上说话，只图自个儿痛快，哪里还过心想？可说话的无心，听话的有意。有道是打莫打人痛处，骂莫骂人羞处，德英本是个有屈辱心理的人，听到秋芳丢过来几句话，实在伤心透了，她躲到一边流泪，再不劝秋芳了。秋萍见了，正要过去训斥妹妹几句，却见向秘书推门进来。

"李望莲同志，请你到镇长办公室去一下。"向秘书和颜悦色地说。

这时候，秋芳就不用人劝了，她呼呼走过来，气哼哼问："谁请？"

"何镇长。"向秘书笑模笑样地说。

"不去！"秋芳嚷。

"去！"望莲嫂噌的一声站起来。她料定的麻烦事，果然来了。她一转身，对德英说："缴税的条子给我！"接过收税单据，又对秋萍、秋芳说："看好店门，等着我！"说完，捃捃头发，昂首挺胸，随向秘书走进了大街。

十

何镇长年纪不算大，资格却不算嫩，四清时就已经是公社级了。好歹经了那么两场大运动的锻炼，干别的事不敢吹牛，要说处理"好再来野味小吃店"这类问题，她却也能安排得当，有条不紊。趁向秘书去叫望莲嫂，她先打电话叫来了文化馆熊子华馆长。熊老先生不光是倪冬安的老师，也教过何凤鸣几年书。何况老先生还是县人大代表，照一般常情，何凤鸣是该尊敬他的。只是这位老先生十年之前曾差一点儿毁了何凤鸣与倪冬安的婚事，后来又一直不理倪冬安，这一次又明显地护着望莲嫂，所以，何凤鸣在心里只恨他不死，见了面，劈头一句："你们文化馆门口的地皮，卖了多少钱？"

这位熊馆长本是个教了几十年书的老教师，一般当老师的人，有正义感却不敢得罪人，有是非界限却又怕招惹是非。老先生就属这一类。只是对这位何镇长，他又稍稍有些不同。只因这位何镇长小时候在老先生手里读过七年书（当然，始终也没读过四年级去），而且他清楚地记得她是班上最蠢的学生，哪怕她当了公主皇娘，也忘不了她的蠢，加上后来她与倪冬安那事，老先生心里头自然就不怎么恭敬这位女镇长了。今日进门见她神色不对，话中有话，他虽然有点儿怵，可仍不失老师身份，不紧不慢，不软不硬地回一句："没卖呀，是租给她们哩！"

"我现在也要租那块地皮，你怎么办？"

这盛气凌人不讲理的问话，刺伤了老先生的自尊心，他一时也发了老来倔，没好气地说："那也得讲个先来后到呀！"

"啥叫先来后到？"何凤鸣更动气了，"她们是农村户口，你晓得？"

"晓得！"熊馆长今日是撕破了脸，"这跟租地皮没关系！"

何凤鸣被顶了个倒憋气，顿了一会儿："那，老殷该是先到的吧，你为什么不租给他？"

熊馆长说："他从来就没有给过我们一分钱租金！"

"钱,钱!"何凤鸣气得把桌子拍得砰砰响,嚷道:"文化馆是干什么的?是搞精神文明的蛮!"

熊馆长哪里受得了这样的侮辱?老知识分子的脾气顶上来,老着脸严厉地说:"凤鸣,就算你不认我这个老师,可年纪比你大总是事实吧?你说话不讲道理,怎么就拍起我的桌子来啦?这怕不是精神文明吧!"他说到气头上,竟站起来推开椅子说:"我们文化馆是搞精神文明的单位,想挣几个钱,也是为了摘掉那顶吃大锅饭的帽子!"

何凤鸣没词了,可那官威丝毫不减:"你是我的老师,论私人关系,我当然该尊重你。可现在是在办公室谈公事。我是以镇长的身份跟你谈话,我希望你把那块地皮马上收回来!"

希望?这就是命令的代名词。熊馆长听得何凤鸣的话越说越硬,心里便有些不自在了。他到底是有过多年教师生活的人,这时候,他努力叫自己冷静下来,慎重地考虑:这位何大镇长可不是个讲得通理的,你若在面子上驳倒了她,那就更加糟糕,她心里会更恨你,说不定今后给你出啥难题哩。唉,这才叫不怕阎王就怕小鬼呵。可要去收回那块地皮,叫人家拆棚子,又怎么开得了口呵?那不明着欺人家望莲嫂几个山里的老实女子么?老先生一辈子还没做过这号欺负人的事呵!

熊馆长正在左右为难,向秘书正巧领着望莲嫂进来了。

何镇长到底是多年的国家干部了,在望莲嫂面前,她极力想表示出自己的涵养来。只是可惜,第一,刚刚与熊馆长闹过;第二,见了望莲嫂,她怎么看就怎么不舒服。熊馆长坐在一旁担着心,一怕自己下不了台,二怕望莲嫂受委屈。望莲嫂哩,她早不把何凤鸣看成党员干部了。碰上今日这当口,那是要泼一下的,只是想到自己的店,心里嘱咐自己,要忍着点。这屋里头四个人,只有向秘书心闲情怡,找来了望莲嫂,他的任务就算完成了,本可以名正而言顺地离开这是非战场，可他却不走，一屁股稳稳笃笃地坐下来。好哩，今日香莲会皇姑，这好的戏哪儿找去？

"望莲嫂，坐吧！"好，开锣了，没用个"请"字。向秘书听出了话味，心里一动，搬来一把藤椅，放到何凤鸣正对面，相隔只一张条桌，叫望莲嫂坐。

"莫客气。"望莲嫂毫不迟疑，走过去一屁股坐稳了，"你找我有啥事？"

好个硬气女子，不卑不亢。熊馆长不禁暗暗为望莲嫂叫起好来。老先生听了望莲嫂开口说出的这两句话，看到望莲嫂进门以后的举止神情，便觉得眼前这个山里女子，不同寻常。干部训话民众听，那日子没影啦。今日这场嘴巴官司，哼哼，谁输谁赢还不定哩。到了这时候，熊馆长竟然超出了自我，倒很想看看下回分解了。

何凤鸣心里一惊，觉得自己这第一个回合就输了。正像向秘书心里分析的，她开口不用"请"字，是想造成一种上对下的威严气势。不想望莲嫂那一坐一问，不光攻垮了她的"威严"堤坝，而且问得她没回旋余地了。她直瞪瞪地望着望莲嫂。望莲嫂迎住她的目光，也挑战似的望着她。她只得收回目光，捋了捋腕上的手表，改了嘲弄而轻蔑的口气说："听说，你，在街上开了个小——餐馆？"她有意地突出"听说""街上""小"这几个字，把声音拖得长长的。目光看着手表，像是在玩弄那小宝贝，眼皮子却努力向上挑。

望莲嫂心里暗笑，一只手表值甚？你当还是从前哩！我那表还是二百几的，不定比你的贵哩！只是望莲嫂那手表，总是用手巾包着，装在衣袋里，一是嫌戴着做事不方便，二是亮出来叫人看着怪别扭的。今日她倒要摆摆阔了，从衣袋里抠出来，慢慢地戴上手腕，一边说："有这事。街上有大钱赚，我们就来了。"

"可农民，总还是该以种田为主吧！"何凤鸣腮帮上的疤子往上一缩,嘴角微微一翘,冷笑一声,逼上一句。

向秘书心里正要叫声:一比一。却见望莲嫂也冷笑道:"这呀,也得亏党的政策,晓得咱农民种好了田地,还有富余时间,叫咱上街开店哩!"

哟嗬,二比○!

"你办了营业许可证么?"何凤鸣发了怒,单刀直入,照腰子窝踹一脚。

望莲嫂平静地答:"没。"

"那你开店就是违法的!是黑店!应当取缔!"何凤鸣总算占了上风,她抓住战机,以排山倒海之势,雷霆万钧之力,向对方连连发起攻击。说到"取缔"二字时,全身向前倾,齐胸抵住办公桌,目光严厉,语气威严,丝毫不减当年横扫一切牛鬼蛇神的气概。

望莲嫂也翻了脸,"噌"地站起身,一屁股竟拱翻了那把藤椅,嚷着:"你那话叫理吗!啥叫黑店?"叫着,嚷着,她就边往何凤鸣面前扑过去。向秘书倒想看看热闹,可又怕日后何镇长责怪他袖手旁观。这人脑子灵,连忙跑过去,装着扶椅子,一边说:"莫发火,莫发火!"熊馆长却慌了神,几脚赶过来,拉住望莲劝道:"望莲嫂,望莲嫂,莫这样,莫这样,有话好好说。"

何凤鸣见望莲嫂叫嚷着朝她扑过来,吓得"呼"地一声站起来,手足无措地预备自卫还击。

望莲嫂甩开熊馆长的手,从衣袋里掏出张条子,一扬手,"砰",拍在何凤鸣面前的玻璃板上,两手叉腰,吼着:"你睁开眼看清楚,我们给国家上过税的,怎是黑店?怎是黑店?你嚼馊气!"

"泼妇!"

"你才泼妇!"

"你给我滚出去！"

"呸！给你滚出去？不要脸，这是你的屋？算是你的屋，不是你请姑奶奶来的么？"

相打无好拳，相骂无好言，两个女人越骂越恶。这时候，向秘书只要帮何凤鸣一句："你那是缴税收据，怎当得执照呢？"那望莲嫂就无话可说了。偏偏这位向秘书是存心寻乐，正巴不得把火撬大些，半句也不帮。税务所老唐也糊涂，只把那张漫画当凭据，心里想，若没领到许可证，哪来那张漫画呢？便马里马虎地收了税，裁了条子，给了望莲嫂一个凭证。可这凭证是抵不得许可证的，偏偏何凤鸣此时又只顾了骂人，忘了这一层。而熊馆长本来心向着望莲嫂，只要她不吃亏，他决不开口，此时更是佩服这山里女子有心计，暗暗喝彩，哪里还劝架？

向秘书假惺惺两边跳，说话不多，句句起作用："呃，别骂得太难听呀，窗户外就是街哩！""砰"，他把临街窗打开："看看，外头好多人！"

望莲嫂一听，对，叫满街人听听，索性把这疤子婆的丑抖搂出来，叫她想暗害我，也不敢下得手！

此时的何凤鸣，完全回归本性，只顾恶言相对，这就显然把自己置于了不利地位。她把桌子一拍，骂道："谁请你这贱货？我要你这贱货滚出去！

"哼，谁贱货？"望莲嫂的声音越叫越响，她见临街窗口扒满了看热闹的人，更来劲了。干脆，今儿是一不做，二不休，横竖得罪了神，可别再叫人也吃了亏。她扬手舞脚地冲何凤鸣骂："谁不晓得你是个偷男人，抢男人的货？你那颗心，比你那张疤子脸还丑万倍。你在公社里偷了多少人，养了多少汉，你问问外头的人，谁不晓得？"

何凤鸣平日再凶狠，今日遇着望莲嫂，她就完全败了阵，也只有流泪的本事了。她气得浑身乱颤,说:"好,你等着!等着!"

"到哪儿等?坐这里还是回家等?姑奶奶全陪你!"望莲嫂一跳三尺高。

到了这时辰,向秘书发觉,已经是自己立功的极好时机了,他便把望莲嫂和熊馆长拉进另一间办公室。望莲嫂骂得解恨,这时也打算收兵,见有向秘书和熊馆长来劝,便顺坡溜。

向秘书请望莲嫂喝了杯凉茶,待她平静下来,便和颜悦色地指出,事情的关键在于收税单据是抵不得许可证的;没领到营业许可证千万不能开业,这是党委的意见,不是何镇长一人的意见。另外呢,文化馆的地皮,也要另作他用,必须收回。只要她们领到了营业许可证,工商行政管理所自然会安排地方的,劝望莲嫂在这些事上不要拗。

"吃饭吃米,说话说理,对不对?望莲嫂。吵归吵,骂归骂,政府的话,咱们还得听,对不对?望莲嫂。"熊馆长也跟着相劝。

会吵架的吵一人,不会吵架的吵一群。望莲嫂心里想,犯不着得罪向秘书,听着向秘书的前一半话,也还说得情和理顺,便在心里认可了;听到后一半,她便客客气气地反驳道:"向秘书,咱虽是个山里粗人,也不是不讲理的,你老到五里十村问问去,看我望莲是不是个泼恶人。你老说出了理,我服。我们先关几天门,等他们发营业许可证。说到那块地皮,熊馆长,"她朝熊馆长望了一眼,这几日也探得老汉为人厚道,便放下心来,信口现编几句来蒙向秘书,"我们可讲好租一年,租钱都交了。学那供销社里卖货,货出了手,你卖家总不能逼我买家退吧?"

熊馆长暗暗叫苦,只开不得口。看到望莲嫂一副山里人的厚道相,还只得点头说不假。向秘书心里话,这个女人的确厉害,说出话来水泼不进。撒泼讲理全都在行,要叫她来当镇长,比何凤鸣不止强一百个码子。便说道:"既是这样,我把具体情况再向党委汇报一下，当然还要尊重原合同。你们开店，本是政策支持的，懂吗？可你们在没领到营业许可证之前，就不要营业了，不要占着理反做没理的事！"

十一

望莲嫂雄赳赳、气昂昂大踏步走出秋阳镇人民政府。

她看看手表，快六点半了。上街的人，都回家了，先前塞满小街的各种摊贩，全不见影儿了。只有古井台的牌坊怪模怪样地立在街心，一条窄窄的龌龊的石板小街，目下也显得空荡荡的了。天快黑了，路灯却还没亮，淡淡的昏黄的天光，落在石板小街上，这小街，这怪模怪样的老牌坊披着叫人捉摸不透的色彩。

小街的居民，多少代多少年养成了一种慵懒的享受的习惯。这时候，大多数店铺都上了墙板——当街一堵墙，全是木板的，清早墙板取下，整个店子就全露给小街——但每根路灯柱子下，这时就出现了一个茶摊子，带卖麻花、瓜果；而各家小吃店，这时也不会关门的，镇上居民做了一天生意，总有赚头。家里的吃食再好，也要出来坐在小吃馆里买点啥，花个三五角钱，抹抹胡子嘴角，咂咂舌头，相邀着集在各个茶摊上，谈生意，谈今日哄了几个乡巴佬，谈镇上的趣闻秘事，一直到都有了些困意了，才懒懒散散地往家里走。小镇居民的夜生活，总是这样充满了享乐和情趣。

今夜的气氛却有点不同了。原先那些扒在镇党委办公室临街窗口瞧热闹的居民，见着望莲嫂被向秘书拉走了，他们早奔散到各个茶摊餐馆，十分得意地宣讲自己的见闻，添油加醋地描述着两个女人对骂的生动情节，说得那听讲的人们咂嘴击腿，为自己没亲眼得见那精彩的一幕而懊悔不已。

这时候，也不知是谁抢先递出一句悄悄话："呔，她出来啦！"

于是，一站一站地传："吔她来啦，快看！"

霎时，餐馆里的，茶摊边的，说的不说啦，笑的不笑啦，吃的不吃啦，喝的也不喝啦，一个个张大了嘴巴，睁圆了眼睛，眼珠子全跟着望莲嫂溜溜转。

望莲嫂脚板踩得石板街咚咚响，她两眼只直直地正视前方，一会儿也没往斜旁瞄。可她知道满街的闲人都在看着她。看吧，就这副眉眼。她装出一副满不在乎的神气，可心里却打翻了五味瓶，那滋味，全是酸心割肝的。她赢了么？她出了口恶气，积压在心中多年的恶气。她当着那么多人的面骂了何凤鸣，以往不敢，如今敢了！骂得解恨得很哩，这还不算是赢了么？不，她输了，输光了。她的店要关门了。因为无证营业，她还必须接受罚款三百五十块！到底人家权大，斗不过人家。让我去申请营业许可证，办得通么？发许可证的人跟那女人盖一条被子哩！

望莲嫂真想放把火烧了那座牌坊！横竖是个输，当初何不与她打一架！

望莲嫂一阵风回到了"好再来野味小吃店"。秋萍、秋芳、德英本来一个嘴朝东，一个嘴朝西，闷坐着，见望莲嫂回了，一齐围了上来叫着："莲嫂——"

像个长跑运动员一口气拼力跑到了终点一样，跑时在拼命，到了终点就没命了。望莲嫂进了店，便觉得嗓子眼火烧火燎，痛得出不来气。头晕眼花，四肢无力，巴不得瘫下。

"出事啦？"姐妹们焦急地问。

德英冲了一小碗糖蛋花，端过来，双手颤抖着，眼泪巴巴地说："嫂，是我害了你！"

"咳，你尽说些没油盐的话！"秋芳夺过蛋汤，舀了一汤匙就喂，一边火爆爆地嚷："你快说呵，出了啥事？"

望莲嫂无力地推开秋芳的手，苦笑着说："店让人家关啦，还要罚咱三百五十块！"

"呵？！"德英脸色"唰"地惨白。

"好短命的疤子婆！"秋萍骂了起来。

秋芳牙一咬，"砰"一声，碗摔到桌子上打着旋，蛋汤全泼到桌面上，她拔腿就往外跑。望莲嫂挣扎着上前拉住她，说："我才跟那疤子婆骂了一恶架，你个姑娘家再去，她有便宜让你讨么？"

秋芳不怕何凤鸣，却怕望莲嫂生气，她抹着泪一声不哼，乖乖地站住了。

刚才，望莲嫂一走，她们三个还在屋里怄气。见着望莲嫂被带去见何凤鸣，秋萍料着要出大岔子，她心里烦透下，想跟了去，望莲嫂又有话，要她照看店堂。心里烦，便怨秋芳："外头受人欺倒也罢了，骨子里也反！闹着走的，么样又不走啦？"

秋芳的嘴是从不软的："我说过不走么？等着望莲嫂一回，我就走！"

"走了省心，吵事精！"

秋芳要走是赌气，德英要走却是真心。那张该死的漫画，已经给了这个可怜的女人致命的打击。望莲嫂一走，她又把那张漫画和秋芳在气头上戗她的那几句话连在一起，自己往自己头上硬泼脏水。

这也难怪她呵。溃烂的伤口上结了痂，明知剥不得，可落到谁的身上，咋忍得住不剥么？人到了这份儿上，随便谁说句无心的话，都会惊动她那颗脆弱的带伤的心呵！秋芳那几句话，本是只图痛快，随口说的，德英听了，却往心里头深想：也是呵，秋芳一身洁白，她怕啥呢？没有她德英伙在一起，那伙子街浪儿敢这么欺侮人么？秋芳凭么事受人气呢？都是她德英拖累的呵！

德英既是这么想，她也不怨秋芳，虽说是一百个不愿意离开望莲嫂，可也只得忍着心痛回家去。只不过她不比秋芳，她不叫不嚷，只默默地盘算着，等着嫂嫂一回来，就向嫂嫂开口辞行。

眼下见到了望莲嫂，嫂子被人气成这模样，听说店也叫人关了，这个脆弱女人的心里，竟也猛然冒出了微弱的火光。她转了念头：不走！就不走，看谁能吃了我们！

"走呵，滚呵！"秋萍突然发疯似的叫起来，"即刻还闹着走的，这下子趁心愿啦，为么事不滚啦哩！"

秋芳咬着嘴唇正在抹桌子，听姐姐这一叫她再也忍不住，扑过去揪住秋萍，愤怒地吼："谁走？谁走？谁再说走，我撬了她的牙齿！"

秋芳的话，像一针强心剂，望莲嫂霍地站起来，"砰"，一拳砸在桌子上，震得那只碗跳起老高："说得对！来了，就没那么好赶走！秋萍，点灯！"

秋萍摘下马灯，秋芳提过煤油壶，德英默默地取下灯罩子，重重地朝罩子内呵了一口热气，掏出洁白的手帕，郑重而严肃地擦拭起来。

马灯，点燃了，微红的光芒透过雪亮的灯罩，弥漫着店堂。店堂豁亮了，四个山里女子挂着泪痕的脸上，泛起了红红的亮光。

望莲嫂端正地坐着，秋萍、秋芳、德英拥在她身边，像等待命令去冲锋陷阵的战士。望莲嫂深沉地凝望着姐妹们，平缓而稳重地说："她想连根拔，把这块地皮也收回去！"

"她妄想！"

"叫她来试试。跟她拼啦！"

望莲嫂平静地说："天底下还是好人多。熊馆长是个好人，向秘书良心不坏，我听出来他话里有话！"

"啥话？"

"咱要写申请，办营业许可证！"

"啥？去求倪冬安？"

"他跟何凤鸣是一窑货，宁死不求他！"

"不！"望莲嫂说，"咱是求政策！"她移过马灯，捻得更亮了，"有政策放着，借个胆给他，谅他也作不起祟来！咱别让自家的理给人家扒去。德英，来，我说，你写！"

德英麻利地取出纸笔，望莲嫂一字一句地念，她一笔一画地写：

"秋阳镇工商行政管理所：

我们就是要在街上开馆子，这是政策叫开的，任那长尾巴、有爪子的也别想拱走我们！"

德英写着，担心地说："嫂，怎骂上啦？"

"怕啥！"秋芳说，"就骂！写！黄狗拜青天，越拜越新鲜，咱的店就专气那些坏种！"

德英犹豫了，看看望莲嫂边写边说："还没提到要许可证的事哩！"秋萍说："写，我有一句：请政府给我们一张营业许可证，封住那些猪嘴狗舌头！"

望莲嫂会心地笑了。德英把申请书读了一遍，然后郑重地签上四个名字：

李望莲　吴德英　陈秋萍　陈秋芳

十二

倪冬安接到望莲嫂的申请书，觉得那上头每个字就是一根钢针，扎着他的心！

倪冬安确实有难言的苦衷。

那一年向秘书看到何凤鸣与倪冬安的结婚照，回家跟他老婆说过一段十分精彩的话："只说一枝花插到了牛屎巴，这回呀，嘿嘿，臭狗屎占了个景德镇出的好花瓶，白叫那女人占了个美男子的指标。倪冬安也他娘的可怜，为个饭碗当了伢婊子！"

这话极不文明，但对倪冬安、何凤鸣夫妇相貌对比评价，却也极为中肯。

倪冬安身高一米七八，标准身材，长方脸下颌骨较宽厚，眉眼、鼻梁、嘴巴，那都是美容师加工过的。尤其是一口牙齿，整齐、饱满、洁白，真跟玉雕一样晶莹剔透。

可惜，有命无运，上高中赶上"文化大革命"，后来当了回乡知识青年，这也还是俏货。最可叹的是他心比天高，命比纸薄（都只说红颜薄命，谁知男颜也有薄命的），后来在四清运动中清出来他爷老子当过三个月的伪保长，正合了五类分子的杠杠，他就从此做不起人来。

那一年，何凤鸣住队，就住在他表妹李望莲家里，跟望莲睡一张床。倪冬安心里烦，自然常去看和自己定过亲的表妹，也只有在表妹那温暖的家里，心里才能得到平静。去得次数多了，也就认识了何凤鸣。

有天夜里，大暗天，像要下雨。何凤鸣突然说要回公社开紧急会。一二十里山路，怎么好叫何同志一个人走哩。望莲没兄弟姊妹，爷老子说去送，何同志说老人年纪大了，摸不得黑。望莲要送，何同志担心她没的法子回来。只好请倪冬安送了。

到了公社，鬼毛子不见一个，天又下雨了，何同志既然把倪冬安骗到地头了，哪能放他回去呢？她怪可怜地对冬安说："哎呀，小倪，么得了呢？我一个人守这么大一片屋……"

冬安也有些急了："这么大的雨，么样回去呢！"这时，何同志又开口了："小倪，好事做到头吧，留下给我做个伴吧。"

倪冬安想，也只能这样了，下雨天留客哩。

何同志开了自己的房给小倪睡，门是虎头锁，何同志自己有锁匙。半夜里，她毫不费力地开了小倪的门。事后，她告诉他，只要他答应结婚,她就可以搞个指标让他招工出去!

以后事态的发展,略去不记。可怜倪冬安贪图招工,轻易失身于人,结果,手指头伸到人家口里,任她怎么咬去,他哪敢哼个半声。后来他只得毁了和望莲的婚约,"下嫁"给何凤鸣。生米煮成熟饭,可人人指责的是他,可明明又是两个人的事情,而且强者是何凤鸣,他不过是上了当的弱者,可社会舆论就这么不公平。真是一步走错,一生悔啊!亲友、同学、师长谁见了都躲着他,做人到了这地步也就够耻辱的了。可他心里的苦,向谁说?谁又能相信?

一个人一生最大的痛苦,莫过于不能爱自己所爱,恨自己所恨。是呵,在他内心里,无时无刻不在怀念表妹望莲,可这心里的话,他能对人说么?人们要知道他的心事,又会怎样诅咒他呢?是的,他内心也经常厌恶、怨恨何凤鸣,要不是她,他何至于如此不幸。但也只能把这一切都埋在心底,外表上装拙装愚。

当初,当他刚刚走出那耻辱的第一步时,他甚至怀着强烈的希望,盼着表妹和姨父能找到他大闹一场,能到上级去告他,那样他或许还好受些。可是,人家没有那样做。人家默默地吞下了那只苦果,连眉头也不叫人家看到皱了一下!这使他更加惶然、内疚、痛苦。他虽然跟何凤鸣结了婚,可他对表妹思念之情日愈加深。他老是想着自己欠下表妹、姨父一份大情,这生这世也难以报答了。现在,他等到了这个机会。表妹到镇上来开店,这是合理合法的事儿,自己本该主动送去营业证,可是偏偏何凤鸣再三阻难,非要镇党委点头通过,才能发那张要命的证,这不是明摆着刁难望莲,为难自己嘛!是的,他可以不管何凤鸣,按政策办!可是就那么好办么?不错,何凤鸣平时在生活中迁就他,巴结他,仿佛她很贤良温存,可骨子里不过是为了要占有他啊!如果他在这件事上,稍稍表现一点偏向望莲,何凤鸣能跟他闹个天翻地覆!他是知道她的泼劲的。

是的，他也可以跟何凤鸣离婚，不用怕她。可是，他怕舆论！他是否就能离得了婚姑且不说，在这种时候，如果闹到与何凤鸣离婚会有怎样的后果？人嘴两块皮，说去又说回，当初抛弃了表妹，人们从这一方面骂了他。现在，他如果与何凤鸣离婚，人们肯定又会从另一方面来咒骂他。

更可怕的是，即使他不顾舆论，但他的鲁莽又会给表妹望莲带来什么呢？只能是灾难！人们必然要联系到望莲。甚至伤害她，继而影响到她的家庭！他已经伤害过表妹一回，不能再来第二回了！

可到底怎么办好呢？倪冬安坐在办公桌前，面对着望莲的申请书，苦苦地思索着。时间太久了，他竟然忘记了下班。烦躁使他起身站到窗前。只见窗外走过去两个人影，一瞧是李乡长和向秘书，心里一动，他终于想到了一个计策：应当让李乡长看到表妹的申请书！可是，用啥法儿让李乡长看到呢？直接送去？不行呵，那样何凤鸣很快就会知道！怎么办？怎么办？他在心里反复地问自己。在室内踱了两步，低头朝桌上那张申请书又仔细端详，突然，他的眼前一亮：那张申请书的头一行格子是空的！如果填上"敬爱的乡政府镇政府"他就可以名正言顺地将申请书转给向秘书，而圆滑的向秘书遇上这事，也必定会转给李乡长！至于字体，他倪冬安有本事仿得惟妙惟肖，保证没人看得出来！对，就这么办！倪冬安心里轻松了下来……

十三

好事不出屋，坏事传千里。望莲嫂她们在秋阳镇受人欺侮的事，当天傍黑就传到了陈家泉塘，七户的小山村，立时就骚动起来了。振金不敢让振银晓得，怕他发了傻劲，闹出事来，打发他去了德英娘家，自己才来找秋萍的大哥商量办法。

冯婶正在哭天号地，一把鼻涕一把泪："不听话呀，婆娘崽！街上的人咱们惹得起么？"

秋萍的三哥约了村里十几个青年，要上街去打架，正在屋里乱叫："是老虎，老子也要咬他一口，还是解放前么？"

"对，咱多邀些人去，不怕他们！"

"找他们算账，咱占着理怕啥？上街做买卖，有政策！"

愣头青们肝火盛，乱糟糟地吼着、嚷着，挥着拳头，勒着腰带。冯婶又气又恨又害怕，一边骂着："欺侮人的街浪儿，讨不得好死，过河落河，过江落江！"一边又扯住儿子央告："小爷，再别去闯祸啦，强龙斗不过地头蛇，人家是坐山虎，人去得再多，也打不赢架来呀，还是让我去把她们叫回来！"

振金闷坐在屋角里，心里像火烧。可一直抽闷烟没作声。这会儿见冯婶这样说，忙上前拉住冯婶说："冯婶，你放心。望莲她们没犯错，有政策！咱也不去打架，去跟他们讲理还不行么？乡政府在那儿，有讲理的地方！"

那伙子愣头青也听话，扔了家伙围拢一堆，又为怎样讲理的事，争吵了大半夜，天亮不久就赶到了秋阳镇。

"你们怎么来啦？"望莲嫂见丈夫带来了十几个男子汉，就像在闹市走失的孩子，突然见了亲人，又悲又惊又喜又踏实。可她素知那伙愣头青都是火暴脾气，只得装着没甚事的样子说："一点小事你们就咋呼得天样大啦！"

秋萍的三哥虎着脸拉过秋芳问："是哪个王八蛋欺侮你们？"

秋芳见哥哥来了，巴不得去打架，嚷着："还有谁？何凤鸣！我知道她家！"

"走！"三哥拉起秋芳、秋萍就走："带我们去！"那十几个青年也一齐往外涌。望莲嫂急了赶上去拦住："干什么，你们上哪？"

振金气冲冲拨开望莲嫂说："放心，我们不会跟她打架！"抬腿就要走。

"回来！"望莲嫂一把拽住丈夫，说，"别逞能。要讲理，你们人多了；要打架，你们人少了！"

这句话还真把气势汹汹的男子汉们镇住了。振金一时被噎得没了词，心里不服，就凶凶地叫："你真能，硬要到街上来逞能，叫人欺了倒不敢放个屁！"

秋芳一听翻了脸，冲振金一刮脸皮，狠狠说："你叫唤个啥？要是我的媳妇叫人欺了，我跟他白刀子进，红刀子出！"

"走！"

"走！！"

男子汉们被激怒了，乱吼着往外涌，刚出店门，不想赶巧儿被李乡长、熊馆长和倪冬安兜头堵了回来。

"你们也来啦！"李乡长拉着振金的手往里走，语气低沉地说。

"我……"

"别说啦，"李乡长打断振金的话，说，"你的心情，我懂！"他走到望莲嫂面前："望莲嫂，同志们，我只有一句话：请相信党，相信政策！"

望莲嫂扭过头去抹着泪，心里说：我信，我信！可说不出声来，只是不停地点头。

李乡长挨个看了看德英、秋萍、秋芳，停了停，说："有的干部伤害了你们，我来赔礼，我们会改的。同志们，我就是给你们送营业许可证来的！"

屋里的人一听，全都吃惊地扭头瞪眼望着李乡长。李乡长从倪冬安手里接过许可证，郑重地递到望莲嫂面前。倪冬安低着头，心直跳。熊馆长微笑着朝望莲嫂点头示意。望莲嫂感激得没一句话，泪眼望着李乡长，半晌，接过那张许可证，竟孩子似的叫起来："德英，快，挂上，挂高些，挂显眼些！"

德英是个有心人，早跑出去买来了一面镜框和一封浏阳鞭炮，刚回到门口，听见望莲嫂喊她，忙在门外应："来啦，来啦！"一路磕磕绊绊挤进屋。大伙围上来，七手八脚手忙脚乱地嵌好了许可证，振金踩上凳子去挂，大家又"这边低了，那边再高点"。七嘴八舌乱嚷，嚷得振金左右不是，没了主意。那边，秋萍的大哥撕开浏阳鞭，早用烟蒂点燃了。这阵子店门口本来闻声挤来了不少人，一阵噼里啪啦的鞭炮声，更是招得一街的人往这边涌。

望莲嫂见到这场面，心里热浪翻滚，直想对李乡长说几句感激的话，可又说不出来，急得汗直流。李乡长却微笑着轻声说："望莲嫂，跟你商量点事，外头那张漫画，本来已经破得看不见什么了，我们乡政府也正在追查，能不能先把那些破纸片撕下来！"

望莲嫂一听，沉吟了一下，说："李乡长，我感激你。别的，全听你的，那张混账画，哪怕剩个纸角也是个记号，我要叫那画这混账画的人来撕！"

李乡长也沉吟了一下，在这种场合下，他不愿破坏这喜庆气氛，他朝沸腾的群众看了一眼。站到凳子上，高声说："同志们，我祝贺'好再来野味小吃店'开市大吉，日进斗金！"

"哗……"一阵嘈杂响亮的掌声盖了过来，人们欢呼着："好呵，借李乡长吉言呵——"

"同志们，遗憾得很，我马上要去县委党校学习，等我回来，一定到贵店尝鲜！"

"哗……"又是一阵嘈杂响亮的掌声。

……

"好再来野味小吃店"的这挂鞭炮，直炸在白铁老姜的心尖上。说实话，望莲嫂并没有抢他的行。他敲白铁，她卖吃食，井水不犯河水。可他自己也说不清为什么要与望莲嫂作对。这也许是他的秉性吧！在秋阳镇上他算一个人物，他理所当然地认为他有义务不让镇上的码头被人强占不管,他不甘做那样的缩头汉!在这小小秋阳镇,为争地盘,挤外来户,他白铁老姜领头打过多少官司呢?记不清。输过吗?没!难道如今倒了运,要败在一个山里女人手里?他不服。

按白铁老姜原先的想法,那四个女子不过是一群山里虫,只要漫画儿一贴,又有何书记出面,上下夹击,她们还不乖乖滚么?

可他万没料到,望莲嫂竟是那么个厉害角色。事到如今,那女人竟不许揭下那张画儿,这就真像是在他白铁老姜的脸上烙了个金印!本想丑人家的画儿,反成了招人骂他白铁老姜的告示,来来往往的人,总没个闲的工夫,都他娘的吃饱了没事儿干,到了那画儿前就骂上几句。

最要命的是,有些老街邻也常常集在茶摊子前骂,交头接耳地猜着是谁画的。他好像听到人们都是说他,看他,他怀疑,担心殷疤子嘴不牢靠。又听说乡政府要追查画的人,这差不多使白铁老姜吓出毛病来了。万一查出来,是闹着玩儿的吗?

干急没用,为上之计,一不做二不休,再叫她们破些财,亏了本,自然要关门滚蛋,万一不行,还是要何凤鸣出面!

可用啥法叫她们破财呢?白铁老姜翻来覆去折腾到半夜,他到园后小便,突然一个虫在脚趾间爬,伸手一捏,一看竟是一只土狗,看着这条泥肉泥肉的虫儿,一条妙计使得他狡狯地笑了,捏着那条土狗回到房里。

第二天,"好再来野味小吃店"一开门,白铁老姜头一个进了店。望莲嫂见他进来,忙小声叮嘱姐妹们:"小心侍候他!"这个驼背佬,在这几次闹事中虽然没公开露面,但她听熊馆长说过此人的德行,况且也早领教过。害人之心不可有,防人之心不可无!

秋萍、秋芳默默一点头,连忙走进店堂,这时,白铁老姜已经坐到桌边。德英笑脸相迎问:

"老师傅早哇，您要吃点啥？"

"凉拌蒂那菇！"白铁老姜笑着弓弓腰。

秋萍赶上来，暗踩了德英一下。德英会意，说声："您老稍坐一下。"随即冲后面高声喊："一盘凉拌蒂那菇——"反身取个小碟子倒上酱油姜葱醋，搭上一双筷子，摆到白铁老姜面前，转身进伙房，旋即就托出一盘香喷喷凉拌蒂那菇，笑盈盈说："您老尝尝，不合口味，我给你换去。"

德英守着等他尝了一口，见他点了头，便又笑着问："你老喝点啤酒不？有青岛的，可以零卖。"白铁老姜只想快点支开德英，说："不要。"德英这才转身去招待别人。

德英以为自己胜利地安顿了白铁老姜，心里暗暗高兴。谁知她刚一转身，却听白铁老姜大叫起来："土狗！你这菜里有土狗！"

德英大吃一惊，暗暗叫苦，急转身直朝白铁老姜奔来。

原来，秋阳镇饮食行业有条公约，若是顾客在食品中吃出不卫生的东西，要罚款五十元，此外当事顾客可以向店家索取三百元之内的健康保险费。听说菜里有土狗，德英如何不急？白铁老姜果然夹起一只死土狗，一惊一乍顾客们向这边围来了，不能再犹豫了！德英急中生智，一把抢过土狗来，说："这哪是土狗？你眼看花了，这是猪油渣子！"白铁老姜没料到这一着，急忙来抢，德英被逼急了，一咬牙，噗一下将土狗丢进口，一鼓口水，狠狠心囫囵吞了下去："不信，我吃给你看！"

白铁老姜气青了脸，死无对证了！他一拂袖子，噔噔噔出了店门。

这时望莲嫂、秋萍、秋芳已经闻声赶出来，见那驼背佬落荒而逃，便要冲上去揍他。德英急了，拦住她们就往后面伙房里拽，刚进伙房便哇一声翻肠倒肚地吐出了苦胆汁！

德英平素是个极爱干净、极胆小的人，那只土狗哪里能吞得下去？只觉得那脏物粘在喉咙管里，顿时一阵恶心，还有不吐的？

"怎么啦？德英！"

"真的是条土狗！"

三个女子慌了，忙着找扫帚畚箕收拾。不料想白铁老姜又反身一头撞了进来：

"哈哈，这一回还有啥话说？"白铁老姜得意地说。四个女子一齐吓呆了。

那些顾客又围拢来了。望莲嫂见势不妙，心想，猫儿拉屎自己掩，这事儿张扬出去不得了，给他钱，折财消灾。有了骨头不愁肉！她头一昂说："有凭有据，没说的。罚！"

可怜，"好再来野味小吃店"重新开张的两天生意，又白做了！

十四

二傻子振银，有时一点儿不傻。堂客德英被嫂嫂带到镇上去了，他心里好生欢喜。傻人这时有个傻算盘。嫂嫂心向着自己哩。大队里正催着要堂客结扎，嫂嫂把人带走，这可正好躲过风头啦哩。他这样往岔肠上想，心里自然就乐滋滋的。

可秋阳镇上的事儿，到底没瞒过他去。他慌了，瞒着哥哥，独自摸到了镇上，没料到，他这一来，还真的闯了大祸。

给望莲嫂送许可证的那天，何凤鸣又气又急，她躲在屋里冥思苦想了一天一夜，后来，还是白铁老姜一句话点破了她：经济制裁！

老姜说，从前，要治服一个人，就常有两句话：政治上搞臭，经济上搞垮！这是两道紧箍儿！如今时世变了，政治这道紧箍儿不灵验了，政治上臭不臭，如今的人不关心了。可经济上搞垮，这紧箍儿咒还是很灵的！如今不是到处搞经济制裁么？为什么不制望莲嫂一下裁呢？这结果不一样可以让她滚蛋么？这点子不错！白铁老姜，真是只老姜！

至于借口，她早已胸有成竹。望莲嫂不让撕下那张画，正好做文章。第二天，何凤鸣召来了向秘书等两三个人，授意起草了一个紧急文件：名曰"秋阳镇人民政府关于'好再来野味小吃店'大搞淫秽色情精神污染的经济制裁决议"。

向秘书这人起草文件就这毛病，咬文嚼字噜里噜苏，识字不多的何镇长念起这名目来，实在费力，可她还是打心眼里喜欢它。好一个经济制裁，好一个精神污染，这词儿全是报纸上常有的哩，借着这些新词儿，整治她望莲嫂，料你李金吾也没词儿了！

要说这份决议，还的确有些分量。"好再来野味小吃店"墙上贴的那张漫画，那是货真价实的精神污染嘛。你望莲嫂说不是你画的，不是你贴的么？可你为啥不许撕？这搞精神污染的责任不由你由谁负？搞精神污染，就得经济制裁，罚款三百元！

只罚款还不行，斩草要除根，癞蛤蟆剥皮心不死，反动的东西你不打它不倒，索性让她开不了张更好。

就在白铁老姜闹腾刚走不到两小时，何镇长带着向秘书到了"好再来野味小吃店"，向秘书一边念那决议，一边偷眼瞄望莲嫂，他心里想依着望莲嫂那臭脾气，她一定会跳起来，他得小心点，探好退路，万一打起来他好躲。万没料到大闹镇长办公室的望莲嫂，今日竟安静地坐在那里，双肘拄着桌子，双掌托着下巴，眼不眨，身子微向前倾，很认真地听着向秘书念完都没动一下。

这一招把个何镇长也弄蒙了。怎么？死猪不怕烫，打死哑巴不开口呵！抗拒从严，可没你的便宜。她正要清清嗓子，威严地交代坦白从宽、抗拒从严的政策，没想到身后杀出了看热闹的小青年殷世铭。这小伙子是个待业青年，在镇上开了个照相馆。平日最爱看《人妖之间》一类文学作品，仗着能说会道，平素又喜欢扶弱铲强，打抱不平，甚至有时故意与弄权弄势者作对。"好再来野味小吃店"的官司一开始就引起他特别关心。何凤鸣、向秘书朝小店这边走来时，身后就陆续跟上了一大群人，殷世铭觉得事情有些不妙，急忙挤进去，打算见机行事。这会儿听到向秘书念完了决议，小吃店的四个女子全都痴痴呆呆，没一个人敢吱声。小伙子沉不住气了，冲口说："请问何镇长，这话是怎么讲？"

何凤鸣转过身来，吃惊地打量着殷世铭，这个刺头不好弄，她是知道的，便警惕地问："你与她们是什么关系？"

"跟她们同志关系！"殷世铭满不在乎地说，"我还跟理儿有亲密关系！"

"怎么？你又要插在里面啦？"

"怎么，不欢迎？"殷世铭不冷不热地笑笑说。

何凤鸣脸一沉，说："搞经济制裁，搞精神污染，这都是中央提出的，你反对？"

"你还是把报纸看清楚了再来吧，"殷世铭嘲弄地冷笑着，"哪份报上提倡搞精神污染啦？"

这一下把何凤鸣顶了个大红脸。她正尴尬得无言答对，得亏望莲嫂开了口："德英，给她数三百块钱！"

这一声，又把全场惊哑了。望莲嫂拿过钱啪一声摔到桌子上，往向秘书面前一推，说："麻烦打个收条吧！"

"等等！"这当儿，何凤鸣醒过了神，她迅速甩开殷世铭，对望莲嫂说，"不光是罚款就算完，那张画必须马上撕掉！"

"砰！"望莲嫂不等何凤鸣说完，猛一拍桌子，霍地站起来，吼道："打就不罚，罚就不打，又打又罚又拔毛，自古也没这个理儿！罚款我们认了，那画谁敢撕！要撕，你们把贴的人给我找来！"她吼着就去抢向秘书手里的那张决议。

殷世铭一见可急了眼，小伙子心里想：望莲嫂这话可没抓着理儿，给了钱就能搞精神污染吗？不能认罚！一交罚款就等于承认自己搞了精神污染，那还了得吗？他急了，大叫一声，就要上去抢回那三百块钱："宁可撕了画，千万认不得罚！"

向秘书一听，诡秘地一笑，想把钱递给殷世铭。望莲嫂却不理那茬儿，她不肯在何凤鸣面前示弱，一掌推开向秘书，犟着说："不行，谁敢撕那画，我剁她的爪子！"

"不准撕画，我就拆你的棚子！"何凤鸣见望莲嫂上了犟劲，心中十分高兴，她正巴不得借这由头拆棚子，进而取缔这小店。

何凤鸣话一出口，运足力气，顺手一掌把芦席墙推开了一个大口子。望莲嫂哪里咽得下这口恶气？血往脑门上一涌，便不顾一切地扑上去揪何凤鸣，扬手就是一巴掌。旁边秋萍、秋芳早就憋足了劲，单等着武打开场，见着望莲嫂出了手，那就是命令呀！噌噌，两个人齐刷刷蹿上来就打，只有德英夹在中间拉扯。

女人打架跟男人的打法不同。男人打起来多是拳脚相加，女人却用掌、指、牙、头。撞、咬、抓、挠、扇五招，招招相逼，只攻不守，打起来往往就没男人那般有章法，扯架也就特别难扯，何况看女镇长打架，又新鲜又有趣，除了向秘书和德英，别人也不那么认真拉扯。

这一仗若照目下的形势发展下去，望莲嫂是可以大获全胜的。可战场上的事儿，情况复杂，瞬息万变。战斗进行不到三分钟，突然从斜刺里杀出一支人马，战局急剧逆转！

你道来的是何处人马？为首一员女将，牛高马大，一脸黑麻子，不用通名报姓，她是马氏，压阵的是叶清霜。

马氏身后跟了五个女人，全都在四十上下年纪，粗膀子壮腿，一律紧身短打扮，看得出是做好准备来打架的！

要说平日呢，这几家也都是恨不得你吃了我，我吃了你，三日干一小仗，五日干一大仗，各有输赢，至于打鸡骂狗，指桑骂槐，那实在是家常便饭。但自从古井台边来了这位望莲嫂，就像变戏法的加点药，把白水变黑，黑水变白一样，一眨眼工夫，这几位冤家对头就在一夜之间尽释前嫌，结伙拧成一股绳，齐心协力来对付望莲嫂。

今日何凤鸣来闹店，马氏先得到信息，她心里想，这事儿得多叫些人去助威。所以，她倒没急着跟何凤鸣进店，却急忙忙去邀她的伙伴，结着伙儿来给何镇长压阵助威起哄，打铁趁热，一口气把那乡下婆娘赶了，大家称心，免得夜长梦多。

这几位相邀耽搁了时间，一步来迟就正赶上店里武打开场。马氏本是把打架的好手，加上恨着望莲嫂，一见那场面，真正是怒从心中起，恶向胆边生，只听得呀呀一声怪叫："反啦！打起父母官来啦！"一掌推倒面前挡道的熊馆长，心里骂："老崽，不是好东西，吃老娘一拳吧！"一个箭步跳进圈内。这女人平日与丈夫殷疤子、街坊邻居、顾客闲人打惯了架，出手全是男人打法，拳脚并举，结合女人的那五招，灵活运用，变化莫测，简直没对手。

马氏跳入圈内，毫不怠慢，来个母狗拉屎先弹腿，照准秋芳的屁股，飞起就是一脚。

也是该着马氏要碰钉子。你踢哪个不行？偏踢这位姑奶奶！秋芳也是个不要命的。她听得背后有响动，急忙扭转身，马氏那一蹄就正踢在她的左胯骨上。秋芳转身太急，本来立足未稳，马氏那一蹄又踢得重，踢在屁股上肉多，也还问题不大，偏偏踢着胯骨，可实在痛得钻心，秋芳差点被踢个仰面八叉。马氏又抢上一步，劈面一拳，正打着秋芳鼻子，秋芳只觉得眼冒金星，眼泪也打出来了。她一抹鼻子，竟抹了一把血！

姑娘见血眼红，泼了命。一声怪叫发疯似的朝马氏扑来。那马氏见秋芳来势凶猛，暗暗吃了一惊，想要躲开锋芒，可哪里躲得及？早被秋芳一头撞倒，秋芳用力过猛，也随着扑倒，死死压在马氏身上。凭马氏的力气，本可以翻起来，只是又不巧，秋芳猛扑过来时，一路撞翻桌椅板凳，竟将两个人紧紧夹在一角。跟在马氏身后的五个女人，也早跳进圈内，各自为战，摔碗砸盘子，一气乱踢腾，把个小店闹得鸡飞狗跳猪拱墙。这就更加激怒了望莲嫂和秋萍，连德英此时也发了疯，死揪住一个，她自然不是人家的对手。可人怕亡命，任对方拳打脚踢，她揪住人家死不松手，在那女人身上乱咬，咬得那女人鬼哭狼嚎。望莲嫂、秋萍一人对付两个，正在拼命，虽然占不了便宜，可也不吃亏。秋芳得了机会，揪住马氏的头发死命往下扯，只是腾不出手来打。可是马氏那头发被揪住，这如何受得了！马氏痛急了，便伸手抓秋芳的脸，秋芳不避不让，迎着一口咬住一个手指头。十指连心，这可非同小可。秋芳此时又失了理智，只想报仇，使劲猛一咬，嘎嘣一声就把那指头咬断了一节，马氏立即痛昏了。

这时候，店堂内乱得如同打人命一般。真心着急要扯架的，瞧热闹起哄的，凑趣儿打黑拳的，赶乱劲儿摸东西的，应有尽有。二傻子振银就碰上这份儿乱劲儿撞进了店堂，劈面看见有个女人在打德英，他那傻劲咻溜一声冲上来，赶上去一拳，便把那女人打了个仰八叉。德英见了丈夫，哇一声大哭起来：“你给我打她们！她们欺嫂嫂！”

傻子振银本是个愚忠愚孝之人，平日里只把嫂子当娘，今日为老婆，他本已红了眼，再听说嫂子遭人欺了，他还能不找人拼命么？望莲嫂虽说对付两个街上的女人，却也并不吃亏，估摸秋萍、秋芳也不会吃亏，只担心着德英，所以二傻子一进来她就看到了。这会儿却见二傻子一拳打倒了一个之后，又像头发了疯的野牛，见人就打，她倒着了急，虚晃一拳，从对面两个女人中间冲了过来，要去阻拦二傻子。却不料那被二傻子打倒的女人从地上摸到一只破碗，翻身起来，照准二傻子后脑勺狠狠砸来。二傻子只顾前面打别人,哪管身后人打他?望莲嫂可看得真切,拼力扑上去推开二傻子,那女人扔碗时本没站稳,扔得不高,要砸到二傻子身上,至多只砸着后颈,并不要紧,望莲嫂这一推,那碗就直冲她前额飞来,立时砸出一个窟窿,望莲嫂只觉眼前一黑,哎呀一声仰面倒地,血直往外喷。

二傻子一见,大叫一声"嫂——"扑过去抱住望莲嫂,竟像个孩子一般,哇哇大哭。这一哭,倒把个乱哄哄的战场立时哭哑了。大家只说打出了人命,一时竟都不敢动了。二傻子连叫几声"嫂!"听不到回应,他猛地大吼一声,跳起身来抓了只凳脚,见人就打,满店堂的人见势不妙,哪个敢挡他?全都吓得拔腿就跑,跑得稍慢些的,便被二傻子赶上一凳脚打翻了。二傻子也不打第二下,只管冲过去追前面的。一时间只见满街人抱头鼠窜。二傻子挥舞着一只凳脚,满街追着打人。赶集的人以为他是个疯子,被人撩发了,也不敢来拦,本来挤不通的小街,这会儿倒好,人流直往两边分,比躲洒水车还快,撞翻了摊子,挤倒了棚子,满街乱成一锅粥。

十五

秋阳镇最烦闷,最焦躁的一个夜晚。

"好再来野味小吃店"内像遭了兵灾一样,桌椅板凳东倒西歪、折腿断脚,破碗破碟扔得满地都是,生熟吃食被踩成稀烂,一箱子啤酒被砸碎,满地流着绿色泡沫水。

望莲嫂血出得太多,她又认死不肯上医院,得亏熊馆长给她抹了些红药水,又洒了些墨鱼骨粉,这才把血止住了。可头还是痛得抬不起来。二傻子被派出所抓去了;德英七魂丢了八魄,哭得天昏地暗;秋萍、秋芳的身上被抓破咬烂的地方不下十数处。这会儿又要救护德英，又要照顾望莲嫂，倒顾不上自己了。

得亏有个熊馆长尽力相助。老先生今日吃亏不小，气得要死。闹事那阵，他怕望莲她们吃亏，特地来劝解。可他挤进去脚未站稳，就吃了马氏一拳，他的眼镜折断了，鼻子也撞出了不少血。

"岂有此理，岂有此理！"直到二傻子一路乱棍打散了众婆娘，老先生才有机会摸起断眼镜来擦擦血，气得他捶胸顿足，浑身乱颤，呼呼吐气。没多久，听得殷世铭飞跑来报，说是二傻子被派出所抓去了，老先生更是义愤填膺，不能自已了。愤怒常常会使人变成勇夫，此时此地，他竟尽扫平日顾忌，甚而至于有些丧失理智了，当众愤愤然喊："这是陷害你们！是蓄谋已久的合谋陷害！我去找他们评理！"

老先生一怒之下，起身就要走。望莲嫂挣扎起身说："老伯，我跟您一起去！"

"嫂，你……"德英哭着要拦望莲嫂，秋芳也道："你躺着，我们去就行了！"

望莲嫂说："秋芳留着看家！"她是想，既是去讲理，秋芳脾气臭，弄不好又要捅娄子，再说呢，也怕还有来捣乱的，留个秋芳又比秋萍顶事，便不由分说出了门。

秋芳想到的也是打架。等众人一出店，她搬过一张四脚完整的桌子，抵住店门，又找了两根断凳脚抓在手里，一盘腿坐在桌子上，单等着再有人来打架。

等了足足有一个钟头，不光没有人来打架，外面反倒渐渐平静下来了。这倒使秋芳有些失望，没事儿干了，她便想合合眼。

"秋芳！"秋芳猛一惊，睁眼见是殷世铭正从破芦席口子往里钻，她赶忙过去拉他，问："你怎么又回来啦？"

小伙子今日为护秋芳，小白脸也让马氏抓了几道血痕，很有些丧气。刚才出门之后，他根本就没跟熊馆长他们去，而是转身回家取照相机去了。他一边从皮套子里取出照相机,一边说:"熊老师也可笑,评理?那都是些三句好话不抵一巴掌的东西,跟你讲理么?"

小伙子手脚麻利地从文化馆接过根皮线,叫秋芳提着大灯泡在前头照着,他拨好快门,对准满屋被砸烂的东西,一边咔嚓地拍照,一边说:"老先生读多了书,凡事愚些。像何凤鸣这号干部哪把他放在眼里。县里有人会给她撑腰。没有真凭实据,空口说白话顶屁用!"

"你照相寄给报社?"秋芳惊讶地问。

世铭笑笑说:"配一份揭发材料,我要写一篇《新人妖之间》,把秋阳镇的妖魔鬼怪全揭出来!"

秋芳一听,全身来了劲。

世铭满屋拍照,突然,他看到一张打翻的桌子下压着钱簸子,他赶忙搬开那桌子,见地上洒了些零钱,又惊又喜,忙问:"丢钱没有?丢多少?"秋芳正在恨头上,想着无缘无故被他们罚去的钱,恨得牙根痛,负气说:"三百块,叫他们抢去的!"

"好!"世铭眉飞色舞,将散乱的钱拂拢靠近钱簸子,"咔嚓"又拍了一张照,起身就往外跑:"行啦,够啦!"

"呃……"秋芳想要说什么,可是,来不及了。

熊馆长一行人来到派出所,见了所长。所长十分客气地说:"熊老,您老说的全有理,只是呢,眼下双方都在僵持着,这事儿涉及面太宽,不比一般的民事纠纷呵!"

"那你们的态度呢?"老先生今夜格外激动,竟然非礼地打断了派出所所长的话,直接逼问人家。

所长很有涵养,谦恭地笑着说:"您老向来是支持我们的工作的,我跟您老推心置腹地说吧,我们只是履行职责,那个同志在街上乱打人,影响了治安,我们抓他,是想阻止事态扩大,维持现状，等待上级处理。"

这几句话软中带硬，熊馆长气得直瞪眼。望莲嫂看出那势头已经不济事了。她怕老先生面子上下不来，便反过来劝道："老伯，所长说得也不错。就让振银先住在这里。有理走遍天下，无理寸步难行，关哪里也不怕的。"

熊馆长已经气上顶门了，临出门愤愤然对派出所所长说："你们是司法机关，我只希望你们主持公道。不要为权势所屈。"

熊馆长愤愤地出了派出所，心里的气怎么也平不下去，他叮嘱德英、秋萍扶望莲嫂回店，自己却咚咚咚赶往乡政府……

望莲嫂回到店里，看到满屋狼藉，她又气又恨，伤心透了，也灰心透了。

秋阳镇的钱不好挣，她原先是心里有数的，可她万没料到竟难到这般地步。坡坡坎坎的，她在秋阳镇强打精神挣扎了这段日子，拢共才做了两天半生意，却被人家变着花样罚了整整一千块！借了熊馆长五百块，她才还开了这笔冤枉债！

说实话，望莲嫂是个不怕蛇有毒，不信鬼打墙的，人怕鬼三分，鬼怕人七分，蛇咬人，人也能打死蛇！

那张该剐的黑画一贴出来，何凤鸣又赶上踹一脚，罚她三百五十块，她没怕，敢上这儿来做生意，压根儿就没打算挣太平钱，天上掉金坨子还要不怕砸头才敢去捡呢。这两招左不过是想赶我走，我偏不走。她硬挺着。三百五十块钱换了张许可证，不贵，有了骨头不愁肉！何况乡长来支持，她有了主心骨，何凤鸣总不能大过乡长！

她重整店堂再开张，跟姐妹们商量着赚钱的法儿，到这店里来的全是跑大码头做大生意有钱的主儿，她学着国营餐馆，开了个高价的雅座，殷世铭又帮忙弄了几十箱买不到的青岛啤酒，每瓶加价六分；人家也不嫌咬手，她也就能赚一大笔！

没想到开业又只一天，白铁老姜来捣乱又诈去三百五十块。那阵子，望莲嫂真寒了心，这些歹毒的街浪儿鬼道道太多，往后的陷坑还不晓得有多少呢！那一刻间，她甚至想只求再做一两天生意还清债，还回乡下去种田，可是没容她喘过气来，何凤鸣又打上了门，怎么这样巧，她们是先勾好了的呵！

夜几时了？旁近的石板小街上，偶尔响起几声呱嗒呱嗒的拖鞋声。德英默默地淌着泪，在收拾店堂。秋萍走过去，扳住德英的肩，望着德英想要说什么，嘴唇翕动着，话没出口，泪倒先下来了，她拉德英坐到望莲嫂身边，激动地问："莲嫂，明日怎么办呵？"

明日怎么办？望莲嫂也在问自己。

"他们把人欺负到家了！"望莲嫂痴痴地说，"难不成这秋阳镇是他们家的么？"她的心一阵阵绞痛。回去么？她忍不下这口气，她到这镇上做生意，没招谁，没惹谁，大家都是做生意，都是政府发了证的，凭啥欺负人？要说我是乡下人，五百年前没这镇，你那祖人也住乡下哩！你们从前不也是从乡下迁到镇上来的？再说，她也没退路了。这样回去有啥脸见村上人？闹哄哄上街来开店，麻雀没逮着，反丢一根线，折了几百块，还搭上弟弟被抓，回去之后怎么交代？可不回去又怎么办？跟他们斗能斗得过么？人家结成帮，团成伙，有权有势，上下内外都有人呵！李乡长几时才能回来呵？

望莲嫂心似油煎，目光呆呆地落在三个姐妹脸上，许久许久开不得口。

"莲嫂，去告他们，向报社告他们，报社是为群众讲理的！"秋芳叫道。

秋萍和德英也像是被提醒了，一齐叫起来："去告他们，请熊馆长帮我们写状子！"

"是个老虎也咬它一口！"秋芳捋着袖子说，"不信就没讲理的地方！"

望莲嫂点点头，默默地思索着……

十六

何凤鸣在混乱中没命地夺路奔逃回家，一进门，噗噔一声瘫倒在长沙发上，竟像个死人一般，再也动弹不得了。倪冬安这几天，除了上班，整天在家里，大门不出，二门不迈。猝一见老婆这般情形闯进来，还真吓了一跳，忙上前扶她坐下，惊惶地问："怎么啦？"

何凤鸣虽是瘫倒在沙发上，却仍然咬牙切齿地说："打的！李望莲打的！"

倪冬安心里咯噔一震，半信半疑。他素知望莲表妹通情达理，她不是那号泼恶女子。何凤鸣是个好惹的角吗？自己的老婆是个啥样人物，他比谁都清楚。

"怎么闹到动手打起来啦？"他试着问。

"那个野婆娘，臭婊子！"何凤鸣不干不净地恨恨骂着，"她不要脸，不肯撕那张丑画儿，我罚她，她不服，就打起来啦。哎哟……"

一切都明白了，原来是你去找岔子！倪冬安看着瘫在沙发上龇牙咧嘴的妻子，不由得一阵恶心。这哪像个干部！本想不理她，可又怕她撒泼，不得已只好耐着性子。帮她擦洗了一会儿，说："我送你上医院吧！"

何凤鸣一听急了，忙翘起身来叫着："算了。这事儿上医院，人家问起来可怎么说？"

倪冬安忙又说："也罢，你先歇着，我上医院弄点药回。"

"等等！"何凤鸣又叫住了他，恶狠狠地说，"这件事儿，决不能就这么完！只要我还有一口气，我就不能躺倒！我要向上级汇报，详细汇报！你把向秘书叫来，你们帮我整理一份材料！"

她是要给她在县委的那位老上级汇报。她深知，这位尊敬的老上级对当前的形势和新政策是有看法的。同时，她也想得到，乡政府必定也会去汇报的，那就得抢在他们前面。老上级有了这份材料，才好在上面为自己说话。至于镇政府的一般干部，自己有办法调度；下面又有白铁老姜一班人，上下紧紧连成一气，还怕什么！

别看何凤鸣文化不高，口才却实在不错，死蛤蟆能说成活老鼠，活老鼠能说成飞八哥。向秘书被喊进屋以后，她按着自己的需要，现编现纂，说了一大通，又列举了白铁老姜等三四十个证人，最后严肃地对向秘书和倪冬安指出："这件事本身并不是孤立的，有政治背景，有后台！"何凤鸣愤怒地站起来，恢复了她作为镇长的固有姿态，咬牙切齿地指出问题的性质："这绝不是有人说的什么私仇，而是货真价实的公仇，社会上一些不三不四的人，钻了我们党和新政策的空子，否定、反对，甚至打击党的干部！这件事与社会上的刑事犯罪活动、精神污染、自由化是一路货！"

倪冬安实在听不下去了，脑袋嗡嗡响。借口去医院取药，便匆匆出了门。

倪冬安带着惶恐与疚愧走出门外，下意识地竟一直走到了古井台，他看到昏沉沉的路灯下，那座被打得歪歪斜斜的芦席棚子，在巍峨耸立的古井牌坊的映衬下，像是一个流落街头的可怜的孤儿，他的心中立时生起一股强烈的怜悯与心酸！

他惴惴不安地走到了芦席棚门前，想敲开门，可当他清楚地听到里头悲愤的哭泣声时，他的勇气消失了！举起的手，缓缓放下来，悄悄地转过身来。他看到文化馆的灯光还亮着。老师还在办公？他的心一动：去向老师打听一下望莲表妹的情况吧！

他轻轻地推开了熊老师的房门。老先生正伏案疾书。他怯生生地叫了一句："老师……"

"你？"熊馆长一抬头，满脸怒气嘲弄地说，"倪所长！你来干什么？你的妻子身为党的干部，竟然目无党纪国法，公报私仇，纠合一帮市井无赖到望莲嫂店里寻衅闹事，砸坏家伙，还把四个女店员全打成重伤！这种打击专业户的严重事件，发生在你的治下，你作何解释呵？"

"老师，我……"倪冬安心情十分沉重，他无言答对。

熊老先生见他吞吞吐吐，更生气了，说，"我敢断言，何凤鸣的所作所为，都与你倪冬安有关，你也不用跟我支支吾吾！"

"老师！……"倪冬安终于忍不住，委屈得大哭起来。

熊馆长最见不得男人流眼泪，他又是怜恤又是厌恶，说："算啦，你的情况我也清楚。但你不要叫我老师！我高攀不起！我只可怜你，怎么会堕落到如此地步！请你回去跟你妻子通个气，我是县人大代表，有权管管这件事，正在准备材料告你们，你们夫妻俩认真合计一下，准备跟我上县里打官司！"

拖着沉重的步子，倪冬安又走到了街上……

十七

"好再来野味小吃店"混战之后，实际上才三天，秋阳镇的居民们在焦躁与不安中苦熬时辰，仿佛等了三年六载一般。

一班老街邻对这事，是认真地做了细致深刻分析的。他们自动地集在一起，争论不休。最后分为两大派。一派认为何镇长不顾政策，公报私仇，以势压人；一派则说望莲嫂没有道理，干吗不安分种田，非要太岁头上动土，老虎口里夺食？！不过有一点大家研究的结论是一致的：一场恶官司就要开场了！

小镇居民是最耐不得寂寞的。这仿佛是件大得了不得的事情，使秋阳镇的街邻们整日焦躁不安地打听下文，全然没有心思做什么生意了。

直等到第三天下午，一条爆炸性新闻，使整个秋阳镇兴奋得发了狂！酒肆茶摊，店堂摊贩，街头巷尾，街坊们交头接耳，眉飞色舞地传说：县委亲自派了一辆"打屁车"（秋阳镇人对吉普车之类的戏称）送李乡长回来了！同车还有一位二十二岁、极漂亮的年轻女子。街邻们猜测，她一定是处理案子的女巡抚！

雀子不嘈空言。李乡长果然回来了。"好再来野味小吃店"混战的第二天，乡人民政府、镇人民政府、派出所三家都向县里挂了紧急电话，各自找到了自己要找的领导人。乡政府得到童县长的答复是：查证落实，严肃处理肇事者，决不允许打击刁难专业户的现象发生。何凤鸣得到她那个老上级的答复是：不要一反极左就搞极右！执行正常工作是无可非议的！一定要顶住这股否定反对党的领导的歪风！第三天，童县长又接到乡党委电话，称事态发展到两级党委、政府间的对立。同一天报社女记者杨丁找到了童县长，向他递交了殷世铭的揭发信和一扎照片，信上有专员的批示："认真调查，严肃惩处！"童县长把李乡长从党校请到县长办公室里，加上杨丁，三个人研究了情况始末，最后，一辆秋阳镇居民看到的小吉普，便送李金吾和杨丁到了秋阳乡人民政府。

紧接着乡、镇两级党委和人民政府的联席会议召开了。会议进行了四个多小时，会上乡、镇双方竟然发生激烈的争吵，实质性的问题一点未解决。这是李金吾完全没料到的！当他从县里驱车返回时，他虽然也与杨丁谈到了秋阳镇一些领导同志的派性和地方主义问题，但他还是乐观地估计，绝大多数同志是通情达理的，是能够用理说服的。然而，一下午的会议结果教训了他，现实生活用"百分之九十五"这个公式是套不住的！这使李金吾感到愤怒！

当乡党委指出何凤鸣故意刁难，甚至发展到打砸"好再来野味小吃店"的严重错误，并要求她公开检讨，上门赔礼时，何凤鸣稳坐一旁，笑眯眯一语不发。镇党委、人民政府的几个同志却一齐起哄。他们亮出一份有秋阳镇三十六家店主签名的指控申诉书，声称是由于这三十六家店主的一致要求，何镇长才迫不得已不许签发许可证，这谈不上故意刁难，至多只是个本位主义的错误，而且很快纠正了，给"好再来野味小吃店"签发了营业许可证。至于打砸小店一事，纯属颠倒黑白。何镇长是执行党委决议，（而且，应当严正指出，这个决议是完全正确的！）前去要求李望莲撕下那张漫画，清除精神污染，这是符合中央指示精神的正常工作，但却遭到李望莲等人的围攻毒打，由此而引起群众的公愤。群众虽有过激行动，但那完全是由李望莲的行为引起的！

此外，那三十六家店主的揭发材料一致证实：打人是李望莲先动手，骂人是李望莲先开口，二傻子满街追打无辜群众，性质更严重，应当判刑！李望莲她们不光搞了精神污染，还有物质污染问题。食物中出现了土狗！有了这几条，就应当取缔这家小吃店，收回她们的营业许可证。如果反过来处分何镇长，那就等于说，可以容忍大搞精神污染、物质污染而党的干部不得过问，一过问就是错误，就要检讨、赔礼，试问，干部还怎么当？还要不要共产党的领导！

强词夺理竟能说得条条是道！

作为记者，杨丁一直在会场旁听，她没有发言。她很气愤。她几次甚至在心里埋怨李乡长太软弱，为什么不拿出童县长的指示来压一压对方的气焰呢？正待要想说几句，只见李乡长用沉着的语气宣布：这场是非曲直既然这里辨不明白，还是交给镇上群众公开辩论！

沉默了一会，李乡长看见没人反对，就站起来说："如果大家没有异议，我请示县委后，立即召开乡镇群众辩论会。这次会议就请杨丁同志做主持人，如何？"

"行！"……

十八

"好再来野味小吃店"混战后的第五天，又一条爆炸性新闻震惊了整个秋阳镇：乡镇两级党委和人民政府联合宣布，是夜七点，在古井台小广场公开辩论"好再来野味小吃店"事件的是非曲直。

这可真够新鲜的。这样的事，以前总是宣布处理结果完事的。如今却连两级领导吵架也公开，够味儿！今儿夜里就是电视里放《霍元甲》也不看，去听他们辩论！

李金吾提出这样的建议，更叫何凤鸣震惊。她压根儿也没防着李金吾会来这一手：竟敢把党内政府领导内的斗争公之于众。这使她猝不及防，以至于措手不及。但她决不能示弱。她虽然惊慌失措，却同时洞察到这是很厉害的挑战。她果断地接受了挑战。但她也提出一个条件：凡是与事件有关的人，无论干部群众，都可以参加辩论发言。这样，她就可以争取到绝对压倒的多数了，就可以胜券稳操了。李金吾说，既是公开辩论，当然都可以发言，不要说有关人员，就是现场目睹者都可以发言，参加会议的群众，也可以自由发言。

六点钟才过，满镇的人就如看大戏似的集到了古井台，把小广场塞得满满的。

会场内没有安灯，但四周的路灯却瞧热闹似的投过来一片片光芒。也没有搭台，古井台牌坊自有座两尺高的青岗石台基，乡、镇两级领导同志分两边坐在台基上。四台电扇在他们面前摇头晃脑地噙着。杨丁和熊老先生、派出所所长三人共一张桌子，坐在正中，只有他们面前有盏台灯。

七点钟了，杨丁起身与两边的领导人轻声交谈了几句，便向前走近麦克风，看了看黑压压的人群，有些激动地提高了嗓门说："同志们，感谢大家冒着炎热来参加今夜的辩论会。这说明大家都很关心这件事。"她顿了一下说："我是地区报社记者，叫杨丁。"会场立即骚动起来，人们惊讶了，她是个记者呀？杨丁不知道关于她的种种谣言，只见人群骚动，有点儿不安地擦了一下汗，接着说："我是受报社和县委的双重派遣来调查'好再来野味小吃店'事件真相的！"这句话很有作用，台下的人们满足了，重新兴奋起来，又听杨丁说："赶巧乡镇的领导同志又委托我来主持这个辩论会，就我的目的而言，把今夜的会叫着调查会，也不是不可以的。我希望大家既要踊跃发言，更要注意摆事实，讲道理！"她越说声音越高："现在，请举手发言！"

台下愣了一下，叶清霜觉得有人将她的后腰戳了一下，连忙惊叫起来："我说！"殷疤子心下一阵高兴，先发言就抢着原告了。他暗里扯住叶清霜后襟，贴着后颈窝叮嘱："记住按词儿说，别慌！"

叶清霜噔噔噔上了台没站稳，便对着麦克风大叫："我今天非要斗争、揭发、检举毒打何镇长的乡下婊子！"喇叭被震得发出一声撕人五脏的怪叫。望莲嫂气得噌一声站起身，正要冲上去，猛听得身后无数人在吼："不许骂人！""有理说理蛮！""乡下人也是人！"今夜这会场里有不少就是秋阳镇旁近的乡下人，陈家泉塘的七户人马更是到得齐。望莲嫂觉得心血直往上翻，她转身感激地望着大家，眼里涌出一大把泪水。

叶清霜有些慌了。愣了一下，猛地跑向后台，拉起何凤鸣，拽到台前，嚓嚓两把撕开褂子，哧溜，扯起内衣背心，一拍何凤鸣的肚皮冲台下嚷："眼叫裤裆遮了么？看看这伤！"

叶清霜这一招作出来，疾如闪电。何凤鸣猝不及防，此时是欲罢不能。可这一招果然厉害。全场气氛骤然大变，一见何凤鸣半身裸露，众人先是大吃一惊，瞬间又全场哗然，待到定神细看，果然有许多处青肿紫乌，皮开肉绽，涂着红汞紫药水，染成五颜六色的白肚皮，伤得的确不轻。这时候，嗤笑之声渐息，嘘唏之声渐起。殷疤子，白铁老姜见火候已到，几乎是同时捅了马氏一下。马氏心中明白，回头一招手，立即只听稀里哗啦一阵乱响，马氏领头，五个女人一窝蜂直往主席台上拱。麦克风前立时围了一堆。一个个一把鼻涕一把泪水，又号又骂，闹闹嚷嚷地各自抢着挤到台口，扯开衣裳叫嚷：

"爷儿们看呵，这都是那恶婊子打的呵"

"爷儿们，还有没法叫大伙看的地方呵！"

马氏嚷着，便装出要解裤子，可没真解，只一只手拎着裤带，一边伸出那咬伤的手指头，高高地摇晃，一边嚎着："恶狗婆哇，手指头都咬断了哇！李乡长，你要公道哇！撕了那恶婆呀！"

台下的秋芳听得马氏骂她，哪里还坐得住？呼啦一声，秋芳、秋萍、德英、望莲嫂一齐站了起来就要往台上冲，但在一刹那间，望莲嫂伸手拦住了她们，冷笑说："不要脸卖肉，让她们卖个尽兴，咱犯不着上去！"

何凤鸣到底还顾着自己脸面，但那边马氏五人袒胸露乳，披头散发地坐在台口，甩一把鼻涕干号一声，又拍一阵腿，号骂的声音拖得老长，正合着一甩三拍的节奏，女声五重号，虽是嘈杂，却也抑扬顿挫，只是那秋阳方言骂出的脏话，实在无法行诸文字。台下的白铁老姜等人关注着形势，见有不少人脸上有了厌恶之色，便要打暗号收兵，猛见熊馆长起身说："你们几位要没啥说了，请让人家发言。"

这是提示，殷世铭忙朝望莲嫂点了一下头，起身站在原地说："请允许我为'好再来野味小吃店'的同志们答辩几句！"

"发言上台，自报家门呵！"台下阴影处有人叫起来。马氏识得是自己人的声音，忙在台上接口："对，世铭，先说你是啥时跟那几个女人勾上的？"

世铭气得正要往台上跳，望莲嫂一把拉住他，轻轻一笑说："世铭，多谢你！"说着，大步上台。台口那六位女人一见，全像让啥东西突然咬了屁股似的，噌地跳起来，睁了红眼珠子，一齐恶狠狠地朝望莲嫂围上来。望莲嫂往麦克风前虎地一站，双手叉腰，也瞪着她们。

气氛骤然紧张起来。台上台下心向着望莲嫂的，急出一身汗，心向那六个女人的，也担心她们先动手。

其实，大家都是瞎操心。要是在五天之前，望莲嫂恐怕会毫不客气地打出第一拳，众寡悬殊，先下手为强么！可现在，她不会了，这短短的几天，几乎使她变成了另一个人。她狠狠地瞪了那伙女人一会儿，突然不自然地换上笑脸说："不用怕，今夜是讲理的会，我不会打你们的！"

那六个女人这才一齐松弛下来。马氏还嘴道："老娘谅你也不敢！"

望莲嫂收住了笑，声音悲愤地说："大嫂，这话算说对了。老话说，客在哪方行，巴结哪方人，你们是主我是客，我一个乡下女人，到这镇上来做生意，势孤力单，巴结讨好各位大嫂都怕手脚慢了，哪里还敢惹事呢？"

白铁老姜一听暗暗叫苦，却又无可奈何。那六个女人更是哑巴了似的，放不出个响屁来。台下众人听望莲嫂如此一说，无不点头称是。

到了这份儿上，望莲嫂心里更踏实了，对那六个女人说："适才你们说我们得罪了各位，我想问问，是在哪里打各位的？"

"你装啥糊涂！"叶清霜好容易抢到机会便说，"不就在你店里！"

"在我店里！"望莲嫂说，"那是你们打上门了啰？你们六个我们四个，这是谁欺谁呵？"

"哗……"台下爆发出一阵嘈杂的哄笑。

"你们打何镇长！"马氏急了，扯起嗓子叫，"我们是去护卫何镇长的！"

望莲嫂不愿提何凤鸣这三个字，直问马氏："我们为啥打她？"

何凤鸣耐不住了，朝杨丁一举手说："杨记者，我要求答辩！"她也不等杨丁表态，走过去冲望莲嫂威严地说："你们搞精神污染，贴了张下流的裸体画，我是代表镇人民政府去罚你们款的！"她把"裸体"念成'果体'，殷世铭钻了空子便大叫："同志们注意，刚才何镇长说的"果体？不是苹果之果，而是'裸体'，光身子的意思，字样子像，音不同，念白了，特此更正！"

"哈……"台下一阵大笑。何凤鸣气乌了脸，却发作不得。

望莲嫂没笑，她也弄不清那个字音错不错，只逮住何凤鸣的话追问："我们认了罚吧！"

"可你们不肯撕下那张画！"

望莲嫂的怒火咻一下又蹿到了嗓门眼。她尽力吞下一口涎水，忍住性儿说："你是干部，那心总该比我们老百姓明些——"她努力压住心中的悲愤，压得心儿一阵绞痛，猛一转身面对台下的数千群众，她终于忍不住了，声泪俱下地哭诉道："爷儿们，天下有这么欺负人的理儿吗？别人画那张黑画儿骂我们，还要我们罚钱，还要我们去撕，不撕就打垮了我们的棚子！爷儿们，你们都是明理人，你们评评呵，说句公道话呵！天下有这么欺负人的么？别人画画儿骂了我们，你不查那画画的，不罚那画的，反转来处治我们挨骂的，有这个理么？把屎尿往我们脖子上扣，还要我们自己乖乖儿擦，不擦就打，有这么欺负人的么？呜呜……"

数千群众的心被望莲嫂哭痛了！他们愤怒地站起来吼叫着，要求查出那个画黑画的。白铁老姜、殷疤子一伙缩了头，纷纷躲到树荫下。马氏、叶清霜几个女人在台上看不到她们的男人，也慌了，一个个溜下了台。熊馆长取下了眼镜，杨丁掏出了手帕，李乡长捏破了火柴盒，向秘书收拢了折扇……

"同志们——"殷世铭见时机到了，也跳上台一声高喊。台下立时寂静下来。殷世铭在麦克风前扬了扬手中的一把照片，大声说："同志们，何镇长身为国家干部，闯入私人店堂，她首先出手，推倒墙壁，引起一场混战。她们又大打出手砸毁店堂的桌凳、食具，这就犯了侵占私人店堂之罪！还有，"他猛地散开照片，一张一张地交给大家看，"请看，这是我在现场拍的，这是被砸坏的家具，这是被打穿的墙壁，这是被砸碎的啤酒和踏坏的食物。请看这一张，钱簸子被打翻，周围洒着零钱，还有三百块被暴徒抢走，这是被劫后的情景！"

这些照片正如往烈火中投进大桶大桶汽油，烈火更烈了，油桶在爆炸。人们愤怒地呼喊："白日放抢，这还了得？""把那些坏人抓起来！""政府要保护专业户的财产安全！"

会场秩序大乱，人们拼命往井台牌坊拥，争抢着看照片，几乎要把牌坊挤倒了。望莲嫂却在发呆：哪儿来三百块钱被抢呀？她趁乱劲儿，努力回忆当时的情况，严厉地低声问秋芳："这到底是咋回事？"秋芳早羞愧得满脸通红，她没想到一句气话捅了大娄子。她不敢抬头看望莲嫂。望莲嫂心下明白了，骂道："学好三日不足，学坏一时有余！"一转身，大步走上台，高声说："爷儿们，让我再说句话！"

人们又静下来了，几千双眼等待着她。她心神不安地搓着衣角说："爷儿们，咱说话要一点雨一点湿，不能坑人。这张相里钱簸子打翻，是事实，但她们没抢钱！"

话一出口撞倒南墙头。原先四散躲藏的白铁老姜一伙，呼啦一声冒出来乱叫乱嚷："诬告，这是诬告，判她们的刑！"世铭十分难堪，心中暗怨望莲嫂太傻，一时瞠目结舌，无计可施。后台何凤鸣恶气直往上撞，抢上来一把揪住世铭的衣领，愤怒地吼着："你，还敢栽赃诬陷？咱们上法院！"她拽住殷世铭就往台下拖，想趁势搅了会场，扬手就要打世铭。秋芳赶上来猛一下扭住她手腕，坦然怒视着她："打人也犯法！何况这不关他的事，是我，我向你们认错，放了他！"她一步抢上前，也不用麦克风，声音喊出来比扩音器更清亮："是这样的，世铭看见钱篾子滚在地上，问我钱被抢了没有，我心里恨他们无故罚我们三百块，就说他们抢了三百块，是的，当时我是这样想的，就这样说了。好汉做事好汉当，该打该罚，我认！可，他们凭什么罚我们三百块钱？！"

群众早被望莲嫂的坦率感动，这会儿听了秋芳一席话，更是赞叹她们心直，竟一齐鼓起掌来，乱哄哄喊："对，真人不作假，没冤枉谁！"

李金吾、杨丁、熊馆长互相看了一眼，各在心中暗暗佩服这几个山里女子的为人。

秋芳感激地冲台下深鞠一躬，直起身来问："何镇长，除开这，还有不是事实的吗？"何凤鸣语塞了。向秘书扔下折扇走上来说："同志们，我当时在场，我证明那些照片全属实！"

何凤鸣愤怒地盯了向秘书一眼。但台下同时又响起一阵掌声，许多人在喊："我也在场，我证明！""我证明！"

李金吾本来还想再等等，台下也不知谁领头，像喊口号似的喊起来："请李乡长表态！"

"老李，讲吧！"杨丁激动地说。

李金吾坐不住了，走上前一字一顿地说："好，我讲！"他太激动了，哽了一下，心情沉重地说："有些话，我早就讲过，会上讲，跟有些同志私下里讲，可讲不通！逼得我没法才到这里来讲！"他拉直了麦克风说："好，我讲！讲四条。前三条代表组织。第一，何凤鸣同志利用职权打击专业户，是错误的，她必须上门赔礼道歉！"

"哗——"一阵雷鸣的掌声从四面八方涌起，撞击着古井牌坊。

"第二，闹事者必须赔偿'好再来野味小吃店'的一切经济损失；第三，今后若有类似事件发生，一定严惩，罚闹事者五百元以作被害人的名誉赔偿！"

又是一阵雷鸣般的掌声和欢呼声，猛烈地撞击着古井牌坊。

"第四条代表我个人！"

台下骤然屏声静气了。

"我申请，"李金吾严肃、郑重地说，"当'好再来野味小吃店'的名誉后台老板！"

"呵——好呵！好呵——"台下数千人愣了一刻，突然爆发出狂欢。四个山里女子笑脸上挂满泪花拥上台，李金吾微笑着与她们一一握手。望莲嫂一把抓紧李乡长的手，像个落水呛急了的孩子抓住了岸边的柳树根一样，久久不肯松手，哽咽说："李乡长，您来，您来当老板！我、我们，给您发奖金！"

李金吾被说笑了，说："谢谢！"他转身对何凤鸣说："何镇长，我希望你能表表态！"

"我要不呢？"何凤鸣冷笑着。

李金吾的眼里射出两道烈火，说："我不希望那样！如果你还坚持错误，那么，我可以告诉你，从现在起我有资格代表'好再来野味小吃店'向司法部门控告你！"

"好！"何凤鸣的话，一个字一个字地从牙缝往外挤，"我奉陪到底！"她愤然起身，走下了古井台台基。

"同志们！"李金吾意犹未尽，他兴奋地向前，意味深长地指着古井牌坊说,"大家都知道秋阳古井的故事。那个韩湘子太小气,这牌坊应该推倒,故事应当新编!秋阳镇第三产业市场潜力大得很,我们为什么不欢迎大家来开发呢?在秋阳镇竖上十几、几十栋商业大楼不好吗!秋阳镇的人,应当有这个气派!"

人群的情绪兴奋到了极点,他们欢呼着,议论着,望莲嫂兴奋得心儿怦怦跳着,脸上泛着红光,像个孩子似的望着李乡长甜甜地笑着……

十九

会散了。

夜深了。

杨丁很兴奋。她觉得自己的文章差不多可以动笔了,她禁不住走过去,握着望莲嫂的手,动情地说:"望莲嫂,此时,你有什么体会呢?能给我谈谈么?"

"体会?"望莲嫂深沉地望着古井牌坊,语音沉重地说,"他们真有股子狠劲呵!"

杨丁愣住了。

望莲嫂没察觉,她自顾边走边说:"可我不怕!我谅他们硬不过政策去!老辈子说,汉口五百年前一堆沙,五百年后发万家,城里人祖上也是乡下人。咱秋阳镇从前不是叫小汉口么?为啥不能让它成个大汉口,叫乡下人都变成城里人呢?"

望莲嫂的脚步是缓慢的,沉重的,却是坚定的!记者,乡长,干部们,陈家泉塘的乡亲们,刚散会的乡下人、镇上人全听见了她的这番话,他们边走边在默默地想……

28. 大国烟云（节选）

胡燕怀

　　《大国烟云》是长篇历史小说《汉冶萍三部曲》中的第一部。"汉冶萍"是汉冶萍煤铁厂矿有限公司的简称，它由汉阳铁厂、大冶铁矿、萍乡煤矿和大冶铁厂（今新冶特钢前身）组成，是清末洋务运动中创建的我国第一家大型钢铁煤联合企业，也是我国第一家大型股份制公司。公司龙头企业汉阳铁厂的创办人，为时任湖广总督张之洞；公司改制后的首任总理，为清末邮传部尚书盛宣怀。汉冶萍公司在我国近代社会转型的历史进程中功勋卓著：一直到第一次世界大战结束前的1918年，中国钢铁年产量的百分之百来自汉冶萍公司；汉冶萍生产的钢轨，铺设了中国的九大铁路干线。汉冶萍也是享誉国际的知名品牌。所以毛泽东在谈到中国近代工业几位创始人的功绩时，曾经说过："……搞重工业，不要忘了张之洞。"

　　长篇历史小说《汉冶萍三部曲》，以汉冶萍公司的缘起、开端、发展、衰落、消亡为情节主线，全景式地再现了汉冶萍公司的艰难历程，展现了中国近代以来半个多世纪的广阔历史画卷，填补了工业题材长篇历史小说的空白。全书由三部情节上相对独立、内容上相互关联的三部长篇小说构成，第一部《大国烟云》以张之洞为中心人物，讲述了他创办汉阳铁厂所经历的艰辛磨难——明知不可为而为之，"戴着镣铐跳舞"（冯天瑜语）。

第一章 两路之争

人生走到了顶点，就是下坡路。

若干年后李鸿章才明白，他晚年的人生下坡路其实并非始于甲午战败，而是从五年前的那个夜晚——准确地说是从那个清晨——就已经开始了。

这是清光绪十五年（1889）夏末秋初的一天清晨，丑牌时分。古老帝国的一个极为普通的清晨，和以往任何时候没有两样：夜深人静，万籁俱寂，日出而作的人们此时梦境正酣；过去的战争已经过去，未来的战争还未到来，没有枪炮声的袭扰，广袤的大地上只有偶尔的婴啼，偶尔的鸡鸣狗吠，只有在南方的大江大河和海岸边夜航驶过的火轮船，偶尔发出的一两声汽笛嘶鸣。古老的泱泱大国悄无声息，沉浸在一片宁静平和的睡梦中。

在这样的一个清晨，在位于北京东城冰盏胡同贤良寺的西跨院里，有一位老人已经早早地起床。早起是他青年时期养成的习惯。在戎马倥偬的战争年代，还在他入参曾国藩幕府的时候，"鸡鸣听鼓，丑牌入值"就已成为常例。此时他刚刚沐浴完毕，身着白色的府绸便装褂裤，惬意地斜靠在一把明式黄花梨木圈椅里，闭目养神。接下来要做的事情就是熏香了。沐浴和熏香，这是中国封建时代的官员们在觐见皇帝之前，必不可少要做的一道功课。这种习俗起于何时已不可考，但明清官场此风之盛之讲究，超过以往历朝历代。大臣们洗净自己身上的污秽，带着满身的馨香去面君，这不仅是对天颜的敬畏和尊重，恐怕也是缓解自身内心紧张的一种需要。这位老人等会儿也要去觐见皇帝了——准确地说不仅是皇帝，还有那个拥有至高无上国家权力的老妇人。

房门推开，小妾丁香蹑手蹑脚地走进来。她的身后跟着两个丫鬟，每人都端着一只一模一样的熏香炉，放在老人身边，分别点上檀香，盖上炉盖，掩上门窗。然后她们一齐悄无声息地退了下去。

现在，屋子里只剩下李鸿章一个人了。

一缕缕淡淡的幽香，从镂空的熏香炉里飘散出来，如兰如芷，沁人心脾，不一会儿就弥漫了整个房间。这是专门从南洋进口的马来亚盘龙檀香，用上等香料制成，是熏香中的极品。这种马来亚檀香，不仅香味要比两广、云南一带出产的国产檀香香味纯正，而且一个最大的优点就是香味保留时间长，不用担心还未面见天颜就已香味散失殆尽。两只熏香炉都器形硕大，炉盖呈尖顶的走兽盘绕状，一看就知道是西汉的铜镏金博山炉。这是光绪八年李鸿章六十大寿时，时任中国电报总局督办的直隶候补道员盛宣怀送给他的寿礼。从同治初年开始，李鸿章这后半辈子按理说已经无数次地觐见过皇帝和皇太后了，但他在沐浴和熏香上依然还是勤谨小心，不敢有丝毫的懈怠。老年人晚上脑子有些不太好使，所以他昨天晚上索性睡得很早，也睡得很踏实，子时末牌时分起床，洗了个热水澡，接着熏香，这会儿顿觉神清气爽，思维敏捷。

屋子里香气浓郁，四周万籁俱寂，只有远处传来钟鼓楼上的报更声。李鸿章正好趁着这清晨短暂的闲静时光，把等会儿要面圣的话又从头至尾梳理了一遍。

直隶总督、北洋通商大臣李鸿章这次奉召进京，皆因铁路而起。光绪十四年（1888）北洋水师建成，这支号称当时亚洲第一的海军舰队，雄踞东方，给国人脆弱的心理仿佛注入了一剂强心针。李鸿章看准时机，着眼于未来战争的需要，向朝廷上奏，提出修筑自天津至通州的津通铁路，以此作为北洋水师的后勤补给线，"广为后援，以应兵事"。朝廷广开言路，让各地督抚附议，从而挑起了中国近代史上著名的第二次铁路大论战。以台湾巡抚刘铭传为首的淮系大员群起呼应，给予声援，甚至连湘军老将、两江总督刘坤一都表示了赞同。李鸿章很看重洋务派中的后起之秀、时任两广总督张之洞，曾致专电希望他能"附议"津通路。让李鸿章意料不到的是，张之洞另辟蹊径，避而不谈津通路，却向朝廷提出了修筑自卢沟桥至汉口的芦汉铁路的主张。于是这才有了朝廷的谕旨召对，有了南北两位总督的专程进京。

　　平心而论，李鸿章对张之洞的芦汉路之议并没有怎么放在心上，他对"两路之争"充满着必胜的信心。他有足够的把握利用这次进京的机会说服枢廷，促成津通路。奏折上的理由已经说得很充分了，临来京前他又通过天津海关税务总司、英国人赫德，找来西方各国军港的资料，比如俄国的敖德萨港，法国的马赛港，英国的卜利茅斯港，德国的汉堡港等，他要用这些具体的事例再次强调一个道理：世界各国的军港，无不以铁路与广大的内陆腹地相连。至于南方的那个向他发起挑战的竞争对手——此时也许还算不上是对手的张之洞，光绪八年才外放山西巡抚，两年前因中法战争才刚刚擢升两广总督，与位高权重，身居疆臣领袖，无论军功、政绩还是资历、声望都无法望其项背的中堂李大人相比，张之洞毕竟还是太嫩了。"这个张香涛，仍是当年的清流书生意气，喜出风头，标新立异，好大空言。"这是李鸿章在最初听到张之洞提出的芦汉路的主张后，心里半是生气半是鄙夷地说的一句话。香涛是张之洞的号。

　　氤氲的烟雾中，盘香已近尾声。一盘马来亚盘香燃完，刚好就是半个时辰。这时候房门轻轻地推开，小妾丁香又准时地走了进来。李鸿章睁开眼睛，站起来，舒展活动了一下腰背，然后站到穿衣镜前，由两个小丫头在他白色的府绸裲裤上直接外套上一品的夏季朝服。小妾丁香在一旁指指点点，抻抻拽拽。

　　这当儿李鸿章把随同进京的盛宣怀叫进来了，交代他应该去京中的哪些衙门走动走动，拜访一下哪些官员，该打点的打点，还特别交代他不要忘了去见长春宫的总管太监李莲英，托他方便的时候在太后老佛爷面前为津通路说说话。

"杏荪，怎么去见李莲英，你是知道的。"李鸿章说。杏荪是盛宣怀的字。

盛宣怀谦恭地回答："是，大人，卑职知道。"

李鸿章穿戴整齐，向外走去，边走边问："张之洞下榻在什么地方？"

盛宣怀说："打听到了，张香帅下榻在城南宣武门外的一家驿馆里。"

张之洞没有住贤良寺，这是李鸿章没有料到的。这贤良寺实际上并非寺院，它原是雍正朝怡贤亲王的府邸，后来废弃了，朝廷重新修葺把它扩建成了驿馆，相当于中央招待所。这样的中央招待所在京城里还有好几处，专门招待进京的地方官员。贤良寺因为条件好，更因为它这里离皇宫最近，因而成了督抚进京下榻的首选。同治初年剿灭太平军、收复南京后，李鸿章第一次跟着他的老师曾国藩进京受封赏，就是下榻在这贤良寺。从那以后李鸿章每次进京，都住在这里，一直到若干年后他的生命也终结在这里。张之洞没有下榻贤良寺，他似乎并不打算在论战决出胜负前，跟中堂李大人有任何正面的接触。

"……贼娘的，他躲着我！"李鸿章用合肥土话在心里骂了一句。

片刻之后，一辆双轮马车在黎明前静寂的京城街道上缓缓向西行进着。马蹄在碎石的路面上踏出清脆的嗒嗒的声响。时令正当七月末，立秋后已多日，京城的白天暑热尚未大退，但此时却是凉风习习扑面，这让刚刚沐浴熏香过的李鸿章顿觉通体爽透。

马车出了冰盏胡同，横穿金鱼胡同，然后往西一拐，过了王府井，直奔东华门而去。

昨天，长春宫副总管太监谭长庆来贤良寺宣旨，皇上和太后老佛爷今晨召对李鸿章和张之洞,地点在西苑南海的仪鸾殿。慈禧参与召对,这原本也在李鸿章意料之中。几个月前光绪"大婚",慈禧宣布"撤帘归政"。为避免干政之嫌,她还特地做出一个姿态,从长春宫里搬出来,住进了南海仪鸾殿。此时颐和园大修工程刚刚开始,西苑便成了皇太后的临时过渡住所。但是明眼人都能看得出来,有形的帘子撤掉了,但无形的"帘子"依然还在;名为"归政",实际上朝廷的很多军国大事,包括修铁路这样重大的事情,最终还得是慈禧说了算。谭长庆还带来了慈禧对李鸿章的一道特别"恩旨":"该大臣年事已高,着毋庸绕行西苑,直接进东华门。"这也就是说,特别恩准他李鸿章乘坐的马车,可以横穿紫禁城直接进入西苑。太后老佛爷的恩宠眷顾,让这位六十六岁的老人心里感到了一阵温暖和些许的得意。他不知道张之洞在听到这道"恩旨"后会作何感想?他还有和他继续竞争下去的勇气吗?

马车到达东华门,谭长庆早已等候在那里。马车进了东华门,穿过协和门,从内金水桥和午门之间向西,过了熙和门,就是西华门了。西华门直通西苑三海,从贤良寺去南海仪鸾殿,这是距离最短的一条捷径。

仪鸾殿在几年前就已经修缮一新,是为慈禧的"退隐"提前做的准备,也是光绪皇帝对母后的一番特别孝心。此时的仪鸾殿里灯火通明,殿前有两排东西相对的平房临时作为朝房,谭长庆把李鸿章领进了东边的一间。

这间实际是李鸿章的专用朝房,面积不大,却收拾得窗明几净,纤尘不染。屋子里摆着成套的紫檀木家具,地上铺着地毡,墙上挂着字画;桌子上摆着时令的瓜果点心,还有一套精致的景德镇官窑青花茶具。这间朝房是长春宫总管太监李莲英专为中堂李大人特别布置的,从前本来设在长春宫那边,现在也跟着搬到西苑来了。这些年李鸿章在长春宫的大小太监们身上没少花银子,所以他能享受到别的大臣享受不到的特别待遇。

谭长庆退下去了，李鸿章独自坐在朝房里，等候宣召。

四周一片静寂，只有偶尔的几声秋虫的唧唧声。李鸿章气定神闲，胸有成竹，只等着宣旨太监那一声长长的唱喏了。他忽然又想到了那个张之洞。此时他在哪里？也许就在距他不过咫尺之遥的另一间朝房里，同样也在等候召见？倘若说起李、张两人之间的关系，除了若干年前曾经有过的一次过节外，迄今为止还真说不上有什么实质性的交往。那次过节发生在光绪初年，当年的张之洞还是品级低微的翰林院教习庶吉士，与京中一帮自命清高的士大夫纠合在一起，批评时政，纠弹权臣，直言无忌，时人号称"清流党"。光绪四年崇厚出使俄国，因丧权辱国受到朝野抨击，李鸿章出面袒护崇厚，因而成为清流党人的众矢之的，文笔犀利的张之洞自然也就成为弹劾李鸿章的急先锋。想不到十年后，他又在铁路问题上出来给李鸿章搅局了。

钟鼓楼上的更声传过来，已交寅牌时分了。夏天天亮得早，东方已经现出了一抹熹微的曙色。李鸿章踱到窗前。门外站着两个手提白纱灯笼，准备等会儿引路的小太监，他们的窃窃私语声此时清晰地传进李鸿章的耳朵里来。

一个小太监说："听说两广的张大人也来了？"

另一个小太监说："是啊，也在那边的朝房里候着呢。"

先前的那个沉默了一会儿，忽然问："你说，待会儿皇上和老佛爷召见两位大人，会先召见谁？"

另一个说："那得看谁的事急事大，谁在老佛爷心里头的分量重了。"

"这么说，老佛爷召见大臣，谁先谁后都是有讲究的？"

"当然！"另一个接着说，"你刚进宫，还不懂得这里头的行道。"

"……那你说，这两位大人，谁在老佛爷心里头的分量重？"

"那还用问吗？中堂李大人！"

"这么说，肯定是先召见中堂李大人喽？"

"你信不？不信咱俩打赌！"

听着他们的对话，李鸿章微微地笑了。

小太监言犹落地，仪鸾殿那边，宣旨太监尖细如女人般的嗓音蓦然传了过来："皇太后懿旨：宣两广总督张之洞觐见！——"

"宣两广总督张之洞觐见！——"

紧接着，许多尖细如女人般的嗓音此起彼伏地响了起来，拖着长长的尾音，传唱着重复着同一句话。这声音在黎明前静谧的西苑上空，显得是那样的清晰，明白无误，甚至还有点儿刺耳。

站在窗前的李鸿章一愣，脸色慢慢地凝重了。

微明的曙色中，跟着两盏白纱灯笼一前一后的引领，一个身材矮小的人影，步履沉稳地行进在西苑朦胧的疏林幽径中。

趁着这当儿，有必要说说两次铁路大论战。

从同治初年收复南京、太平天国灭亡直到甲午战争爆发前这三十年，大清朝获得了一个相对和平发展的时期。内忧已基本消除，外患除了爆发于南方边境的中法战争外，也基本上可以说河清海晏。洋务派出于居安思危、富国强兵的考虑，洋务事业在这一时期得到了空前蓬勃的发展，许多洋务大局都完成于或奠定于这一时期，比如创建新式海军，创建新式学堂，江南制造总局、江南造船厂、开平矿务局、轮船招商局、中国电报总局等一大批洋务企业的建立。史上把这一历史时期称为"同光中兴"。作为直接关系富国强兵的铁路建设，不可能不在这时候被提到议事日程上来。

李鸿章是中国铁路建设的最先倡导者和实践者。

同治十三年（1874），李鸿章趁进京叩谒同治皇帝梓宫之机，觐见了总理各国事务衙门大臣、恭亲王奕䜣，最早提出了修筑铁路的主张。他的主张仅仅是着眼于兵事："倘如照西方国家的方法，……有内地火车铁路，屯兵于旁，闻警驰援，可以一日千数百里，则统帅当不至于误事。"由于大运河北段淤塞，漕运已被迫绕行海上，所以李鸿章当时提出的首条铁路线，是从淮安的清江浦到北京城，便于南北人货转运。奕䜣认为想法很好，并且马上禀报给了两宫皇太后，但是最后还是不了了之。第一次倡议受阻，李鸿章感慨万千，但他并不气馁，仍在等待着时机。光绪二年（1876）七月，英商怡和洋行以修马路为名，擅自修筑从上海至吴淞的铁路。当火车开始运行在上海至江湾路段后，立即遭到了中国朝野上下的强烈反对。反对的理由各种各样，普通民众因为火车行驶起来惊天动地，房屋震颤，加之火车轧死了人，便视火车为魔鬼怪兽，日夜惊恐万分，纷纷到官府衙门请愿告状。而官员和士大夫更是认为火车不仅扰民，还惊扰地下祖宗陵寝，破坏风水。在一片反对的声浪下，朝廷被迫花了二十八万两银子从英商手中赎回铁路。李鸿章是主张收回淞沪铁路，以维护国家主权的。他本想收回铁路后，通过循序渐进的实验，以事实来说服民众和朝中反对派，但不想南洋大臣沈葆桢却将淞沪铁路全线拆毁，铁路器材运往台湾，放置于海湾任其腐烂锈蚀。二十八万两银子，最终却是买回了一堆废铁。李鸿章也曾想过在偏僻的台湾岛上修筑铁路，以事实来说话，但也因为种种原因不得不放弃。

　　李鸿章决定要在自己的地盘上，来实践他修筑铁路的梦想了。

　　光绪五年（1879）开平矿务局建成，李鸿章采用"先斩后奏"的方法，不用官款，由矿局出钱，动工兴建从唐山至胥各庄的唐胥运煤铁路。两年后该路建成，全长11公里，这是真正意义上的中国第一条自办铁路。它的设计和技术工作由英国工程师负责，轨距也是采用的英国标准4.85英尺，合1.45米，这种规格后来成为中国铁路轨距的定制。唐胥铁路的建成，为开平矿务局煤炭外运提供了方便快捷的通道，但这同样引来了朝中顽固派的群起反对。他们的理由无非还是"坏风水""惊扰地下祖宗""扰民""夺民生计"等。在强大的舆论压力下，朝廷最终采取了折中的办法：火车可走，但不准用火车头。于是中国近代史上最怪诞的、让人啼笑皆非的一幕出现了：马拉火车。

在唐胥运煤铁路建成的同时，淮军将领刘铭传在李鸿章授意下，向朝廷递交《筹造铁路以图自强折》。奏折在分析了周边国家的敌我态势后，明确地提出了"自强之道，练兵、造器固宜次第举行，然其机括，则在于急造铁路"。奏折还同时提出了南北四条铁路干线的设想，其中摆在第一位的，还是当年李鸿章所设想的从清江浦到北京的铁路。此折一出，满朝哗然，顽固派群起反对。内阁学士张家骧指责刘铭传"无事生非""荛言乱政"，认为修铁路有"生事""扰民""夺利"之"三弊"；大学士徐致祥更列出"糜费""资敌"等"八害"。李鸿章对上述陈腐观点进行了抨击反驳，两江总督刘坤一也明确表示了对铁路的支持。但毕竟顽固派占多数，"廷臣谏止者多"，朝廷最终以"着毋庸议"草草地结束了第一次铁路大论战。论战的胜利方毫无疑问是顽固守旧派。李鸿章只好韬光养晦，等待时机，同时在自己的辖地上继续建造铁路，将唐胥运煤铁路偷偷延长到芦台，更名为唐芦铁路。

如果说第一次铁路大论战的核心问题是"要不要修铁路"，那么第二次铁路大论战的核心，就是"如何修铁路"了。

中法战争后情况有所改变。"法、越事起，以运输不便，军事几败。事平，执政者始知铁路关系军事至要。"（《清史稿》）朝廷从而批准了李鸿章修铁路的建议，并增设海军衙门，以醇亲王奕譞任总理大臣，李鸿章任帮办，并将铁路事宜划归海军衙门管理。这一时期李鸿章主要着眼于北洋防务，提出将唐芦铁路"南接到大沽北岸，北接到山海关"，使得这一带驻军能"驰骋援应"。朝廷很快批准了这一计划，李鸿章将原先设立的开平铁路公司改组为中国铁路公司，同时招募商股，官督商办。光绪十四年（1888）九月，在北洋水师建成的同时，津沽铁路全线竣工，加上原来的一段，全长130公里，与北洋水师互为依托，北洋的海防大局已初见规模。这年的冬天，雄心勃勃的李鸿章向醇亲王奕譞提出，从天津到通州一段铁路应"就势接造"，完成他整个北洋防务宏图的最后一笔。于是这才有了津通路之议。

津通路再次引起了朝中顽固守旧派的猛烈攻击，从而拉开了第二次铁路大论战的序幕。这次反对派的代表人物是内阁学士文治、户部尚书翁同龢、国子监祭酒盛昱、礼部尚书奎润、山西道监察御史屠仁守、河南道监察御史余联沅等人，反对的理由还是旧调重弹，诸如"资敌""扰民""夺民生计"等。但这次铁路大论战已不同于第一次，津沽铁路已经建成通车，事实胜于雄辩，顽固派虽然人多势众，但其理论都很空泛，论据也不堪一驳，很快就败下阵来。朝廷在上谕中肯定了李鸿章的意见，认为修筑铁路是"自强要第"，"有利于国，无损于民"，让各省督抚就修造津通路的问题发表意见，把论战的核心转移到怎样修铁路和修什么铁路的问题上来。津通铁路得到了两江总督刘坤一、台湾巡抚刘铭传、江苏巡抚黄彭年为代表的许多督抚的赞同，但两广总督张之洞却避开津通路，向朝廷上奏请修芦汉铁路。张之洞的主张表面上看是不给反对派以口实，避开了津通路"资敌"之嫌，其实他还另有目的。

两路之争，把张、李之间的矛盾公开化了。

现在再让我们回到那个清晨，回到西苑南海。

天色大亮，张之洞面容清晰地走来。这一年他已经五十二岁了，矮小的身材，却蓄着一部白雪也似的飘飘长髯，《清史稿》说他"短身巨髯，风仪峻整"。

在两名引路太监的引领下，张之洞走进了仪鸾殿。他整服扶冠，一甩马蹄袖，跪伏在地："臣张之洞，叩见皇上、圣母皇太后，恭请圣安！"

慈禧望着跪在地上的张之洞，坐在一旁的年轻的光绪皇帝也望着张之洞。

过了好一会儿，慈禧才说："张之洞，你抬起头来。"

于是张之洞直起上半身，目光平视，微微下垂，不敢面对天颜。

慈禧接着问张之洞是什么时候到京的，走的是旱路还是水路，这一路上是否顺利，等等。她的声音里透着随和亲切，像是在拉家常。

张之洞回答说他是昨天才到京的，因为路上乘船有些耽搁。本来六月初他就从广州动身了，乘的是英商太古公司的轮船，到上海后换乘招商局的江轮，不想途中轮机出故障抛了锚，停在长江中好多天。后来到了扬州，再后来又改乘小轮进运河，抵达清江浦登岸，由旱路进京。

慈禧笑了笑，对光绪皇帝说："你瞧，这修铁路还真有必要吧？"

光绪皇帝只是点了点头，没有说话。

停停，慈禧又说："张之洞，我记得你是探花出身吧？是哪年点的进士？"

张之洞回答说是同治二年癸亥科。

慈禧说："对，我想起来了。那年殿试，你本是三甲末名，后来还是我亲手把你拔到一甲三名的呢。"

张之洞诚惶诚恐："臣蒙皇太后、皇上擢拔之恩，铭记在心，从不敢忘。"

慈禧又笑了，意味深长地说："没忘就好啊。这人哪，有些事情是该一辈子都记在心里的。"

诚如慈禧所言，当年她对张之洞确有擢拔之恩。

张之洞的科举之途概括起来说少年得意，青年坎坷。他幼时随官任贵州兴义知府的父亲读书，师从父亲的挚友、鸿儒胡林翼，少时即具才名，十二岁中秀才，十五岁应顺天府乡试，中头名举人解元。十九岁时入京参加礼部试，不想同年父亲病逝，张之洞不得不回乡守制。两年后守制期满，张之洞赴京参加会试，不料因族兄张之万为考官，循例回避，未能应试。次科又因同一原因继续回避。一直到同治元年（1862），二十六岁的张之洞才得以进京应会试，不想又落了榜。第二年的三月，张之洞再次赴京参加会试，榜列第一百四十一名贡士。接下来是最后一关也是最重要的一关：殿试。张之洞的试卷因"不袭故套，指陈时政，直言无隐"而在读卷官中引起争议，多数人认为应该置于三甲之末，唯有大学士宝鋆十分赏识，以为奇才，应置二甲第一。双方争议不下，试卷进呈两宫，没想到慈禧索性将张之洞直接拔置到了一甲第三名，中"探花"，赐进士及第；不久引见两宫皇太后，授翰林院编修。两年后庶吉士散馆考试，张之洞又列一等一名。清代翰林，散馆考试关系一生前程，考在一等方能继续留在翰林院；若是分发到六部九卿等衙门以正六品主事任用，官品虽暂时略比翰林院编修、检讨高，实则各部司官众多，论资排辈，升迁极难，没准一辈子就此埋没了。又或者以知县分发到各省任用，则起点太低，也难有大出息。留在翰林院则将来有两条出路可走：如果年年岁考名列前茅，三年大计又在一等，合计满了六年，就可从翰林侍读、侍讲学士一路升到从二品内阁学士；顶不济的也可以授从五品监察御史。当了御史，那就是外放知府、道台的跳板，将来陈臬开藩都可能。张之洞留在了翰林院，他的仕途似乎从此一帆风顺了。谁知第二年翰林大考，张之洞竟发生卷面脱字之误，犯了科考大忌，名列二等之末，从翰林院淘汰出局，被选派出任浙江省乡试副考官。这之后张之洞又出任过湖北、四川两省学政，光绪初年返京后先后出任教习庶吉士，补国子监司业，补授左春坊中允，转司经局洗马等一系列品级低微的官职，既无实责，也无实权。慈禧在科场上擢拔了张之洞后，似乎也把他这个人彻底忘记了。张之洞做着默默无闻的小京官，从同治六年到光绪八年，蹉跎了十余年的光景。

张之洞在政坛上的崛起，缘起于两件事。

第一件事是平反东乡冤案。光绪元年，四川东乡知县孙定扬横征暴敛，贪赃肥私，激起百姓不满，纷纷进城"闹粮"，聚集县衙请愿，要求减征。孙定扬向上谎报百姓聚众造反，四川提督出兵镇压，滥杀无辜四百余人。东乡案几经波折，沉冤难雪；东乡绅民推举代表进京告"御状"，又被囚于刑部大牢。东乡案发时，张之洞正好在四川学政任上，对案情多有了解，遂挺身而出，一日连上数道奏折，终使案情真相大白，主犯、从犯得到惩处，涉案官员多达数十人。最关键的还是第二件事：在继统问题上迎合慈禧，帮慈禧的忙。原来同治皇帝驾崩后，因为无子，按理说应该从近支侄辈中选择继承人，但那样一来，慈禧就成了太皇太后，不好再垂帘听政、独揽权柄，所以慈禧就立了自己妹妹的儿子、同治皇帝的叔伯兄弟、醇亲王奕譞之长子载湉为光绪皇帝。慈禧的做法显然包藏私心，当年就曾遭到很多人的反对。到了光绪五年，御史吴可读以性命"死谏"，为先帝"争嗣"，再次在朝堂上引发轩然大波。张之洞揣摩透了慈禧的心思，看准时机上疏为慈禧当年的举措辩解，引经据典，旁征博引，认为"本乎圣意，合乎家法"，为慈禧打圆场解围。张之洞的马屁拍在了关节点上，他再次引起了慈禧的关注。这两件事使得张之洞迅速成为光绪初年政坛上升起的新星。慈禧也投桃报李。机会终于来了，光绪八年，张之洞被授为山西巡抚，正式开始了他封疆大吏的官场生涯。几年后中法战争爆发，他又被任命为两广总督。在慈禧的提携和关照下，张之洞的仕途从此柳暗花明，一帆风顺。

跪的时间久了，张之洞膝下发麻，身上燥热，开始一阵阵地冒汗。他在心里暗暗叫了一声不好。原来张之洞有狐臭的老毛病，多年求医诊治均未见效。冬天还不甚明显，一到夏天出汗就恶臭难闻。临来觐见之前，他本来是很用心地熏了香，无奈他没有李鸿章那样的马来亚进口盘香，加之此时朝服官帽紧紧地裹在身上，大殿里又不通风，张之洞最担心最害怕的事情终于还是出现了。

果然，慈禧和光绪皇帝都嗅着鼻子，皱起了眉头。

"什么味儿呀，这么难闻？"慈禧说，掏出手绢捂着鼻子。

"臣无意冒犯天颜，请皇上、皇太后恕罪！"张之洞吓得脸上变了色，赶忙禀明实情。

"……哦，原来是病。"慈禧宽容地说，"既然是病，那就怪不得你了。——给张大人安坐，掌扇。"

张之洞从地上爬起来，端端正正地坐下了。旁边有两名小太监打扇，张之洞觉得身上的汗味收敛了许多。

接下来终于说到正题了。

慈禧问张之洞："你是怎么想到要修芦汉铁路的？"

张之洞不慌不忙地回答说："据臣所知，西洋各国无不以修铁路为富国利民大计，而非仅仅以应兵事。今日铁路之用首要当在经济。卢沟桥和汉口之间南北二千余里，腹地广阔，物产丰盛，无奈有大河横亘，峻岭阻隔，苦于无舟楫之利，自古以来交通不便。倘若芦汉铁路修成，南北通途，百业兴盛，人畅其行，货畅其流，实乃于国计民生大有裨益！"

慈禧点点头，突然问："你对津通路怎么看？"

张之洞迟疑了一下："对中堂李大人的主张，臣不好妄加评议。"

慈禧："你一直回避津通路，今天没别人，只管说。"

光绪皇帝帮腔："但说无妨，朕恕你无罪。"

张之洞环顾了一下身边的太监、宫女。

慈禧让太监、宫女都下去了。"张之洞，你现在可以说了吧？"

张之洞沉吟着，意味深长地说了一句话："津通路修成，京津间须臾可达，中堂李大人也离皇上、太后更近了。"

仿佛一记重锤敲进慈禧心里，她脸色凝重，好半天说不出话来。

按照李鸿章的吩咐，一连好多天，盛宣怀奔走于京师各大小衙门，为津通路游说、打点。李鸿章这次进京，有个重点拜访官员的名单，当然都是赞成津通路的人，其中科詹司道、御史言官类的由盛宣怀去见，王公大臣、军机大臣和六部堂官等则由李鸿章本人亲自去拜访。

说起来，常州府武进县盛家与合肥李家是世交。当年盛宣怀之父盛康在京中求学时，曾师从李鸿章之父文安公；盛康和李鸿章还有金兰之交。因此按辈分算下来，李鸿章是盛宣怀的世叔。盛宣怀实在不是个科举之才，二十二岁中秀才，此后连续三次乡试不中，从此死了科场之心，改弦更张，身怀经世致用之志，于同治九年（1870）入参李鸿章幕府，成为李鸿章洋务大业的得力干将。如果说李鸿章是中国洋务运动的倡导者和规划者，那么盛宣怀则是具体的组织和实施者，轮、电、矿各局都由他一手创建。这一年盛宣怀四十五岁了，入李鸿章幕府已近二十年，当直隶候补道也已多年，属于那种有差事无实缺的官员，虽然比干等着候补的官员境况要好，但毕竟没有入官场正途。李鸿章好像看出盛宣怀的这种心思，不久前凭借盛宣怀的实干业绩，向朝廷保举他出任了山东青莱登道。这一年，是盛宣怀仕途上的转折之年。

现在，盛宣怀要去见李莲英了。

约见原长春宫总管太监李莲英，除了要熟悉门路，还得提前预约。

琉璃厂东大街拐角处，有一间不起眼的小门脸，字号名"朝天阁"，它没有金碧辉煌的门饰，也没有威风凛凛的石狮子把门，更没有名人题写的金字号匾，整个是一间灰头土脸的小店，独处一隅，门前冷落，显得低调而冷清。走进店里去，货架上摆着的永远是那几样货色，没见怎么卖出去，也没见有新鲜的货色添进来。可别看这里生意不怎么样，它却是李莲英的对外联络站。熟悉门路的外官办事要走李莲英的路子，都是往这店里来，约个见面的时间、地点，然后花银子在店里办一份见面礼。说是办"见面礼"，实际上就是收银子，贿赂的银子滚滚而来，店里的货物却原封不动。名曰"朝天阁"，倒是颇有些名副其实。

盛宣怀青衣小帽，熟门熟路，在一天的午后走进了朝天阁。

"客官您来啦您吉祥！您要买点什么东西？小的伺候着您啦。"小伙计迎上前来，满脸笑容，热情而谦恭。

"有劳请你们掌柜的出来。"

话音落地，门帘一挑，掌柜的已经从里间出来了。

"哎哟，原来是盛道盛大人大驾光临了！有失远迎，失敬！失敬！"掌柜的打着躬，礼让："盛大人，您请里间坐。"

里间是一间雅致的小客厅，盛宣怀和掌柜的坐下，小伙计进来奉上茶。

盛宣怀笑问："有李大总管做后台，这店面里的买卖一定兴隆吧？"

掌柜："大人您见笑呐，哪比得上你们外放的大人出息大呢？这年头宫里的太监清苦，大总管体恤我们，做点小买卖，给大伙挣点花销罢了。——哦对了，邸钞上发表了，盛大人刚刚放了青莱登道，要去烟台做官了？"

盛宣怀点点头："有这事。"

"可喜，可贺！"掌柜的赶忙双手打拱，"这可是实缺道呀，恭喜恭喜！"

"没什么可喜的，"盛宣怀淡淡一笑，"轮也该轮到我了。我从同治九年入参李大人幕府，快二十年了一直候补。许多比我后参幕的，早就外放了。"

掌柜："您是中堂大人的左膀右臂，他那不是舍不得放您走吗？"

"行了，不说这了。"盛宣怀摆摆手，"请安排一下，我要见李大总管。"

"哎哟，大总管好一阵子没到店里来了。他在太后老佛爷跟前伺候着，抽不开身呢！您要见他，是急事吗？"

"当然是急事。——中堂李大人有急事，让我来见他。"

"好说，好说。"掌柜的说，"既然是中堂大人的事，我马上派个店里的伙计进宫去给大总管送信，然后约个准定的时辰地点出来。"

"也只能这样了。"盛宣怀说，从身上掏出两张银票："老规矩，一份'面子'，一份'底子'。'底面'都在你这店里办。"

掌柜喜滋滋地接下了银票，说："办什么礼物，大人您自个是不是去前面的店里亲自挑挑？鼻烟壶，大鼎，玉磬，十六扇珠玉挂屏……"

"行啦行啦，"盛宣怀摆摆手，"在李公公的店里买礼品送给李公公，给银子就成，用得着多费手脚吗？你这店里的货从来只卖钱，不走货。"

这话说得掌柜的嘻嘻地笑了起来。

第二天，盛宣怀就见到了李莲英。地点是便宜坊楼上朝南的那个单间，他们从前见面的老地方。李莲英一身便装准时来到，两人寒暄了一番后坐下来，不待盛宣怀发问，李莲英便单刀直入："盛大人此来，是因为津通铁路吧？"

"正是。这次两路之争，中堂大人想知道长春宫的底细。"

"哎呀，"李莲英面有难色，"这个底细在下也不知道啊！"

"不可能吧？"盛宣怀眨巴着眼睛，"公公侍奉左右，怎么会不知道一点儿底细呢？比如她跟皇上，难道就没有说到铁路的事情？"

李莲英道："说是说到了，可大人是知道的，皇上向来只顺着老佛爷的话说，老佛爷她自己心里是怎么想的，听不出来呀！"

盛宣怀沉吟着："那天西苑召对，两广的张大人说了些什么？"

"无非是芦汉铁路怎么要紧的话。不过关节点上的话却没有能听到。"

"为什么？"

"老佛爷后来让身边的人都退下去了。"

"哦？"盛宣怀一怔，"他们……到底说了些什么？"

"不知道。不过盛大人，有句话还请转告中堂李大人，早做准备。"

"请说。"

"老佛爷心里的意思虽然没有明说，不过也不是完全猜不出来。"

"此话怎讲？"

"两路之争，津通路在舆论气势上都占上风。如果太后老佛爷倾向于津通路，芦汉路的折子早就留中归档，无人理睬了，更不会大老远地从两广把张之洞召进京来。你说，这说明什么？"

盛宣怀愣着："说明什么？"

李莲英压低声音："说明太后老佛爷对芦汉路上心啊！"

盛宣怀连连点头："是，是，公公说得有道理。"

李莲英:"所以说,这次的两路之争胜负难料,恐怕有的一拼了。"

盛宣怀:"中堂大人请公公在方便的时候,务必为津通路说说话。"

"这个自然。"李莲英爽快地应承下来,"不过在下人微言轻,毕竟只能敲敲边鼓。倒是有个人,不可不请他出面说话。"

"谁?"

"醇亲王奕譞。他是皇帝的本生父,又是老摄政王,醇王福晋跟老佛爷还是嫡亲的姐妹。有他出面说话,那分量当然不同了。"

"多谢指点!"盛宣怀离座,深深打了一拱。

几天后京城里下了一场小雨,淅淅沥沥的秋雨把白天的暑热逼去,街衢胡同,宫阙城墙,被洗刷得干干净净,清清爽爽。

张之洞在一个细雨蒙蒙的午后,去拜访了他的族兄、军机大臣张之万。

自从进京后张之洞的牙疼老毛病就犯了,每天坐立不安,痛苦万分,不得不延医诊治调养。自西苑召对后两路之争就没有了下文,手下人从外面打听回来的消息说,这次李鸿章进京带了十万两银子,在京师各大衙门打点,名为"外敬",实为津通路游说。张之洞听了不为所动,每天只待在驿馆中调养牙疾,闭门不出,似乎胸有成竹,不屑于去京师官场中活动。当然,他也没有那么多的银子去官场中走动。张之洞确信,只要那句最关键的话能直接上达圣听,其他所有的话都是多余的。只有张之万是他唯一的不能不去拜访的人。

南皮县张氏家族祖籍山西洪洞县,明永乐年间迁入直隶,居南皮县东门一带,时称"东门张氏",是当地望族。张之洞和张之万皆为九世祖张淮之后,在同辈兄弟中张之洞行九,张之万行五。张之万年长张之洞二十七岁，道光二十七年高中头甲头名状元；十六年后张之洞又被钦点探花，三鼎甲中东门张氏独夺两魁，一时传为美谈。更令人称羡的是，光绪初年张之万入阁拜相进入军机，到了光绪末年张之洞也奉调进京忝列军机，时人称为"一门两相"。南皮东门张氏从此声名更加显赫荣耀，达于极盛。

张之万的府邸在北池子胡同。本家九爷来访，门上人自然无须通报，直接把张之洞带进了后花园。

霏霏细雨中，一八旬老翁独钓荷花池边，一笠，一蓑。

张之洞上前，深深地打了一拱："五哥，久违了。"

"老九来了。"张之万连头也不回，聚精会神地盯着水里的鱼漂。

"五哥真是悠闲自在啊。任凭风浪起，稳坐钓鱼台，修身养性，坐怀不乱，实在让小弟羡慕。"张之洞调侃。

张之万努努嘴："休要贫嘴。旁边有个凳子，是为你准备的。"

张之洞讶然："难道五哥神机妙算，知道小弟要来？"

"你肯定要来，你也该来了。"张之万仍是望着鱼漂不回头，"这次两路之争，李鸿章带了十万两银子进京，军机大佬，六部九卿，前朝后宫，为津通路打点游说。这么些天过去了，你毕竟心里不踏实，想探听朝中虚实。可想来想去枢廷中除了老夫你无人可问，于是你就奔我这里来了。"

张之洞被言中心事，笑了："这次的两路之争……"

"打住，打住，免开尊口。"张之万连连摆手，"我知道你的来意，两路之争你别想把老夫拖下水，你更别指望老夫为你帮忙。"

"五哥误会了，我根本就没指望你帮忙。"张之洞微笑着，"我还没开口呢，你就推得干干净净了。都说老哥做官有'三不'，不多言，不揽事，不得罪人，看来是真的啊。"

张之万："其实你也用不着打听。此次两路之争你已稳操胜券，李鸿章注定要败于你手。"

张之洞："五哥这么说，何以见得？"

"你这点小心眼糊弄得了别人，糊弄不了老夫。"张之万连连冷笑，"你揣摩透了西边的意思，看准了朝中的格局情势，才上了请修芦汉铁路的折子。"

张之洞装傻："朝中什么情势格局呀？小弟离京多年，实在有些不明白。"

"装佯！"张之万回头瞪了张之洞一眼，"其实朝中的情势格局你最清楚！……现在军权掌于淮系之手，湘军主将曾国藩、左宗棠已死，湘军大将刘坤一、彭玉麟等皆已进入暮年，淮系集团控制了半壁江山。当年湘军剿灭长毛、攻克江宁后，人家孤儿寡母就担惊受怕得不行，生怕曾国藩造反。如今之李鸿章更非当年之曾国藩可比，不仅手握重兵，权倾天下，且南北洋务及海关赋税皆掌其一人之手，已成尾大不掉之势；直隶又地处近畿，朝发夕至，你想长春宫她能不提心吊胆，一夕数惊，睡得着安稳觉吗？她肯定会物色一个人与李鸿章抗衡，以挟制李鸿章的发展。可时下洋务大吏中挑来选去，何人能充当得了这个角色？正在苦苦物色寻找之中，这时候你张之洞站出来了，这不就正中了长春宫的下怀？扶张挟李，将是未来若干年内朝中的基本格局。——我说得没错吧？"

"五哥，"张之洞故作惊讶，"你不糊涂啊！京中传言五哥老糊涂了，连皇上太后也都这么说，可见你是装糊涂。"

"人活到装糊涂的份上，算是活到家了。"张之万颇有些自得，"你老弟怕是这辈子都难以明白，有许多好处尽在这装糊涂之中呢。——话既说到这儿了，我有一言奉劝，九弟愿听否？"

"兄长金言，小弟愿洗耳恭听。"

"芦汉铁路一旦获准，你将有可能受命督办，从广州调任武昌，移督湖广。不知你想过没有，将来芦汉路无论成败与否，你都不会有好果子吃。"

"此话怎讲？请五哥明示。"

"你与李鸿章不和，朝中早有传闻。从前你做清流言官的时候就弹劾过他，如今两路之争你又占了上风，李鸿章岂肯善罢甘休？芦汉铁路成了，你们之间的结怨更深；倘若败了，则有负于长春宫的厚望，后果将更不堪设想。"

张之洞沉吟道："这后面的事情我还没来得及去想。我想人生难得有此良机，正好大展宏图，施展抱负，建功立业，名垂青史。"

"瞧，瞧，你的毛病就出在这里。"张之万白了他一眼，"怪不得李鸿章说你喜出风头好大空言，一辈子改不了书生意气。不是老哥说你，你做你的两广总督便罢了，这津通铁路也好，芦汉铁路也好，其实都跟你挨不上边儿，你何苦要跟李鸿章争宠于朝，自找麻烦呢？官场中无功照样可以升迁，你瞧老哥我这一辈子安安稳稳，如今不也入阁拜相，做到军机大臣了吗？"

张之洞忽然笑了起来，轻声道："我明白了！明白了！五哥跟李鸿章是孙辈姻亲，他托你来说这番话，给了你多少银子？"

张之万脸红了，顿有恼意："去去去！听与不听全在你，我何苦要跟你多费口舌？可你我毕竟兄弟一场，我是怕你惹出什么麻烦来。南皮县东门张氏能有你我今日，不容易啊！官场险恶，善始善终，全身而退，那才是正果。"

张之洞忽然喊了起来："五哥，鱼咬钩了！"

张之万回头去看，水里的鱼漂果然在沉浮；赶忙去提起竿子，却是空空如也，钩上的钓饵也没有了。

"瞧见没有？以为能得的，却失了；以为能成的，却败了。"张之万借题发挥，重新整理好鱼钩，又抛下水去。"我在军机处一看到你请修芦汉路的折子，心里就明白了。西边的疑心太重，李鸿章当局者迷，可惜他却没有看透这一层，自取其辱。忠君报国谁能解？可怜一片老臣泪啊！"

张之万的感慨让张之洞的心里也有些不是滋味，两个人好半天都不再说话。这时候张之洞忽然看见旁边的小几上摆着几碟瓜果蜜饯，就随手拣了块放进嘴里，谁料牙齿疼得他咝咝地吸凉气。

张之万回头："牙疼？"

张之洞："老毛病，进京就犯了。这几天疼得我寝食难安彻夜难眠，在驿馆延医调养，要不然早就来看五哥了。"

"你才多大一点岁数呀？"张之万说着，露出一口整齐雪白的牙齿，"你瞧，老夫今年虚岁八十了，牙口还如年轻时一般。"

"真让小弟羡慕。无奈我从小喜吃甜食，牙都蛀坏了。"

"不尽然吧？"张之万摇着头，"这里头恐怕另有讲究。"

"什么讲究？"

"你想想，同样是甜食，为何你的牙齿坏了，舌头却能完好无损？"

张之洞愣着，一时回答不上来。

张之万意味深长地："舌以柔而存，齿因刚而亡。"

张之洞猛然醒悟，离座长揖："多谢五哥教诲！"

这天午睡慈禧做了一个噩梦，她梦见了火车。迄今为止慈禧还没有见过实物的火车，但她对火车并不陌生，并非完全凭空想象。当年唐胥运煤铁路建成后，李鸿章曾将火车拍成照片，进呈长春宫御览。她睡梦中的那列火车，宛如浩浩的长龙，在津通铁路上呼啸着向京城开来。火车开到通州理应停下了，可是它居然没有停，也无须再用铁轨垫路，而是横冲直撞，直接向着齐化门开来。慈禧急忙下旨，传令火车停住返回通州。可坐在车头上的李鸿章这时候不听话了，他忽然换了一身皇袍，冷笑着一挥手，淮军各营的旗号唰地亮了出来，每一节车厢就是一个营：有潘鼎新的鼎字营，刘铭传的铭字营，张树声的树字营，吴常庆的庆字营……淮军十三营的将士们喊杀震天，枪械鲜明，一个个如凶神恶煞，乘坐火车直向紫禁城扑来。火车头仿佛是一头庞然怪兽，吼叫声惊天动地，瞬间它就撞倒了宫墙，从东华门冲进了皇宫……慈禧大叫一声，从噩梦中醒来，心口怦怦地狂跳不止，身上大汗淋漓。

这个荒诞的梦境让慈禧呆坐着想了很久。也许她就在这一刻拿定了主意。

漱洗完毕，用过了午后茶点，慈禧坐到了梳妆台前。

在仪鸾殿后面慈禧的寝宫里，西洋自鸣钟正此起彼伏地敲打着同一个时间：下午五点整。皇太后并不视西洋的舶来品为"奇技淫巧"，她很喜欢那些西洋的玩意儿，尤其是自鸣钟，甚而喜好成癖。在她的体现着皇家威严和气派的大寝宫里，墙壁上，条几上，案桌上，到处都是大小不一、造型各异的自鸣钟。这些钟在同一个时刻敲响起来，叮咚悦耳，响成一片，仿佛一首美妙的钢琴曲，在这夕阳晚照的宫阙里流淌。

从镜子里望去，这个五十五岁的女人显得比她的实际年龄还要衰老：脸上已经开始打皱，颜面肌抽搐留下的僵硬明显地写在她凸起的两边颧骨上。她闭着眼，好像沉浸在美妙的钟声里。

梳头的小太监很小心地为她梳着头。忽然那小太监的手一哆嗦，他清楚地看到，梳子上沾着一根灰白的头发。小太监的脸色有些变了，他偷觑了一眼镜子里的老佛爷，想偷偷地把那根白头发抹掉。

慈禧没有睁眼，问："梳子上有什么东西呀？"

小太监吓得扑通一声已然跪倒在地："老佛爷饶命！奴才该死！奴才刚才一不小心……"

"来人哪。"

两名太监应声而入。

"把这个不会梳头的小奴才带下去，杖刑四十。"

"嗻！"

两名太监架着那个哭喊恳求的小太监下去了。

"李莲英。"

"奴才在。"侍立一旁的李莲英赶忙趴在地上。

"你这总管是怎么当的？就这么调教手下的奴才吗？"

"奴才失职！奴才往后一定严加管教！——奴才亲自伺候老佛爷。"

慈禧这才不吭声了。

李莲英赶忙从地上爬起来，亲自给慈禧梳头。这个从京东易县来的阉男人，据说是因为会梳头才得到慈禧的赏识和宠爱的。进宫之初他便做了有心人，私下苦练梳头的本领。满族贵妇的各种发式如盘龙髻、如意缕、盘心髻、散心髻等，都能烂熟于心，信手拈来；尤其是复杂的"两把头"，他不仅能比别的太监梳得快，而且还梳得好。熟能生巧，到后来李莲英就能改进和创新发式了，比如慈禧晚年最爱梳的"大拉翅"，就是在"两把头"的基础上发展起来的。现在，他小心翼翼地给慈禧梳着头，手法轻缓自如，手上的功夫极好，手到眼到心到，梳子就像一枚梭子在他的两手间往来，上下，前后，左右，应接不暇。

慈禧很惬意地闭着眼，脸上的表情松弛了，说："这么些年了，还就只有你会梳头，谁也替不了你。"

"多谢老佛爷的夸奖。"李莲英一边梳头，一边察言观色，道，"启禀老佛爷，直隶总督李鸿章又给宫里进奉了件新鲜洋玩意儿。"

"又是自鸣钟吗？"

"不是，是洋戏盘子。——搬进来！"

两名太监抬着"洋戏盘子"进来了——原来是一台老式的大号留声机。

李莲英:"中堂李大人知道老佛爷爱听戏,专门派人去上海的洋行里买来的。"说完,示意两名太监开机。

两名太监许是刚刚才学会操作,显得有些笨拙、慌乱。一名太监摇动手柄,上足发条,另一名太监将一张彩色的圆盘放了上去,一会儿,华尔兹的音乐在宫中蓦然轰响起来。

听着听着,慈禧的眉头渐渐地皱了起来:"这是什么呀?"

李莲英呵斥道:"放错了,停下来!停下来!换一张盘子!"

又换了一张盘子,是京剧《当剑卖马》。

慈禧听着,眉头慢慢舒展开了,问:"这是哪儿的角儿呀?"

李莲英:"回老佛爷的话,是上海的角儿。"

"京城里的谭鑫培、孙菊仙、汪桂芬他们,怎么不给装进去?"

"奴才这就去传老佛爷您的懿旨,让中堂李大人去办这件差事。碰巧着李大人还在京城里,没回天津去呢。"

慈禧问:"他还没走吗?"

"是。两广的张大人也还没走呢,两位大人好像是为铁路的事情拧上劲了。李大人说,津通铁路——"

慈禧的脸沉了下来:"李莲英,这国家大事有你多嘴的吗?"

李莲英吓得赶忙趴在地上:"是,是,奴才不敢!奴才谨记着主子的教训!"

这时候,有太监进来禀报:"启禀老佛爷,醇亲王求见。"

"哦?他这么晚了进宫来,有什么事?"慈禧愣了愣,吩咐:"让醇王爷在前面大殿等候。"

"嗻!"禀报太监下去了。

半个时辰后,慈禧梳好了头,在太监、宫女的簇拥下,来到大殿。

叔嫂相见,按惯例在大殿里临时支起了一道帘子。

隔着珠帘,影影绰绰的可见醇亲王奕譞走进来,跪了下去:

"臣奕𫍯，叩见圣母皇太后，恭请皇太后圣安！"

"七爷，起来吧。——赐座。"

奕𫍯正襟危坐，目不斜视。

珠帘后响起一个女人苍老而缓慢的声音："有事吗？"

"回禀太后，海军衙门奉旨召集王公大臣，复议修铁路之事，现已议定。"

"七爷，你忘了吧？"慈禧缓缓地说，像是有意试探，"军国大事你应该去向皇上禀报，本宫已经归政。"

"臣不敢擅作主张，臣想先听听皇太后的意思，然后再向皇上复旨。"

听到这样的回答，慈禧显得很满意，"王公大臣们是怎么议的？"

"启禀太后，王公大臣复议，皆以为津通铁路不可不修。"

"都是这么说的吗？"

"都是这么说的。"

有一会儿没有声音。突然，珠帘后问："那么七爷你呢？你是怎么想的？"

"臣以为，"奕𫍯斟酌着词句，"铁路向来为兵家必备。北洋拱卫京师门户，水师后援必不可少，修津通路以应兵事刻不容缓。资敌之论乃朝中迂腐无稽之谈，至于芦汉路之议，也是隔靴搔痒，鞭长莫及，远水难解近渴。……"

"你说的话都是李鸿章说过的。"珠帘后的声音打断了奕𫍯的话，"七爷这番话，是李鸿章请你出面来说的吧？"

奕𫍯的脸红了："臣不敢！臣自己也是这么想。臣请皇太后明断时势，力排众议，准修津通铁路。"

一个冷冷的声音从珠帘后飞了出来："要是我不准呢？"

醇亲王愣住了，大张着口说不出话来。

珠帘后叹了口气，道："唉，你们这帮王公大臣，一个个全是没头没脑没心没肺的，人家怎么说，你们就怎么信。别人还可以犯点糊涂，七爷你可是皇叔，摄政王，掌管着军国大政，你怎么也犯糊涂呢？人无远虑，必有近忧，时时事事总要多想着咱们大清朝的江山才是。王爷，你往后可要多长个心眼啊！"

　　奕譞的头低了下去："皇太后……说得极是。"

　　几天后，上谕下来了：准修芦汉路，缓修津通路。果然如张之万所料，朝廷实授张之洞为湖广总督，移督武昌，负责督办芦汉铁路。接下来就是"陛辞"了，光绪皇帝首先在养心殿接见了前来向他辞行的李鸿章，说了些诸如"公忠体国，任劳任怨"之类嘉许慰勉的话，便再也无话可说了。听得出来，皇帝似乎也有难言之隐。李鸿章能体谅得到皇帝的无奈。

　　那天从贤良寺撤退，已经是日落时分了。

　　十几辆马车停在门前，仆役、随从、戈什哈进进出出，匆匆往车上搬运行李。西跨院的藤萝架下，李鸿章还在舞剑。他腾挪闪展，招招到位，显得镇定自若，处变不惊。只是这暮色苍茫下的大撤退，毕竟还是让人感受到了这位六十多岁的老人的沮丧和委屈。此时此刻舞剑也许只是一种宣泄？

　　毫无疑问，这次失败对李鸿章的打击是沉重的。自同治初年镇压太平天国后的这二十多年来，李鸿章的人生和仕途顺风顺水，几乎就没有遭受过什么挫折。虽然免不了有言官的弹劾，也免不了别有用心人的嫉恨、中伤和谤毁，但是那些李鸿章都可以不屑一顾，不必计较，只要朝廷的倚重依旧，只要皇上和皇太后的眷顾依旧，他不怕任何的明枪暗箭。据说在天津直隶总督衙门李鸿章的寓所里，就挂着这样一副他亲笔手书的对联：受尽天下百官气，养成胸中四季春。足可见这些年李鸿章所饱受的诽议以及他泰然自若的心态。到了同治末年曾国藩过世以后，李鸿章更成了朝野万众瞩目、众望所归的中心。位居天下疆臣之首，朝廷对他言听计从，他亲手创建了亚洲煌煌第一的北洋水师，开创了开平矿务局、轮船招商局、中国电报总局等许多洋务大局，他把自己的人生和事业推向了辉煌的顶峰。如日中天的李鸿章，偏偏在这时遭受了致命的一击，而且那并非政见上的不合，而是来自最高决策者对他的猜忌和不信任。唯有这一点，最是深深伤害了这位老人的心。"我早该料到这一层的。"那些天他在心里反复感叹着的就是这句话。其实也并非没有前车之鉴。当年他的老师曾国藩就也曾有过这样的际遇，只可惜他当年没有这样的体会，只可惜他早已淡忘了那些令人不快的往事。毕竟这些年李鸿章太顺利了，太得意了。那些天李鸿章把自己关在贤良寺里，不出门，也谢绝一切京官的拜访，他甚至还萌生了一丝退意。一个六十多岁的老人了，即便退下来也有享不尽的荣华富贵，满可以儿孙绕膝，享天伦之乐，何苦那么大一把年纪了，还要呕心沥血，日夜操劳？"公忠体国，任劳任怨"，本来是天下可鉴的报国之心，反过来却要遭受无端的猜忌和误解，自取其辱，这值得吗？

这时候盛宣怀走了过来，说："大人，准备启程了。"

"知道了。"李鸿章说，又舞了一会儿才收了剑，递给随从。盛宣怀将大氅轻轻地搭在李鸿章肩上。

毕竟是老人了，李鸿章此时微微地有些喘气。

"大人，非得连夜赶回天津吗？"盛宣怀迟疑了一下问，"其实用不着这么急。您年岁大了，一路上旅途劳顿……"

"走吧。"李鸿章摆摆手，打断盛宣怀的话。

盛宣怀不再说什么，他明知道这是中堂李大人的负气之举。

李鸿章环顾了一眼暮色中的贤良寺，伤感道："当年我和曾大帅第一次进京，就是住在这贤良寺里。从那以后每次进京，我都住在这里。这二十多年住过多少回了？数不清了。可唯有这次……"他摇着头。

盛宣怀劝慰道："大人请勿灰心，日后还可相机再图。"

"日后？"李鸿章苦笑了一声，向屋里走去，"说不定又会猜疑我什么呢。"

盛宣怀："朝廷只是说缓修津通路，也没说不修。"

李鸿章走着走着，忽然回过头来，自我解嘲地问："杏荪，你说我们此时此刻此情此景，是不是叫作落荒而逃？"

"大人何出此言？"

"这让我想起从前打败仗的时候。同治初年淮军初成，我与李秀成战于苏州，差一点全军覆没。打了败仗不能不承认啊！"

盛宣怀无言以对，说不出话来。

这时候管家匆匆跑来禀报："老爷，四太太又改主意了，她不愿意回天津去。"四太太就是四姨太丁香。

李鸿章皱着眉头："不是说好了吗，怎么又变卦了？"

管家嗫嚅着："四奶奶说，既然老爷不能在京城里安顿她，她宁愿一个人去保定的衙门里单过。"

"胡闹！成何体统！"李鸿章沉着脸呵斥了一句，向内厢房大步走去。

说起家事，最近很让李鸿章头痛心烦的，是四姨太丁香跟老太太婆媳不和。李鸿章这辈子有过四次婚姻，原配周氏，继配赵氏，后来又纳了两房妾，三姨太莫氏，四姨太就是这丁香了。丁香是苏州人，早年间李鸿章做江苏巡抚时买的小丫头，后来收了偏房。老太太不喜欢丁香，最根本的原因还是她没有为李家添丁。李鸿章兄弟六人，他行二，六房中唯有这二房人丁不旺：长子经方是嗣子，次子经迈和三子经述分别为赵氏和莫氏所出。老太太看不惯丁香，横挑鼻子竖挑眼；丁香个性强，又自恃受宠，因而李鸿章的后院中总是不得安宁。本来此前丁香跟老太太相处的日子并不多，老太太在武昌衙门里住了多年，丁香一直住在合肥的乡下。那时候李鸿章、李瀚章兄弟俩轮流做了几任湖广总督，老太太就住在武昌城里不动窝。铁打的衙门流水的官，流来流去都是自家人，这事曾一时传为美谈。后来李鸿章出任直隶总督长达二十五年，中途就把母亲接了过来。老太太年事已高，不愿意再动了，就在二房长住了下来。丁香头上本来就有正室赵氏，三太太莫氏，再加上个专门找碴的老太太，那日子实在过不下去了。本来这次临进京时，李鸿章经不住丁香的软磨硬泡、一把鼻涕一把眼泪，答应她在京城另买一处宅院，专门安顿丁香。李家在京城本来有一处房产，那是父亲文安公做刑部员外郎时置下的，在正阳门外碾子胡同，但是分家的时候分给了长房李瀚章。这次进京事情办得不顺，还无端地受了委屈，李鸿章没有心思再去办这件事了。再者思来想去，还是不宜把家眷安顿在京城。既然人家猜忌你，最好还是知趣点，离远点好。

看到老爷黑头乌脸地进来，正在赌气的丁香心里先有几分怯了。

李鸿章满脸不快，说："保定不能去，只能回天津！"

"为什么？"丁香委屈地问。

"不为什么，说不能去就不能去！"李鸿章冷冷地说，一锤定音。

保定的直隶总督衙门是冬季衙门。每年大沽口封冻、北洋通商停航后，直隶总督的办公地点就从天津转移到了保定，一直到来年的春夏之交港口解冻。直隶总督是唯一拥有两个异地办公衙门的封疆大吏。李鸿章也说不出究竟为什么不能让丁香去保定住。他只是觉得越是这种时候越要格外小心，把公私分清楚，免得到时候又让御史言官抓住了什么把柄。

丁香虽然爱使点小性子，可毕竟也能识大体。她不吭声了。

这个小小的插曲耽误了一下启程的时间。等到车队缓缓移动起来的时候，天色已经全黑了。浩浩荡荡的车队在茫茫夜色中向齐化门奔去。

李鸿章离京后的第二天，张之洞也奉旨入宫陛辞。

光绪皇帝照例在养心殿接见了他，垂询他关于修筑芦汉铁路的想法和打算。张之洞对此早已深思熟虑成竹在胸，他滔滔不绝，侃侃而论，禀报了自己的规划和计划，深得皇帝的嘉许和赞赏，认为筹谋得当，计划可行。只是他宏大计划中"自办煤铁，自轧铁轨"的主张，让光绪皇帝稍稍表示了一点疑虑。末了皇帝告诉张之洞，陛辞后不要急于离京，因为皇太后还要召见他一次。

几天后，慈禧在南海的瀛秀园再次召见了张之洞。这次不在仪鸾殿了，而是在室外，四周莲荷盈盈，凉风习习，空气流通，张之洞再也不必担心因为自己的狐臭而冒犯天颜了。

慈禧开门见山说："张之洞，上次有些话还没说透，这次得再说说。"

张之洞端坐着，毕恭毕敬："臣恭听懿训。"

"听说你打算采矿、炼铁、制轨，不从外洋购买铁轨，是吗？"

"是。臣以为，修铁路不可无铁，首要当在采矿炼铁，购外洋铁轨断不可取。目前中国所用之铁均为洋铁，仰人鼻息，受制于人，且大量白银外流。仅以广东一省为例，每年洋铁入口一千三百余万斤，耗银百万两。不仅是铁路，枪炮、轮船、机器、民间日用，无一不可缺铁。办铁实乃芦汉路第一要事。"

"理是这么个理，"慈禧沉吟着，"可自己办铁，这能行吗？"

"能行。"张之洞马上回答，"湖广煤多铁广，品质精良，且江湖水运便利，办铁实为可行之举。"

"张之洞，"慈禧的声调忽然变冷了，"说办铁也不是一天两天了。多年来说得热闹，银子也花了不少，可至今也没见谁真正拿出过一块铁来。最近的一次是贵州省办铁,你不会不知道这件事吧?"

说起这件事,张之洞自然知道。光绪十一年,贵州巡抚潘蔚奏准办铁,筹建青溪铁厂,以胞弟、江南制造总局会办潘露为铁厂总办。因用人不善,督察不力,场内员司渎职懈怠,贪赃饱私,厂未成,数十万两官费亏空殆尽。巡抚潘蔚受到朝廷追究,总办潘露吞金自杀,以死谢罪。

"张之洞,"慈禧沉吟着,慢条斯理地,"你既然知道就好。有前头这件事摆着,你还打算要炼铁吗?"

慈禧的声调冰冷如霜,让张之洞的后脊梁上感到一丝飕飕的凉意。他沉着地回答:"臣决心已定,坚不可摧。办铁事关国计民生,纵有千难万险,臣也不敢辞劳避怨,拈轻怕重,唯有鞠躬尽瘁,殚精竭虑,仰答圣眷慈恩。"

慈禧好半天不说话。"张之洞,你知道朝廷为什么把你调任武昌吗?"

"知道。朝廷将芦汉铁路重担系于臣身。"

"不仅仅如此。"慈禧轻轻地摇了摇头,意味深长地,"朝廷的政局就好比是一盘棋,调动你这颗棋子,意在造成新的局面。所以你好好记住了,办铁,筑路,只能成,不能败,你决不可做第二个潘露。"

"臣……谨记在心。"张之洞的后背上开始冒冷汗了。

"行了,"慈禧的口气温和下来,"芦汉路修成,你估计要多长时间?"

"芦汉路南北二千余里,工程浩繁巨大,臣以为总需十年左右。前五六年边办铁储轨,边勘查线路,后四五年兴工修筑,南北两端同时并举,一气呵成。"

"你想得倒也还周全。"慈禧轻轻地点了点头,"户部岁拨芦汉路二百万两路款,此款你跟海军衙门商量,可先拿去办铁。"

"臣遵旨。"张之洞迟疑了一下,"可是……臣还有一事恳请皇太后。"

"说吧。"

"芦汉路为前所未有之创举,办铁尤为繁重艰困。今后凡用人、用款、用物诸事,恐朝中掣肘,臣请皇太后预先专旨各衙门,疏通便宜。"

"我明白了,你是想要尚方宝剑吧?"慈禧笑了,"你是担心户部掣肘吧?听说你跟户部尚书翁同龢不和,有这事吗?"

"臣只是出于公心,防患未然,泛泛而论,不敢私指个人。"张之洞一句话巧妙地掩饰了过去。

"你瞧,我刚刚归政,不好再出面这么做了。"慈禧轻轻地叹了口气,"芦汉铁路归海军衙门管,我已经跟醇亲王打过招呼了,有事你去跟他们商量,不会碍你的大事的。"

"……是。"

有一会儿不再说话,秋蝉一阵阵地聒噪着。

"张之洞,"慈禧突然拉起了家常,"我记得你是道光十七年生人吧?我还大你三岁呢。你也是年过半百的人了,身子骨怎么样啊?"

"回禀皇太后,臣身子骨尚健朗,无大碍。"

"身子骨好就好。身子骨好才能干大事,你要好好保重啊。"慈禧关心地说,"上次你说你有体臭的老毛病,怎么,没瞧过吗?"

张之洞没料到皇太后会问这个,显得有点尴尬:"回禀皇太后……瞧过了好多郎中,可收效甚微。"

"我让宫里的御医给你开了个药方子,配了几十服药,"慈禧很亲切地说,"你带回去服用。等会儿让人给送到你的驿馆里去。"

"臣叩谢皇太后体恤之恩!"张之洞赶忙离座,跪伏了下去。

编者语

千年回眸，砥砺前行

张波　刘合聪

《龙川文选》是一部和鄂王故里、千年学府有密切关系的优秀人物的作品选。

为什么要为鄂王故里编写《龙川文选》？

深情回顾鄂王故里千年人物，金牛学府砥砺前行续写世纪华章。编写《龙川文选》，是为了表达对近千年来以各种方式为鄂王故里的文化教育事业做出贡献的先人前辈的感恩之心。没有他们的付出，鄂王故里文化教育事业的千年功德难以修成。鄂王故里的千年学府是属于历史的，是属于现实的，也是属于未来的。编写《龙川文选》同时也是为了溯鄂王故里文化教育事业兴盛千年之源，是为了研究鄂王故里优秀文化基因的来源和结构，是为了总结千年学府教育事业发展的历史规律，为鄂王故里文化教育事业未来更广阔的发展提供借鉴。

为什么叫作鄂王故里和千年学府？

鄂王故里因公元前879年楚公熊渠次子挚红于金牛建国筑鄂王城而闻名于世。位于江南的鄂王城和位于江北的盘龙城是鄂东两大先秦古城遗址。鄂王城是楚文化在鄂东的根基和标志。狭义的鄂王故里指鄂东南十县中心千年古镇金牛，广义的鄂王故里指和金牛交界的多个县市。鄂王城是先秦两汉时期鄂东南地区近千年的政治和文化中心。鄂王故里地理环境优越，历史人文积淀深厚。鄂王故里传颂至今的先秦时期楚国杰出历史人物有楚公熊渠、鄂王熊红、鄂君子晳、鄂君启和爱国诗人屈原等。由此可以看出，鄂王故里具有深厚的楚文化底蕴。鄂王故里是孕育千年学府的自然人文大环境。研究千年学府的历史文化不能不同时研究鄂王故里的历史文化。

本文所讲的千年学府指位于鄂王故里金牛镇学府路东虬川河西的大冶市第二中学，二中前身古称龙川书院。据史料考证，龙川书院是宋、元、明、清时期湖北十大书院之一，是古代武昌县三大书院之一，也是武昌县三大书院中历经沧桑唯一留传至今的千年学府。在历史长河中，近千年来龙川书院随社会时局变化前后几经改名，历史有记载的校名有武昌学馆、龙川书院、武昌高等小学堂、虬川中学、鄂城一中、大冶二中等，本文为行文方便统称之为鄂王故里龙川学府。龙川学府有文字留传的历史事迹，从 1195 年到 1914 年，《武昌县志》多有记载；从 1914 年到 1955 年"鄂城史志"有记载；从 1955 年至今，"大冶史志"有文字记录。鄂王故里教育事业的接力棒从武昌传到鄂城，再从鄂城传到今日之大冶。鄂王城和龙川学府是鄂王故里的两大文化遗产，两者都是鄂王故里人民千年心力的结晶。深入全面地研究鄂王城和龙川学府，对于历史、对于现实、对于未来都有着重要的意义。

  选入《龙川文选》的作品应该符合什么样的标准？

  文学也是人学，文选也是人选。两千多年来，史书记载与鄂王故里有渊源的历史人物不少；近千年来，助千年学府发展，并留下优秀诗文的作者亦有不少。从公元 1195 年胡朝颖先生来鄂王故里讲学至今八百多年间，龙川学府为社会培养的人才数以十万计；从公元 1902 年兴办现代教育至今，龙川学府为社会培养的人才也数以万计，可以毫不夸张地说，千年学府桃李满天下。对学校而言，地缘和人缘，人脉和文脉，紧密相连。作为鄂王故里的千年学府，传承鄂王故里的历史文化，歌颂造福鄂王故里的杰出人物，展现龙川学府优秀弟子的精神风貌，是今天的我们当仁不让的光荣的历史使命。

  没有产生伟大人物的民族不可能成为伟大的民族，没有产生大批杰出人才的学校不可能成为占有重要历史地位的学校。国家综合实力的竞争归根结底是人才综合实力的竞争，而人才竞争力的本质是武装人才大脑的文化竞争力。

  文化造就人才。什么样的文化培养什么样的人才。文化竞争力是一个民族竞争力的源泉，也是一个学校竞争力的源泉。学校综合实力的竞争归根结底是和这个学校有关的所有人才的综合实力的竞争。鄂王故里、千年学府有没有文化竞争力，有没有人才比较优势，从《龙川文选》这个文化窗口可窥见龙之一鳞，豹之一斑。一个民族的宝贵精神集中体现在她的优秀儿女身上，一个学校的宝贵精神同样集中体现她的优秀师资和杰出弟子身上。彰显鄂王故里、千年学府的文化竞争力、人才比较优势是《龙川文选》选文的标准之一；社会功能和文学价值的统一是《龙川文选》选文的标准之二；历史地位、现实价值和对于将来的意义三个维度结合的综合价值是《龙川文选》所期待实现的价值高度。弘扬中华优秀传统文化、革命文化和社会主义先进文化是新时代中国特色社会主义文化建设对作家作品的时代要求。

　　以文传人，以人传史，以史明智是《龙川文选》的编写思想，也是《龙川文选》最初的立意和思路。因此编写《龙川文选》需要把文学作品研究、杰出人物研究、历史环境研究三者结合起来，这是编写《龙川文选》的方法，也是读《龙川文选》的一种方法。

　　各地方各学校的人才竞争力和文化竞争力是中国人才竞争力和文化竞争力的有机组成部分。有人建议从古今中外众多的名家名篇中挑选数十篇佳作汇编成册作为学校文学教材，工作量也要小得多。借力固然是一种巧智，但借来的力并不一定能转化成自身长久的发展力量。从古今中外众多的名家名篇中挑选佳作汇编成册的作品集书店里有很多，买一本好的来读岂不是更省心？能够集中体现本地本学校人才竞争力和文化竞争力的"文选"才更能让本地人本校人自豪。因此，《龙川文选》拿出来展现的主要是本土本学校的作者作品，突出本土和本校特色，这是《龙川文选》的一大特点。

　　造福鄂王故里为后人世代传颂的历史人物有不少，从千年学府走出去的人才更是数以万计，显然一部《龙川文选》难以尽列其中。有八百多年历史的龙川学府，如果每百年推举一人则可推举近十人，如果每十年推举一人则可推举近百人，如果平均每年推举一人则可推举特别杰出的人才近千人。海选学府优秀作品，为千人作传，工程量巨大，非数人所能完成。作家用作品说话，要用作品证明自己的价值和地位。因此，短期内《龙川文选》（第一卷）所能完成的只能是少数杰出人物作品的甄选和编辑，并尽可能提高入选作者作品的含金量。

社会价值和文学价值的统一是进入《龙川文选》的作品要符合的基本标准，作为千年学府的文选，历史阶段的代表性是进入《龙川文选》的作家作品必然要考虑的因素，选文要体现文化时间年轮的结构。因为龙川学府是一个历经千年沧桑，屡次被毁而又屡次被鄂王故里人民和学府弟子重建的学校，《龙川文选》第一卷编者所能得到的古代史料非常有限，所以《龙川文选》（第一卷）选用的古代作者作品相对较少，现代作者作品相对较多，来自古武昌的作者作品相对较少，来自今大冶的作者作品相对较多。

《龙川文选》所选的古代作品大多是百姓熟悉的有德政的地方官员的作品。《龙川文选》第一卷第一单元第一课作品的作者是胡朝颖先生。胡朝颖，字达卿，号静轩，淳安（今属浙江）人。南宋庆元元年（1195）武昌令任期满后，民众不舍其去，胡朝颖遂携妻儿于金牛安居，后主持"龙川书院"，为史书记载大冶二中前身"龙川书院"首任山长。胡朝颖先生可以说是鄂王故里有史料记载的教育文化事业第一名人。胡朝颖后代多人相继在龙川书院教书育人，金牛胡氏家族是金牛历史上有名的书香门第和教育世家。胡朝颖先生对鄂王故里的教育文化事业影响深远，为后人做出了光辉的榜样。鄂王故里人民当年用什么感动了胡朝颖先生并让他毅然决定举家定居金牛，值得我们用心思考。

胡朝颖先生所走的人生道路和儒家圣人孔子所走的人生道路是相通的。

欧阳修先生说："盛衰之理，虽曰天命，岂非人事哉！"编者深以为然。

天地人和，人始终是一个关键性因素，干事创业尤其离不开关键人才和核心团队。在历史长河的人物画廊中，能够做到立德、立功、立言的杰出人物，永远具有现实的张力。又比如，清代武昌知县邵遐龄，浙江仁和人，任武昌知县期间，颇有善政，对鄂王故里龙川学府尤为关心，任内主持龙川书院重建大计，并深情写下《龙川书院序》赠送给鄂王故里人民。邵遐龄先生留给鄂王故里人民的《龙川书院序》至今仍是了解和认识千年学府的必读佳作。

诵胡朝颖诗，读邵遐龄文，是千年学府的历史传承。胡朝颖先生、李有朋先生、邵遐龄先生这三位来自浙江的大才子，任武昌知县期间，都颇有德政，并都有诗文传世。可见，鄂王故里的一条珍贵的文脉是浙江才子带给金牛的。经过深入研究可以发现，作为一个十县通衢的移民集镇，吸引优质移民融入鄂王故里的文化血脉是鄂王故里事业兴盛的关键一招。从楚公熊渠到浙江才子胡朝颖等，几位关键的外来移民对鄂王故里的历史文化影响深远。在吸引外来优秀文化基因融入鄂王故里本土文化血脉后，鄂王故里的本土人才加快成长起来，继而迎来了一个人才辈出的光辉千年。鄂王故里古老的文化基因组里既有楚文化的优秀基因，又融合了越文化的优秀基因，一显一隐，一武一文，刚柔相济，生命力极强，需要研究者用心发现。

《龙川文选》第一卷第一单元第二课作品的两位作者都是从龙川学府走出的优秀弟子，一位是辛亥革命先驱刘复，另一位是红色革命英烈盛浩如，两位学府优秀弟子都有诗文传世。从刘、盛两位先驱者的作品中可以看出革命年代从龙川学府走出的优秀弟子的非凡的精神风貌。

《龙川文选》第一卷第一单元第三课的作品主要是体现鄂王故里历史人文情怀的作品，选用这些作品是为了让读者对千年学府所在地的历史人文的大环境有所认识。

《龙川文选》第一卷从第三单元开始选用的作品主要是龙川学府随同金牛一起划属大冶以后，从大冶二中走出来的大冶籍优秀弟子的作品，选用这些作品是为了让读者看到龙川学府加入大冶教育队伍后，学府人才所取得的部分成果。《龙川文选》第一卷第八单元后面是"推荐自主阅读作品"模块，安排这个板块是为了让读者对《龙川文选》的内涵和外延有更深更广的了解。《龙川文选》第一卷其他单元所选的作品这里不再具体介绍。

《龙川文选》能够和读者见面，离不开多方面的理解和支持，特别是大冶二中多位杰出校友的有力支持。大家想一起为鄂王故里和千年学府做几件有意义的事情，编写《龙川文选》便是其中之一件。我们认为，为保证本书的编写质量，编写《龙川文选》需要高端人才支持。通过二中优秀教师的举荐，以及二中校友的相互举荐，我们先后和二中杰出校友梁由之先生、柯尊解先生、胡燕怀先生、刘元亮先生、刘幼春先生、胡翔先生取得了联系。先后举荐的六人皆为关心母校的二中杰出校友。六位校友听到母校召唤的声音，纷纷积极响应。因二中教师举荐和校友相互举荐而得到的几位杰出校友的作品和本书编者前期积累的相关作者的作品相加在一起，《龙川文选》第一卷就有了一个初步的基础。在此，编者对为《龙川文选》第一卷编写提供各种支持的友好人士表示衷心的感谢！同时希望更多二中校友和社会友好人士为我们提供线索，相互举荐，帮助我们把后期工作做得更好。

因为目前条件的限制，《龙川文选》第一卷编写难免有所不足，

《龙川文选》第一卷更多是起一个引子的作用，为广大读者认识鄂王故里、龙川学府打开一个文化的窗口和视角，提供一条进一步深入研究的线索，为将来《龙川文选》第二卷和第三卷做铺垫。

千年回眸，砥砺前行。为了让读者能够对龙川学府的千年教育史、人才史、文化史有一个较为全面和深入的认识，《龙川文选》至少要编写三卷，形成《龙川文选》"三部曲"。相信在《龙川文选》第一卷的基础上，在更多校友的支持下，不久的将来，《龙川文选》的第二卷和第三卷能做得更好。

2019 年金秋于鄂王故里学府路 36 号